境界の扉

日本カシドリの秘密

エラリー・クイーン
越前敏弥＝訳

角川文庫
24213

THE DOOR BETWEEN
1937
by Ellery Queen
Translated by Toshiya Echizen
Published in Japan
by KADOKAWA CORPORATION

目次

おもな登場人物

カレン・リース	ニューヨークの日本風邸宅に住む人気女流作家
エスター・リース	カレンの姉
ジョン・マクルーア博士	医学博士で癌研究の第一人者。カレンの婚約者
エヴァ・マクルーア	マクルーア博士の養女。二十歳
キヌメ	カレン・リースの家の使用人。琉球(りゅうきゅう)諸島出身
テリー・リング	ニューヨーク下町育ちの私立探偵
リチャード・バー・スコット	美形の青年医師。エヴァの婚約者となる
エラリー・クイーン	頭脳明晰(めいせき)な私立探偵。本職は探偵小説作家
リチャード・クイーン	エラリーの父で、ニューヨーク市警の警視

境界の扉　日本カシドリの秘密

――ある推理の問題――

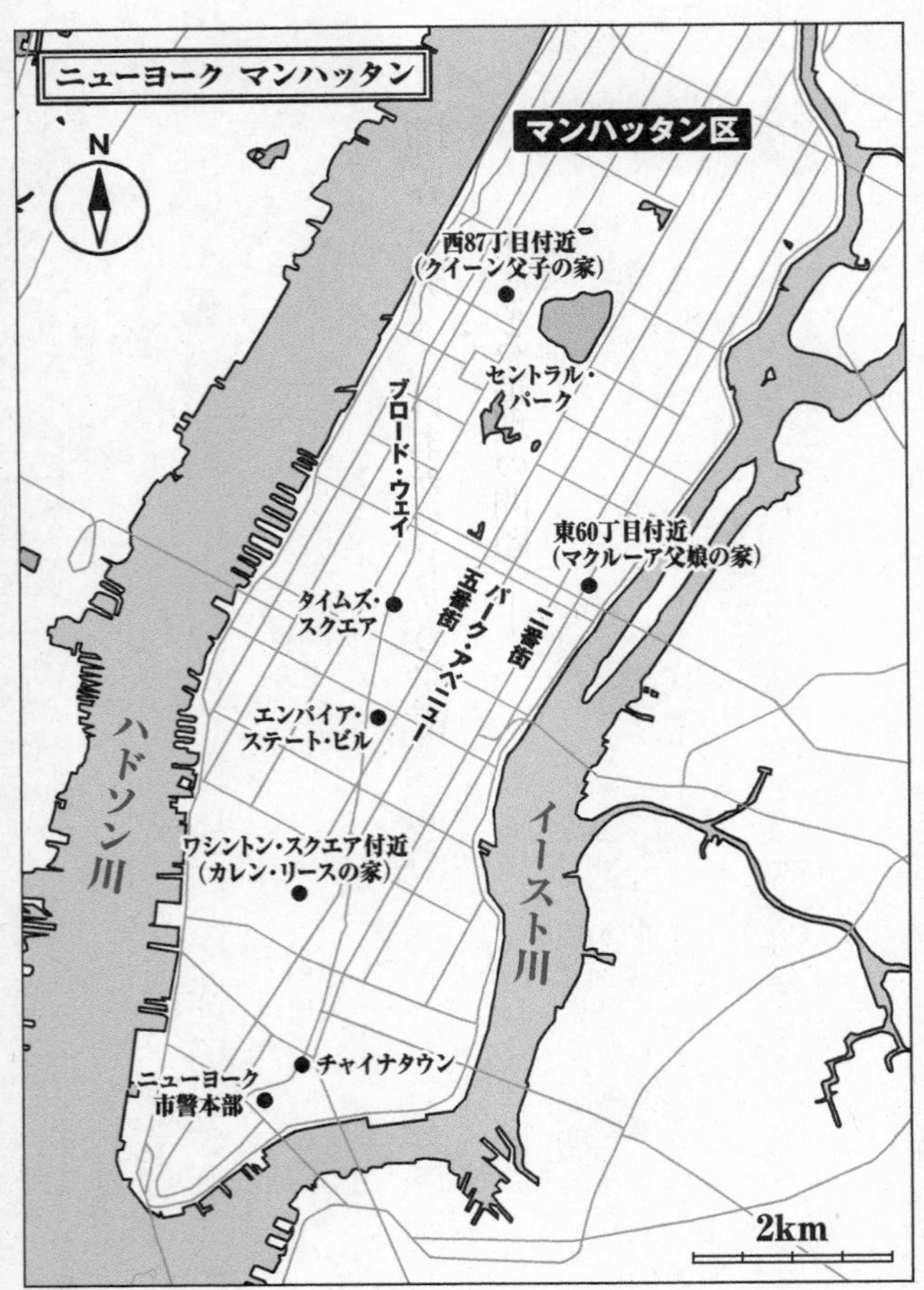
ニューヨーク　マンハッタン
マンハッタン区
N
西87丁目付近
（クイーン父子の家）
セントラル・パーク
ブロード・ウェイ
東60丁目付近
（マクルーア父娘の家）
五番街
パーク・アベニュー
二番街
タイムズ・スクエア
エンパイア・ステート・ビル
ハドソン川
イースト川
ワシントン・スクエア付近
（カレン・リースの家）
チャイナタウン
ニューヨーク市警本部
2km

第1部

1

カレン・リースがアメリカで有数の文学賞を受賞したとき、大喜びした版元の社長がこの狷介（けんかい）孤高の才女を公の場に引きずり出すことに成功し、自分自身も含めたすべての人を驚かせた。

さらなる驚きは、ワシントン・スクエアにある瀟洒（しょうしゃ）な自宅の裏の日本庭園で空疎な小祝宴（シェイクスピア『テンペスト』第四幕第一場から）を開くのをミス・リースが許したことだった。

重要人物がおおぜい集まり、重要ではない人物もケーキのなかのレーズンのように散らばって、みなが楽しげだったが、だれよりも上機嫌だったのはミス・リースの版元の社長であり、自分の財産のなかでも最大の難物がみずから見せ物になることに同意しようとは夢にも思っていなかった——しかも自宅の庭でとは！

だが、文学賞の受賞はこの小柄でおとなしく可憐（かれん）さの残る女性に何かの変化をもたらしたらしく、一九二七年にひっそりと日本からやってきてワシントン・スクエアの邸宅でくすんだ壁の内側に閉じこもり、その隠れ家から信じがたいほど輝かしく美しい小説を世に送り出してきたカレン・リースについて、面識のあるわずかな人々は、あれほど興奮して愛想よくふるまう姿を見たのははじめてだと言いきった。

とはいえ、客の大半はカレン・リースとは初対面で、パーティーは祝賀会というより披露目の場だった。小鳥のように臆病(おくびょう)だと噂されていたにもかかわらず、カレンはこの試練によく耐えていた。それどころか、あえて人目に挑むかのように、かぼそい体にきらびやかな日本のキモノをまとい、青みがかった黒髪を後ろに流して日本風にゆったりとまとめていた。居合わせた辛辣(しんらつ)な批評家の面々すら毒気を抜かれたが、それはカレンが風変わりな衣装ながらもあまりに優雅にふるまうのを見て、人目に挑んでいるのでもなんでもなく、五番街で仕立てた流行のドレスより日本の衣装のほうがくつろげるからにすぎないと悟ったからだった。象牙(ぞうげ)と翡翠(ひすい)のかんざしは王冠の宝飾さながらであり、今宵(こよい)のカレンはまさしく王族そのもので、戴冠式(たいかんしき)に臨む女王のごとく、冷ややかな興奮を厳粛な静けさで包み隠して客たちを迎えた。

『八雲(やくも)立つ』で名高いこの作家は、一枚の羽根を思わせる小柄な体軀(たいく)の持ち主で、ある詩人紳士の言によれば、かすかな風でも揺らぎ、疾風では体ごとさらわれそうだった。一風変わった入念な化粧の下で、両の頬が青ざめて落ちくぼんでいた。実のところ、病に冒されているように見え、力の抜けたようなしぐさからは神経衰弱ゆえの倦怠が感じられた。

その目だけは生き生きとして、白人にありがちな灰色の瞳がきらめいていたが、すみれ色にふちどられて少し影を帯び、痛手をかわす術をかなり謎めいた過去のどこかで学んだかのようだった。ご婦人がたがいつになく寛容に口をそろえて評したところによると、その並はずれた美しさはこの世のものとは思えぬほどで、年齢をも超越し、まるで東洋の陶磁器か、本人の生み出す不思議な陶磁器のような小説を思わせるという。

カレン・リースはほかの何者でもないとみなが認めたが、何者であるかはだれも知らなかった。まったく外出せず、修道女のごとく自分の家と庭に閉じこもっていたからだ。家にはだれも立ち入ることができず、庭は高い塀に囲まれていたため、経歴については腹立たしいほど情報が乏しかった。父親は名もないアメリカ人で、終生にわたって東京の帝国大学で比較文学を教えたので、娘のカレンは人生のほとんどを日本で過ごした。知られているのはせいぜいその程度だった。

カレンは異国風の庭園の中央にある小さなあずまやで客に囲まれながら、本人が〝チャノユ〟と呼ぶ日本の作法に従って茶を準備していた。その珍しいことばをなめらかに難なく話すさまからは、英語を母語としてではなくあとから習得したのではないかとさえ感じられた。少女のような手で、古びて厚ぼったいかなり無骨な形の朝鮮陶磁器に緑の茶の粉を入れ、小ぼうきに似た道具を忙しく動かして掻(か)き混ぜている。その背後には、ずいぶん年老いた東洋人の女が日本の衣服を身につけて守護神のように無言で立っていた。

「名前はキヌメです」カレンは老女のことを尋ねられてそう答えた。「だれよりもやさしくてすてきな人ですよ。ずっといっしょにいました——そう、何十年も」どういうわけか、カレンの美しくも疲れた顔が一瞬曇った。

「日本人のように見えるけど、ちがうようにも見える」あずまやにいた客のひとりが言った。「ずいぶん小さくないか」

カレンが声をひそめ、日本語にちがいないことばで何かを言うと、老女は一礼して小走りで去った。

「英語はかなりよくわかっているんです」カレンは申しわけなさそうに言った。「ただ、話すほうはちっともうまくならなくて……。キヌメは厳密には日本の出身ではありません。琉球(りゅうきゅう)諸島の生まれです。つまり、東シナ海の端にあって、台湾と——そう、美麗島(フォルモサ)のことですが——それと日本の本土にはさまれた諸島ですね。そこの人たちは日本人よりさらに小柄ですけれど、体つきはよく均整がとれています」

「どうりで、ちっとも日本人らしくないと思った」

「その起源については民族学者のあいだでも議論があるんです。アイヌの血が流れているとも言われてきました——ご覧のとおり、日本人より体毛が濃くて、鼻の形がよくて、頬もあまり平たくありませんしね。それに、世界でいちばん温厚な人たちです」

鼻眼鏡をかけたやや長身の若い男が口を開いた。「見目より心というわけですか。どんなふうに温厚なんでしょうか、ミス・リース」

「そう、たとえば」カレンはめったに見せない笑みを浮かべて言った。「琉球ではこの三百年というもの、人を殺める武器は使われていないはずです」

「それなら、ぼくは琉球を断固支持しますよ」長身の若い男は憂い顔で言った。「殺しのないエデンの園！　なんともすばらしい」

「まあ、日本人の典型というわけじゃありませんがね」カレンの版元の社長が口をはさんだ。

カレンはそちらを一瞥した。それから茶碗を客へまわしていく。文芸記者が質問を投げかけた。

「どうぞ召しあがって……。いいえ、ラフカディオ・ハーン（小泉八雲）のことは記憶にありません。亡くなったとき、わたしは七歳になったばかりでしたから。でも、父はよく存じていました——帝国大学の同僚でしてね……。なかなかの妙味でしょう？」

妙味と呼ぶべきなのは茶ではなく、運命の皮肉だった。というのも、最初にその茶碗を受けとったのが、あの鼻眼鏡をかけたやや長身の若い男だったからだ。それはクイーンという名の探偵小説作家で、重要ではない人物としてその場にいた。だが、このときのクイーン氏がそんな運命の皮肉に思い至るはずがなかった。気づいたのはもっとあとの、愉快ならざる場面でのことだ。このときはただ、たしかに妙味です、と口では言いながらも、内心ではひどい味だと思って、茶碗を隣の客にまわした。その中年の雄ゴリラは学者っぽく背をまるめたまま、それに口をつけずにさらに隣へまわした。

「きみとはどんなものでも分かち合うつもりだがね」その大男は哀れっぽくカレンに言った。「黴菌だけはごめんだ」

いっせいに笑い声があがった。ジョン・マクルーア博士が世界じゅうのだれよりもカレン・リースをよく知っていることも、それどころか、近々さらによく知ろうと試みることも、公然の秘密だったからだ。ぼってりとしたまぶたの奥で、鋭い淡青色の瞳がカレンの顔にほぼ釘づけだ。

「博士ったら」ニューイングランドを題材にした堅苦しい小説を書いている女流作家が大声で言った。「詩心ってものをまったくお持ちじゃないのね!」

マクルーア博士が「黴菌もな」と反撃すると、カレンまでうっすらと笑いを浮かべた。

さっきからラフカディオ・ハーンの没年を思い出そうとしていた《ワールド》紙のマニングが、ようやく口を開いた。「失礼ながら、ミス・リース。となると、あなたは四十歳ぐらいということでよろしいですか」

カレンは平然とつぎの茶を掻き混ぜはじめた。

「すばらしい」クィーン氏がつぶやくように言った。「人生がはじまる年齢だそうですからね」

カレンは恥じらいと警戒が混ざった視線をマクルーア博士の胸に据えていた。「それはたまたまです。人生は五十ではじまることもあれば、十五ではじまることもある」小さく息を継ぐ。「人生がはじまるのは、幸せがはじまるときですもの」

女性陣はカレンのことばの意味を察して顔を見合わせた。カレンは名声も伴侶も手に入れたのだ。ひとりがマクルーア博士に、あなたのお考えは、といささか意地悪く質問をした。

「もう産科は診ておらん」博士はぶっきらぼうに答えた。

「ジョン」カレンが言った。

「もういい！」博士は太い両腕を振った。「わたしは人生のはじまりになど興味がない。興味があるのは人生の終わりだ」

そのことばについては、だれの説明も必要なかった。死にとって、マクルーア博士は最大の敵だったからだ。

しばらくのあいだ、だれも口をきかなかった。絶え間なく死と格闘する人間のひとりとして、マクルーア博士の発散する強烈な精気は、ときとして人を沈黙させる。博士にはどこか薄汚れた、それでいて清廉なところがあって、まるで博士にふれると死の不浄すら解毒されるかのようだった。人々は消毒液と白衣にいささか気後れしつつ、博士をどこかの秘教の高僧のように見なしている。いくつもの伝説が生まれていた。

金と名誉は、博士にはなんの意味もなかった。おそらく、やっかみ屋の同業者数人が苦々しげに噂していたように、両方をあり余るほど持っていたからだろう。たいていの人間は博士にとって、顕微鏡で見える程度の値打ちのものを追い求めて這いまわる虫けらにすぎず、研究室で解剖するぐらいしか役に立たない生き物だった。そして、自分を煩わせる輩がいると、黴菌を寄せつけない毛深い手で容赦なく叩き落とした。身なりに無頓着な、浮世離れした人物でもあった。着ていないところをだれも思い描けない古ぼけた茶色のスーツは、皺だらけで擦り切れてふちがほつれ、悲しげに博士の両肩にしがみついていた。強靭でありながらくたびれた男で、年齢より若く見えるのに百歳のように見せていた。

他人には畏縮した子供の気分を味わわせておきながら、自分のほうは仕事以外ではまるで子供だというのが、滑稽な皮肉だった。怒りっぽく、頼りにならず、社交下手で、自分が人をどんな気持ちにさせるかなどまったく意識していなかった。

その博士がいま、危機に陥った子供が母親を見つめるように、なぜ会話が途切れたのかといぶかりながら、カレンに熱いまなざしを向けていた。

「エヴァはどこなの、ジョン」カレンがすかさず尋ねた。博士のとまどいに対しては第六感が働くらしい。

「エヴァ？　たしかさっき――」

「ここよ」背の高い娘があずまやの外の階段で声をあげた。しかし、はいってはこなかった。

「あそこにいる」マクルーア博士がうれしそうに言った。「楽しくやっているか、エヴァ。もうみんなに――」

「どこにいたの、エヴァ」カレンが訊いた。「みなさんのことは知っている？　こちらはクイーンさん――でしたね？――こちらはミス・マクルーア。そして、こちらは――」

「もうみなさんにお会いしたと思うけど」エヴァ・マクルーアは愛想笑いを浮かべて言った。

た。
「いえ、ぼくとはまだです」クィーン氏がさっと立ちあがって、遠慮ない口調で言っ

「お父さん、またネクタイが耳の下よ」ミス・マクルーアはクィーン氏を無視し、ほかの男たちを冷ややかに一瞥しながら言った。

「もう」カレンはため息を漏らした。「この人を人前に出られる恰好にしておくのは不可能ね」

「わたしはかまわん」マクルーア博士はこぼしながら隅へ引っこんだ。

「あなたも書いていらっしゃるんですか、ミス・マクルーア」例の詩人が熱心に尋ねた。

「いえ、まったくなんにもしておりませんのよ」エヴァは甘い声で答えた。「ねえ、カレン、失礼していい？　知ってる人がいたみたい……」

エヴァは消沈した詩人を残してその場を立ち去り、今夜のために雇われた日本人たちから風変わりな食べ物を給仕されている騒々しい集団のなかへ消えていった。しかし、だれにも声をかけず、ひどく不機嫌そうに眉をひそめつつ、庭園の隅の小さな橋へ突き進んだ。

「美しいお嬢さんですね、博士」胸に艶めかしく薄い絹の布をまとったロシア人の女

流作家が息をはずませて言った。「潑剌としていらっしゃる！」

「当然だよ」マクルーア博士はネクタイをいじりながら言った。「申し分ない娘だ。手塩にかけて育てたからな」

「目がきらきらしていた」詩人が詩人らしからぬ言い方をした。「でも、わたしにはずいぶんよそよそしかった」

「あら、エヴァはそういう年ごろなんですのよ」カレンが微笑んだ。「どなたか、お茶はいかが？」

「お忙しいなか、子育てに時間を割いてこられたなんて、すばらしいと思いますわ、博士」ロシア人の婦人がまた息をはずませて言った。

マクルーア博士は詩人からロシアの婦人へ視線を移し、ふたりをねめつけた。どちらも貧相な歯をしていた。それに、博士は人前で自分のことをとやかく言われるのが大きらいだった。

「ジョンはだれにでも時間を割くのに、自分には時間を使わないんです」カレンが早口で言った。「もう長いこと休暇をとっていなくて。お茶のおかわりはいかが？」

「偉大なる人物の証ですな」カレンの版元の社長が全員に笑顔を振りまきながら言った。「博士、いったいなぜ十二月にストックホルムへお出かけにならなかったんです？　世界的な医学賞の授与団体に肘鉄砲を食わせる人がいようとは！」

「時間がなくてな」マクルーア博士が吠(ほ)えた。

「肘鉄砲を食わせたわけではありません」カレンが言った。「ジョンにはそんなことはできませんよ。ほんの赤ちゃんですもの」

「だから博士と結婚なさるの?」ロシア人の婦人がひときわ息をはずませて尋ねた。

カレンはにこりとした。「お茶のおかわりはいかがですか、クイーンさん」

「ロマンチックね」ニューイングランドの作家が甲高い声をあげた。「ふたりの受賞者、ふたりの天才、ということはきっと、おふたりの遺伝子が合わさったら、生まれてくるのは――」

「お茶はいかが?」カレンは静かに言った。

マクルーア博士はご婦人連中をにらみつけながら、足音を重く響かせてその場を離れた。

実のところ、このすぐれた医師の人生は五十三歳にしてはじまろうとしていた。自分を年寄りだと思ったことはなかったが、若いと思ったこともなく、背後から青春に飛びかかられるのは愉快でもあり苛立(いらだ)たしくもあった。

医学賞を受賞しても、心の平穏が乱されることはなかった。ふだん自分を取り巻いている厄介事――新聞の取材、医師の会合への招待、名誉学位の授与――が濃密になったにすぎない。そういう雑事はすべて淡々とはねのけていた。受賞の知らせは昨秋に届いていたが、ストックホルムへ出向くことすらしなかった。新しい研究で頭がいっぱいで、五月になってもニューヨークにとどまり、自分の城である癌研究所のあたりをうろついていたからだ。

だが、カレン・リースとの恋愛には自分でも愕然とし、動揺のあまり何か月も憤然たる沈黙に浸って、真っ正直に自問自答していた。事の成り行きについては、いまでもまだ苛立ちを抑えきれない。こんなに理屈に合わないことがあるものか――二十年以上前から知っていた相手だというのに！　記憶をたどれば、カレンは十七歳のふてくされた小娘で、ソフトクリームのようにそびえ立つフジヤマを南西に望む東京のリース家で、シェイクスピアに関する答えようのない質問を辛抱強い父親に浴びせて困らせていた。

そのころのマクルーア博士はまだ若く、東京では着手したばかりの癌研究の関連で見通しの暗い仕事にいそしんでいたが、あのころでさえカレンのことは考えてもいなかったし、突き放した見方しかしていなかった。むろん、カレンの姉のエスターはちがっていた――金髪を輝かせて片脚を引きずっていた地上の女神のごとき当時のエスターには、思いをはせることがよくあった。しかし、カレンについては――そう、一九一八年から一九二七年のあいだは一度も会わなかったのに！　なんとも子供じみた話だ。当然ながら、カレンが東洋をあとにしてニューヨークに住まいを定めたとき、懐かしさからカレンの主治医になった――昔のよしみで、というやつだ。それではっきりした。感傷というのは手に負えないものだ。カレンの主治医になったことで、互いの距離が遠のいてもよさそうなものだったが……仕事上の関係なのだから……。

だが、そうはならなかった。人々のあいだを縫って日本庭園をぶらつきながら頭を冷やしていたマクルーア博士は、思わず含み笑いをした。賽が投げられたいまとなっては、自分でも、ふたたび訪れた青春をむしろ楽しんでいると認めざるをえなかった。この理不尽で説明のつかないひととき、この摩訶不思議な庭園で強い香気を発する風変わりな日本の花々に囲まれながら、博士は月を仰ぎ見て、カレンとふたりきりになれたらとさえ思っていた。

2

その小さな橋はずんぐりとしたアーチ形で、不恰好にふくらんでいた。エヴァ・マクルーアはそのふくらみの上に立ち、欄干に寄りかかって、鬱々とした顔で下を見つめていた。

小さな池は真っ暗で月だけが浮かび、あまりに小さいせいで、腹をすかせた何かが月のなかに浮かびあがって口を動かしても、その波紋が池のふちへ届くのに三秒しかかからない。エヴァが三秒だと知っていたのは、頭の片隅で数えたからだった。

ここでは何もかもが小さかった。橋の向こうの暗がりから甘い花の香りを漂わせる梅の節くれ立った低木も、近くの池も、あたりを包む薄闇から漏れるカレンの客たちの話し声も、頭上に張られた目に見えぬ針金からぶらさがった小型アコーディオンに似た日本式の提灯も、すべて小さい。躑躅、菖蒲、藤、牡丹といったこまごまとした脇役——どれもカレンが愛する日本の花——に囲まれて、エヴァはおもちゃの国で大きく育ちすぎた女子生徒の気分だった。

「それにしても、わたしったら、いったいどうしたの？」エヴァは波紋がひろがるのを見つめながら、やりきれない思いで自問した。

それはエヴァが少し前から悩みつづけている疑問だ。つい最近まで、エヴァは土のなかですくすくと育つ若い植物だった。本物の苦しみや喜びを味わったことはなく、ただ成長してきただけだった。

「あんなふうに不機嫌にふるまうなんて！」

マクルーア博士からは豊かな土壌を与えられていた。エヴァが育ったナンタスケットは、海岸を洗う潮風に野生の花々の強烈な香りに満たされて、格別心地のよい楽園だった。博士はエヴァを一流の学校——前もって綿密に調べあげた学校——にかよわせた。金も楽しい時間も着るものもたっぷり与え、世話係の女たちをみずから選んでやった。母親のいない家を安らぎの場に変えたうえ、エヴァの人格が汚染されないようにたしかな知識を植えつけ、同等のたしかな知識で身体衛生にも目を光らせた。

だが、それは発達期のことであり、エヴァが痛烈な感情を味わうことはなかった。自分が形作られていくのはわかっていた——植物にもみずから成長しているという漠たる感覚があるはずだ。成長するものがみなそうであるように、エヴァは自分の体を通して人生が進んでいるのを感じ、人生が自分にすばらしいものを与えてくれること、自分を形作って築きあげてくれること、青くさすぎてことばにできない人生の意味や遠すぎて一瞬しか目に留まらない人生の目的で心を満たしてくれることを実感していた。それは興味深い時期で、胸躍る時期ですらあり、エヴァは植物が感じるような幸せで満足して、光り輝く日々を送っていた。

ところが、あるとき突如として何かが暗転した。まるで、巨大な光の生命体が太陽を呑みこみ、世界を邪悪で異様な色で覆いつくしたかのようだった。

エヴァは一夜にして、陽気で愛らしい植物から、不機嫌なもっぱら陰鬱な生き物に変貌した。食べ物は味わいを失った。流行りの服にはいつだって胸がときめいたのに、退屈になり——ひいきの仕立て屋とひどい言い争いをした。友人たちとはずっとうまく付き合ってきたのに、我慢できなくなり——エヴァが相手のことをあからさまに言いすぎたせいで、友人ふたりを永遠に失った。

何もかも、わけがわからなかった。演劇、大好きだった本、キャロウェイやトスカニーニが奏でる魔法、カクテルパーティー、夢中で掘り出し物をさがしたボストンやニューヨークの店めぐり、ゴシップ、ダンス、ずっと支援してきた慈善団体——エヴァの楽しい生活を満たしてきた興味の対象や活動のすべてが、まるで陰謀でも企てられたかのように、なぜか一気に色褪(いろあ)せはじめた。エヴァはセントラルパークの厩舎(きゅうしゃ)で飼ってかわいがっていたブラウニーにまでひどい八つあたりをした。ブラウニーは激怒して、乗馬道の真ん中で遠慮会釈なくエヴァを振り落とした。落馬の痛みはいまも残っている。

ニューヨークの春がいつになくひそやかに進み、マクルーア博士はずっと前にナンタスケットの家を引き払って、たまの週末に訪れるだけになっていたが、いよいよ目立ってきたエヴァのこうした不思議な症状は、博士にいつもの注意深さがありさえすれば、ごく単純な診断で落ち着くはずだった。しかし、この哀れな男は、近ごろ足を踏み入れた恋の園から抜け出せず、鼻先より遠くのものは何も見えなくなっていた。

「ああ、死ねたらいいのに」エヴァは池の水紋に向かって声を漏らした。そして、このときは本気でそう願っていた。

　橋がきしみ、背後にひとりの男が近づいてくるのが足もとの揺れ方でわかった。エヴァは自分の体が夜のあたたかさ以上に熱くなるのを感じた。ばかげている、もしこの人が――

「なぜかな」男の声が尋ねた。それは男の声であるばかりか、若い男の声だった。さらにばつの悪いことに、その声は忌々(いまいま)しいほど楽しげだった。

「あっちへ行って」エヴァは言った。

「それで、ぼくに死ぬまで良心の呵責(かしゃく)に耐えろと?」

「いやがらせはやめて。あっちへ行ってよ」

「そうか」声は言った。「すぐ下に池があって、どうやらきみは自棄(やけ)になっている。自殺を考えていたのかな?」

「ばかを言わないで!」エヴァはかっとなって勢いよく振り返った。「二フィートの深さもない池なのに」

　そこにいたのはとても体格のいい、マクルーア博士と変わらないくらい大柄な青年で、そうと気づいたエヴァはくやしくなった。そのうえ、腹立たしいほど美形の男だ。さらには、夜会服を身につけていて、どういうわけかそのせいで事態が一段と悪化した。マクルーア博士のものとよく言われる鋭く細めた射るような目が、エヴァをじっと見おろしている。あれやこれやで、エヴァは自分が子供になったような気がした。エヴァはこの男を無視することにして、また欄干のほうを向いた。

「おい、それはないだろう」大柄な青年は言った。「このままにはしておけないよ。ぼくにも社会的責任というものがある。身投げじゃないなら、どういうつもりだったんだ――月明かりのもとで青酸カリか？」

不快な男は近づいてきて、体にふれそうなほどになった。けれども、エヴァは池から目を離さなかった。

「きみは作家じゃないね」青年は思案げに言った。「ここには作家がうようよいるけどな。きみは若すぎるし、あまりにも深刻そうだ。今夜ここにいる人種はみんな肥え太っているのに」

「そうよ」エヴァは冷ややかに言った。「作家じゃない。わたしはエヴァ・マクルーア、そして、あなたにいますぐここから消えてもらいたいと思ってる」

「エヴァ・マクルーア！　ジョン先生のお嬢さん？　これは、これは」青年は満足げな表情を浮かべた。「きみがあっちの連中のご同類じゃなくてよかったよ――ほんとに」

「へえ、よかったのね」エヴァは自分のことばが狙いどおりの皮肉に聞こえるのを願いつつ言った。「ほんとにね！」ますます風向きが悪くなっている。

「作家なんか大きらいだ。どいつもこいつも、小むずかしいことばかり言う。それに、見栄えのいいやつなんかひとりもいない」

「カレン・リースはすごくきれいよ！」

「三十を過ぎた女できれいな人はいないよ。美は若さだ。そのあとは化粧さ、みんなが〝魅力〟と呼んでいるのはね……。きみも未来の継母どのには大甘なんだろう」

エヴァは息を荒らげた。「あなたって、ほんとに――無礼きわまりない――」

「ぼくは服を剝ぎとって連中を見るんだ」青年は悪びれもせずに言った。「そうすれば、ぼくたちと同じ人間――ぼくたち以上にふつうの人間さ」

「あなたは――いったい何？」エヴァは口ごもった。こんな憎らしい人間に会ったのははじめてだ。

「ふむ」男はエヴァの横顔を観察しながら言った。「月。池。水に映る自分の姿を見つめる美しい娘……。人生をはかなんでいるとはいえ、まだ希望はありそうだ」

「わたし、どうしてあなたなんかと話してるのかわからない」エヴァは押し殺した怒りの声で言った。「わたしは金魚を見て、いつ眠るのかと思ってただけよ」

「おやおや！」憎らしい青年は声を張りあげた。「じゃあ、ぼくが思っていたより深刻な症例だな」

「わたしはほんとうに――」

「月の下で池をのぞきこんで、金魚がいつ眠るか考えていたなんて！　死にたいと願うより、よほど悪い兆候だ」

エヴァは男に向きなおり、この上なく冷ややかな視線で見つめた。「あなたがどなたか、お尋ねしてもいいかしら」

「いいぞ、その調子だ」青年は満足げに言った。「そういう症状の場合、怒りのような積極的な感情表現をつねにいい兆候と見なすんだよ。ぼくの名前はスコット」

「どこかへ消えて」エヴァはぞんざいに言った。「それとも、わたしが消えましょうか、ミスター・スコット」

「そのかわいらしい鼻でそんなにつんつんしなくていいさ。生まれてこのかた、ぼくはずっとこの名前でね。姓はスコット、名はリチャード・バー。〝ミスター〟じゃなくて〝ドクター〟だけど、ディックと呼んでくれてもいい」

「まあ」エヴァは小さく声を漏らした。「あのスコット」

リチャード・バー・スコット医師の名前は知っていた。パタゴニアへでも行かないかぎり、リチャード・バー・スコット医師の話を耳にしないことはありえない。少し前から友人たちが口角にうっすら泡を飛ばしてリチャード・バー・スコット医師のことを騒ぎ立てていて、多くの女たちのあいだでは、パーク・アベニューにあるリチャード・バー・スコット医師の華やかな診療所を訪れるのが小ざかしい習わしになっていた。すこぶる健康な母親たちでさえ、突如として複雑怪奇な病をかかえて出向くという噂だが、スコット医師を訪ねる女たちの服装を目にした者は、ホテル・リッツのカクテルパーティーへ出かけるのかと見まがうだろう。陰気に暮らすエヴァの耳にまで、熱烈な噂話が届いていた。

「さあ、これで」スコット医師は堂々と立ちはだかって言った。「なぜぼくが心配したかわかったろう。純粋に専門家としての反応だよ。骨を見た犬と同じさ。じゃあ、すわって」

「なんですって?」

「さあ、すわって」

「すわる?」エヴァは声を漏らしながらも、自分の髪がどう見えるかが気になっていた。「なんのために?」

スコット医師はあたりをうかがった。しかし、無数のホタルが飛び交い、騒がしい話し声が遠くで響くだけで、日本庭園のこの一角はふたりきりだ。スコットがエヴァの素肌の手に冷たく硬い手を重ね、エヴァは嫌悪のあまり鳥肌が立つのを感じた。鳥肌などめったに立たない。エヴァはまたよそよそしい態度で腕をさっと引っこめた。

「子供じみた真似はやめて」スコット医師はなだめるように言った。「すわって靴とストッキングを脱ぐんだ」

「そんなこと、ぜったいしない！」エヴァは驚いて上品ぶるのも忘れ、声を荒らげた。

「さあ、脱げ！」スコットは急に脅すように大声で言った。

つぎの瞬間、エヴァは気づくと池のふちの小さな橋のそばで、言われたとおりに腰をおろしていた。夢を見ているとしか思えなかった。

「では」スコット医師はエヴァの隣にしゃがんで快活に言った。「診てみよう。ああ！　愛らしい脚だ。足の甲や爪先も愛らしい。土踏まずも愛らしい――まだたるんでいないな。いずれはそうなるだろうけど……。さあ、足を池につけて」

エヴァは自分でもわけがわからず、屈辱を覚えつつも、この状況をひそかに楽しみはじめてもいた。ばかばかしく、ロマンチックで、まるでおとぎ話の世界だ。これほどの医者はほかにいるはずがない、と心のなかでしぶしぶ認めざるをえなかった。噂はけっして大げさではなかった。

「愛らしい」スコット医師は思い入れたっぷりに繰り返した。

エヴァは嫉妬のうずきを感じて愕然とした。この男がこういうばかげたことをするのははじめてであるはずがない。そう、きっとそうだ。これも職業上の技巧だろう。社交屋の医者！　エヴァはいくぶん興醒めして鼻で笑った。その手の医者のことはマクルーア博士から聞いてよく知っていた。人の心をつかんで、患者の扱いのうまさで商売をしている如才ない若い男たち。寄生虫、とマクルーア博士が呼ぶ連中だ。もちろん美形で、愚かな女たちの弱みにつけこんで食い物にしている。社会の敵。そうであることに議論の余地はないように思えた。

この男に思い知らせてやらなくては。新しい魚を釣りあげたつもり？　マクルーア博士の娘を！　さぞかし、いい宣伝になるでしょうよ、自分の診療所に、そう——動物の毛皮みたいに飾っておけば……。エヴァが自分のストッキングをつかみかけたその瞬間、驚いたことに、両足首をしっかりつかまれ、勢いよく池に突っこまれた。

「愛らしい」スコット医師は何かに気をとられた様子でまた言った。

水の冷たさがエヴァの素足を包みこみ、両脚を駆けのぼって、火照った肌にひろがっていく。

「冷たい？」そう尋ねるスコット医師はまだ呆然としている。

エヴァは自分にひどく腹が立った。しかし、口から出てきたのは、「ええ——そうね」という従順なことばだけだった。

スコット医師は思考らしきものを振り払って、体を起こした。「よし。じゃあ、お嬢さん、いくつか立ち入った質問に答えてもらおう」

エヴァはたちまち身を硬くしたが、自分に怒りを覚えながらも、水があまりに心地よいせいで、つぎの瞬間には緊張を解いていた。

スコット医師は思ったとおりだと言わんばかりにうなずいた。「足が熱いといらいらする。そして、逆のときは逆だ。暑いときは足を冷やすのがかならず効く」

「診察のときもふだんこれを用意してあるの、スコット先生？」エヴァは辛辣な質問を浴びせた。

「なんだって？」

「つまり——診療所にも池があるのかってこと。月はどうするの？」

「ああ」スコット医師は少しぼんやりした表情で言った。

「思うんだけど」エヴァは小声で言い、楽しげに爪先をくねらせた。「これって、スキヤキだかなんだかを食べたせいかもね」

スコット医師は妙な顔でエヴァを見つめた。それから、立ちあがって言った。「いいかい、若い女性が自殺の衝動に駆られた場合、いろんな原因を疑う必要があるんだ」エヴァの隣のコンクリートに腰をおろす。「きみの年齢は？」

「診療記録はないの？」エヴァは尋ねた。

「えっ、何？」

「二十歳よ」エヴァは素直に答えた。

「胃腸の具合は？」

「別に」

「食欲は？」

「つい最近までは」エヴァは顔を曇らせた。「メス豚みたいに食べてた」

スコット医師はエヴァを丹念に診ていった。まっすぐ伸びた背筋、なめらかな腕、引きしまった体軀。それらが月明かりで柔らかく輝いている。「ふうむ」スコットは言った。「さわやかだよ。実にさわやかだ」

エヴァは銀色の暗がりのなかで微笑んだ。友達のほとんどは苦悩に満ちた目を体重計に向けて、食欲という共通の敵と日夜戦っている。

「体重はどのくらい？」スコット医師は診察をつづけながら質問を継いだ。

「百十八ポンド」エヴァは言ったあと、いたずらっぽく付け足した。「服を脱ぐとね」

「そいつはすばらしい。よく運動している？」

「馬だけがたっぷりと」

「朝、起きたときに疲労感はあるかな——骨が痛むとか」

「とんでもない」

「記憶が途切れたり——集中しづらいことは？」

「ぜんぜん」エヴァはおとなしく答えたが、つぎの瞬間、また自分に怒りが湧いてきた。まじめに取り合うなんて！　いったい自分はどうしてしまったのか。エヴァは唇を固く結んだ。

「代謝には問題がなさそうだ。よく眠れる？」

エヴァは悲鳴をあげて足を池から引き抜いた。金魚が一匹、珍しいことではないが、くねくねと動く爪先を餌と見て食いついたのだった。エヴァは覚悟を決めて、また足を水のなかへ滑りこませた。

「死んだように眠ってる」エヴァは強い声で答えた。

「夢はよく見る？」スコット医師は気づかなかったふりをして尋ねた。

「しょっちゅうよ」エヴァは言った。「でも、なんの夢かは訊かれても教えない」

「もう聞いたも同然だ」スコット医師はそっけなく言った。「さてと、そうだな。患者ご本人の診断を聞いてみようか。精神疾患の症例では、それが役に立つことがよくあるんだ――とりあえず体はなんともないようだしね。きみ自身は何が問題だと思う？」

エヴァは池から脚をしっかり引きあげ、膝をかかえて青年を冷ややかな目で見つめた。

「ねえ、お願いだから、むずかしく考えないで。あなたは誤解してる。わたしはただ台詞の練習を――来週、施設の子供たちに観せるお芝居の台詞を練習してただけ」

「〝死ねたらいいのに〟」スコット医師はエヴァのことばをそのまま繰り返した。「子供に観せるには、ちょっと病みすぎている気がするがね」

ふたりの視線がからみ合った。やがてエヴァは視線をそらし、小さな口がいくつものぞく水面に目を移したが、体が急激に熱くなったり冷たくなったりするのを感じていた。

「金魚がいつ眠るのか、なんて戯言」大柄な青年はゆっくりと言った。「そんなものはぼくには通用しないよ。話を聞いてくれる女友達はいるのかな」

「山ほど」エヴァはこわばった声で言った。

「たとえば？　きみの友達のなかには、ぼくの知り合いもいるはずだ」

「ええと、カレンがいる」エヴァはそう言いながら、懸命にほかのだれかを思い浮かべようとした。

「そりゃだめだ。あの人は女じゃない。雲だよ。それに、きみの倍の年齢だ」

「女の人はもう好きじゃないの」

「じゃあ、男は？」

「大きらい！」

スコット医師は大きな雷でも落ちたかのように口笛を鳴らした。池のふちの草に寝転び、仰向けになって両の手のひらに頭を載せる。「いらいらすることは？」まだら模様の空に向かって言った。

「たまに」

「ときどき脚が痙攣したようになって、だれかを蹴飛ばしたい気分になるだろう？」

「なぜそんな——」

「施設の子供たちが急に気にさわるようになるだろう？」

「そんなこと、ひとことも——」

「恥ずかしいことをしじゅう夢に見るだろう？　うん、わかるよ」

「わたしは何も言って——」

「映画スターにうっとりする——レスリー・ハワードとか、危険な魅力のクラーク・ゲーブルとか」

「スコット先生！」

「それに、もちろん」スコット医師は月にうなずきながら言った。「近ごろは鏡を見る時間がうんと長くなった」

エヴァは驚きのあまり、思わず叫んだ。「どうしてそれを——」だが、丸裸になった気がして、たまらなく恥ずかしくなり、唇を嚙んだ。いったいなぜ、この世には医者なんかと結婚する人がいるのだろう。エヴァは憤然と自問した。いっしょに暮らす相手がこんな——人の痛いところを突く術を心得た人間聴診器だなんて、おぞましいにちがいない。図星だった。この男が言ったことはすべて的中していた。何から何まで言いあてられ、どうにも恥ずかしくて、きわめて不快だった。だれかのことをこんなに不快に感じることがあろうとは、考えてもみなかった。年配の医師にだって大事な秘密を暴かれるのは我慢ならないのに、こんな若い男に……。まだ三十歳を過ぎたばかりだという噂だ。こんな男が多少とも人から尊敬されるなんて……。

「なぜわかったかって?」スコット医師が草の上から夢見心地のような声で言った。エヴァは相手の燃えるような視線を素肌の肩に感じた——左右の肩甲骨のあいだの一か所がぞくぞくするのはたしかだ。「まあ、ただの生物学さ。そのおかげで赤ん坊が生まれる」

「あなたって——ほんとうに——最低!」エヴァは叫んだ。

「きみほどの美女がねえ。春——二十歳——男ぎらいを自称……。びっくりだよ!」

エヴァは水面に映る自分の姿をひそかに見た。体のなかで何かが起こりつつあった——横隔膜のあたりで小さな何かが沸き立って、熱くうずいている。

「もちろん、まだ恋を知らない」スコット医師はつぶやいた。

エヴァは素足のまま、さっと立ちあがった。「わたし、もう行きます!」

「おや、気にさわったようだね。すわって」エヴァは腰をおろした。この沸き立つ感じが不思議でたまらなかった。自分がみじめなのはわかっていたし、相手がどうにも我慢のならない男なのも言うまでもない。それなのに、熱いうずきが胸にひろがって、息ができなくなってきた。「うん、きみに必要なのはそれだ。それを求めているんだ。うら若き女性への、スコット先生の処方箋(しょほうせん)。恋だとかなんだとか、きみたち女性が呼んでいるものだよ。それで治る」

「さようなら」エヴァは泣きだしそうになりながら言った。しかし、立ち去らなかった。

「きみが悩むのは」スコット医師が言うのを聞きながら、あまりにも奇妙なことに、その視線が自分の後頭部に注がれているのをエヴァは悟った。「いまの環境が息苦しいからだ。頭脳、才能、名声――きみを取り囲むすべてのものが、きみを苦しめている。二、三千ドルを新しい服に散財して結婚相手を見つければ、もう痛みや苦しみを感じなくなるさ」

窒息しそうなほど張りつめた沈黙がおりた。医師と患者のあいだに生まれる沈黙とはまったく異なるものだ。とはいえ、月明かりのもと、日本庭園の水辺で医師が若い女を診察すること自体が珍しい。

さらに奇妙なことに、エヴァは不意に自分がもはや患者ではないと感じていた。まるでスコットの自信がエヴァに乗り移ったかのように、エヴァは力がみなぎり、スコットは少々うつろで……。稲妻の一閃に似たものがエヴァを襲った。一瞬にして庭園のセミがいっせいに剝がれ落ち、つづいて世界の天地がひっくり返った。心のなかで、何か月もつづいた絶望が魔法のように消えて、沸き立つ一点に凝縮され、いまは体じゅうが激しく揺り動かされている。

これも奇妙なことだが、いまでは青年のほうがだまりこみ、エヴァはもっと声を聞きたいと願っていた。同時に、エヴァの意識のなかで、青年が口を開くときには自分のせいで口調が変わるだろう、と不思議な力が告げていた。

エヴァはこれまで危険な瞬間に出会ったことがなかった。それでも本能ゆえに、いまがまさにその瞬間で、この危険ははじめて味わう甘美なものだと知っていた。

背後の草に寝転ぶ青年の呼吸の音が聞こえた。医者らしからぬ荒い息づかいだ。エヴァは喜びを感じた。そして突然、ほとばしるような幸福感に包まれた。この不思議な力は、女が特別な男と出会った特別な瞬間に感じる力、ほかのだれと会ったときにも感じたことのない力だと悟ったからだ。

そして、その男は自分の手のなかにいる。隣に寝転ぶ男にまっすぐ背を向けて、顔を見せなかったが、エヴァは穏やかな心でそう感じていた。振り向きさえすれば、何かうっとりするような、信じられないことが起こるにちがいない。

だが、特別な瞬間が訪れたいま、エヴァはそれを引きとどめたい衝動を抑えられなかった。まだ男に背を向けたまま、脱ぎ捨ててあったストッキングを穿(は)きはじめ、ゆっくりともったいをつけて脚に引きあげていく。男は動かない。それからエヴァは、神経を集中させて靴に足を滑りこませた。飛び交うホタルがちらちらと視界をよぎる。人々の声は別の惑星から聞こえるかのようだ。池で餌を呑(の)む音があらゆるものを際立たせた――沈黙を、緊張を、甘美な敵意を。

医者とだなんて！

それからエヴァは物憂げに立ちあがり、薄手のドレスをまとった引きしまった体をひねる立ち姿の美しさを自覚しながら、ようやく振り返って男を見た。しかし、こんどはエヴァのほうが覆いかぶさるように立つのを男が見あげなくてはならず、すらりとした体を高く伸ばしたエヴァは、冷ややかな愉悦を感じてひそかに胸を躍らせていた。討ちとった竜の屍（しかばね）を見おろす女騎士になった気分で、忍び笑いを噛み殺し、男の胸を踏みつけたい衝動を抑えつけた。

それでも、エヴァはばかげたことがしたくてたまらなかった。これほど強気で無謀な気持ちになったのははじめてだ。

「ええ、あなたは医者だものね」エヴァはスコットを見おろして言った。

スコットはまさしく男の目を大きく開き、なぜか少し怒ったようにエヴァをじっと見あげていた。時が動きを止めた。エヴァはまるで男の腕が自分を抱きすくめて震えているかのように感じた。庭園がぐるぐるまわり、音も生命も暗闇も意識の端から滑り落ちていく。エヴァは奇襲攻撃で防御を打ち破ってやったのがうれしくて、相手の怒りの気配すら堪能（たんのう）していた。男の筋肉が緊張し、いまにも草から跳び起きようとしているのがわかった。

「エヴァ！」マクルーア博士の大声が響いた。

エヴァの全身が凍りついた。スコット医師は急いで立ちあがり、服についてもいない汚れを力まかせに払いはじめた。

「ああ、そこにいたのか」マクルーア博士はがなり立て、足を踏み鳴らしながら橋を渡ってきた。そこで青年の姿に気づき、急に足を止めた。エヴァはふたりのあいだに立って、ハンカチを握りしめていた。

凍りつく感覚が消え去り、沸き立つような幸福感がよみがえった。声をあげて笑いだしそうなエヴァをはさんで、ふたりの男は見つめ合った。中年男のほうはことのほか鋭い淡青色の目で若者を観察し、若者のほうは半ば喧嘩腰で穿鑿の視線を返している。

「こちら、リチャード・バー・スコット医師よ、お父さん」エヴァが落ち着いた声で言った。

「ほう」マクルーア博士は言った。

スコット医師は「どうも」とつぶやき、両手をポケットに突っこんだ。エヴァはスコットが本気で怒っているると知り、うれしくてたまらなかった。

「噂は聞いているよ」マクルーア博士がうなるように言った。

「それはどうも」スコット医師はしかめ面で言った。

早くもふたりは敵になるかもしれない相手として互いを値踏みし、エヴァは気絶しそうなほど幸せだった。

3

そんなわけで、カレン・リースの人生が四十歳ではじまり、マクルーア博士の人生が五十三歳ではじまったとしたら、エヴァ・マクルーアの人生は二十歳の五月にカレン・リースの園遊会でロマンチックにはじまった。

エヴァは成長し、開花した。一夜にして満ち足りて、完成され、自信あふれる女になった。あらゆる懸念が無用な葉のように舞い落ちた。

エヴァは狩りの快楽の虜になった。まるで長年の経験があるかのように、この古来の遊戯——狩人の女がじっと待ち構え、獲物が悲しい結末を求めてむざむざとやってくる遊戯——に没頭した。ニューヨークの医師で面食らったのはマクルーア博士だけではなく、若きスコット医師はまちがいなくやつれていった。

ふたりは六月に婚約した。

「ひとつだけ、気になってることがあるの、お父さん」少し経ったころ、エヴァがマクルーア博士に切り出した。うだるように暑い夜、カレンの庭園でのことだった。

「わたしとリチャードのことだけど」

「どうしたんだ」マクルーア博士は尋ねた。

エヴァは自分の両手を見つめた。「リチャードに話したほうがいいんじゃないかと思って――ほら、お父さんとわたしが……」

マクルーア博士は沈痛なまなざしでエヴァを見た。近ごろの博士はいつにも増して疲れた様子で、ずいぶん老けこんでいた。しばらくして博士は言った。「なんだね、エヴァ」

エヴァは考えあぐねていた。「お父さんがわたしのほんとうの父親じゃないってこと。あの人に話さないのはよくない気がするんだけど――」

マクルーア博士は身じろぎもせずにすわっている。隣にいたカレンが小声で言った。「ばかな真似はおよしなさい、エヴァ。話してどうなるというの？」花柄のワンピースを着て髪を後ろにとかしつけたカレンは、実際より歳をとって見えて、忠告が真っ当なものに感じられた。

「わからないのよ、カレン。ただ、だまってるのは――」

「エヴァ」マクルーア博士は、このふたりの女以外のだれも聞いたことがないやさしい声で言った。エヴァの両手をとって、自分の手で包みこむ。「わかっているだろう、エヴァ。実の娘であろうとなかろうと、わたしはこれ以上愛せんほどおまえを愛している」

「ああ、お父さん、わたし、そんなつもりで言ったんじゃ――」

「もういいじゃない」カレンがやや語気を強めて言った。「あの人にはだまっていなさい、エヴァ」

エヴァは深く息をついた。それは幼かったころ、自分にとっては空白の先史時代に起こったことだった。何年も経ったのち、マクルーア博士が注意深く養女だと教えてくれたが、そのとき芽生えた漠たる不安がすっかり消え去ったことは一度もない。

「あなたがそう言うなら話さない」エヴァは疑念を消せぬまま言った。だまっているのはよくない気がしたからだ。とはいえ、話すなと言われたのはうれしかった――たとえほんの些細なことでも、新しく見つけた幸せをおびやかしかねないものはなんだってこわかった。

マクルーア博士はベンチの背にもたれて目を閉じた。「そのほうがいい」博士は言った。

「もう日どりは決めたの?」カレンが博士をちらりと見て、すかさず尋ねた。

「まだ、はっきりとは」エヴァは言いながら、陰鬱な気分を振り払った。「わたし、ばかみたいね――笑っちゃう――でも、ほんとうに結婚できたらいいと思ってる。ときどき、とっても変な感じがすることがあって――まるで……」

「ほんとうにおかしな子ね」カレンはつぶやくように言った。「まるで、もう結婚しないみたいな口ぶりじゃない」

「ええ」エヴァはかすかに身を震わせて言った。「わたし――そうなったら耐えられない。いまさらそんな……。ディックとの結婚だけがこの世の生きがいなんだもの」

「やつはどこにいる？」マクルーア博士がそっけなく尋ねた。

「どこかの病院よ。重症の患者がいて――」

「扁桃腺（へんとうせん）か？」博士が言った。

「お父さん！」

「まあ、聞け、エヴァ」博士は目をあけるなり言った。「わたしの言うことは気にせんでいい。だが、おまえには医者の妻として暮らす心構えを持たせてやりたいんだ。わたしは――」

「よけいなお世話よ」エヴァは反抗心もあらわに言った。「大事なのはディックであって、ディックの仕事じゃないもの。そんなことに気をまわすのは余裕ができてからにする」

「それはそうだな」マクルーア博士は含み笑いをしたが、その笑いはすぐに消え、博士はまた目を閉じた。

「ときどき思うの」エヴァは思いつめたように言った。「わたしたち、ぜったいに結婚しないんじゃないかって。変な感じというのはそのことよ。それが——こわくてたまらなくて」

「お願いだから、エヴァ」カレンが声を張りあげた。「おばかさんみたいな真似はやめてちょうだい。そんなにあの人と結婚したいなら、さっさと結婚してすっきりしてしまいなさい」

エヴァはだまっていた。しばらくして口を開いた。「ごめんなさい、カレン、わたしの考えてることがおばかさんみたいで」そう言って立ちあがった。

「すわりなさい、エヴァ」マクルーア博士が静かに言った。「カレンは悪気があって言ったわけじゃない」

「ごめんなさいね」カレンは小さな声で言った。「これは——神経衰弱のせいなのよ、エヴァ」

エヴァは腰をおろした。「わたしも——ここ何日かは自分が自分じゃない気がしてるの。リチャードは少し待ったほうがいいと思ってるみたい。それもそうよね。急いだってしかたない。男の人がひと晩でまるっきり新しい生活に切り替えるなんて、無理でしょ？」

「そうだな」マクルーア博士が言った。「こんなに早くそれに気づくとは、賢い娘だよ」

「ディックって、とってもーーなんていうか、居心地がいいの。いっしょにいると、すごく気分がよくなる」エヴァは幸せそうに笑った。「わたしたち、パリでおもしろい場所を全部まわって、新婚旅行の人たちがするおかしなことを全部するつもりよ」

「あなた、しっかり自信があるじゃないの、エヴァ」カレンが黒髪の頭をマクルーア博士の肩にもたせかけて言った。

エヴァは陶然と体をよじらせた。「自信？　この気持ちが自信じゃないとしたら……。とんでもないことね！　わたし、ディックに夢中なの。大きくて、強くて、赤ちゃんみたいで……」

暗がりのなかでカレンが微笑み、小さな頭を斜めに動かしてマクルーア博士を見あげた。博士は姿勢を正し、それからため息をついて両手に顔をうずめた。カレンの笑みが消え、目がいつにも増して深く翳っていく。瞳は不安の色を帯び、老いることを知らない美しい顔には、エヴァが近ごろよく目にするようになった何かほかのものが浮かんでいた。

「わたしったら」エヴァは快活に言った。「自分のことばかり話して、お父さんもカレンも……。ねえ、ふたりとも、ずいぶん調子が悪そうよ。カレンも具合がよくないの？」

「あら、わたしはいつもどおりよ。でも、ジョンはぜったいに休暇が必要だと思う。あなたから言ってくれたら、ジョンも承知するかも」

「ほんとうに、すごくやつれてる、お父さん」エヴァはとがめるように言った。「あの地下牢を閉鎖して、海外へ出かけたらどう？　わたしは医者でもなんでもないけど、お父さんには船旅がとってもいいと思う」

「だろうな」博士は唐突に言った。立ちあがり、芝生の見まわりをはじめた。

「それから、カレン、あなたもいっしょに行かなくちゃだめ」エヴァはきっぱりと言った。

カレンはうっすらと笑みを浮かべて、首を横に振った。「わたしはここを離れられないのよ、エヴァ。深く根を張っているから。でも、ジョンは行くべきね」

「行くでしょう、お父さん？」

マクルーア博士は急に足を止めた。「おいおい、エヴァ、わたしの心配はいいから、おまえはあの青年と幸せにやりなさい。ほんとうに幸せなんだろう？」

「ええ」エヴァが言った。

マクルーア博士はエヴァにキスし、それをながめるカレンはそのあいだずっと、まだ微笑みながらも、何かほかのことに気をとられているようだった。

六月の終わり、決然たる説得攻撃についに屈し、マクルーア博士は仕事を置いてヨーロッパで休暇を過ごすことにした。すっかり痩せて、スーツが無残にも肩からぶらさがるようになっていた。

「分別をわきまえてください、博士」エヴァの婚約者がずいぶんぶしつけな言い方をした。「こんなふうに働きつづけるなんて無理ですよ。そのうちひっくり返ってしまいます。あなたは鉄でできているわけじゃない」

「それはわたしも気づきはじめている」マクルーア博士は言って、いびつな笑みを浮かべた。「わかったよ、ディック、きみの勝ちだ。行くことにする」

リチャードとエヴァは博士の見送りに出かけた。カレンは疲れがひどくて家から出られなかったので見送りには行かず、マクルーア博士はワシントン・スクエアの庭園でふたりきりのときに別れを告げた。

「エヴァを頼む」銅鑼の音が船上でやかましく響くなか、大柄な男はリチャードに言った。

「心配はご無用です。博士こそ、どうぞお気をつけて」

「お父さん！　気をつけてね」

「わかった、わかった」マクルーア博士はふてくされたように言った。「まったく、わたしを八十歳だとでも思っているようだな！　じゃあな、エヴァ」

エヴァは両腕をひろげて博士に抱きつき、博士はかつてのゴリラ並みの力を少しこめてエヴァを抱きしめた。それから博士はリチャードと握手を交わし、若いふたりは急いで船をおりた。

博士は手すりの内側に立って、船が川でまっすぐ針路をとるまでふたりに手を振っていた。エヴァは急に不思議な気持ちになった。父娘が数マイル以上離ればなれになるのははじめてのことで、何か大きな意味があるように感じられた。タクシーのなかで、エヴァはリチャードの肩に寄りかかって少し涙した。

八月が訪れ、去っていった。エヴァは毎日手紙を書いたが、マクルーア博士からはたまにしか便りが届かなかった。もっとも、博士は筆まめな人物ではなく、送ってきた何通かの手紙はいかにも博士らしいものだった——細かいところまで正確で、自分自身のことはいっさい書いていない。手紙はローマ、ウィーン、ベルリン、パリから届いた。

「世界じゅうの癌患者に会いにいってるのよ」エヴァは憤然とリチャードに言った。「だれか、ついていけばよかったのに！」

「たぶん、またとない楽しい時間を過ごしているんだろう」スコット医師は笑った。

「大切なのは環境の変化だ。体はどこも悪くない――ぼくがくまなく診察したからね。ほうっておいたほうがいい」

この時期、エヴァは忙しい日々を送っていた。暑苦しい夏のさなかに涼しげな春の女神のごとく歩きまわり、花嫁支度の品々を買いそろえるという胸躍る仕事に取り組んでいた。友人たちからはお茶に招かれ、週末にはリチャードと海辺へ遠出し、こちらがあまりにも唐突に大勝利をおさめたことにまだ少し当惑している女たちの前に女王として優雅に君臨する仕事もあった。カレンにはほとんど会わず、少しやましさを感じていた。

スコット医師は気が滅入りがちだった。「今月は患者がずいぶん減ったよ。原因はわかっているが」

「あら、夏はいつもそうじゃないの？」

「あ、ああ、でも――」

恐ろしい疑念がエヴァの脳裏にひらめいた。「リチャード・スコット、まさか、あなたとわたしのことが原因だとでも？」

「正直に言うと、そうだと思う」

「この――女たらし！」エヴァは叫んだ。「あの――あの女ども、みんな、その気にさせてたってわけ！　だから、わたしと婚約しただけで、みんな来るのをやめたのよ。

ああいう手合いのことはよく知ってる——メス猫よ、みんなそう！　あなただって、あの人たちと同じで、最低よ。哀れな人ね、だって……」

エヴァは泣きだした。ふたりにとって、これがはじめての喧嘩で、エヴァはひどく深刻にとらえていた。スコット医師のほうは、まるで何か柔らかいものを踏みつぶしたような顔をしている。

「エヴァ！　悪かった。そんなつもりで言ったんじゃ——ぼくはきみに夢中なんだ！　おかげでぼくはぼろぼろだよ。だけど、それでもきみを愛している。あんなくだらない、自分で病気だと思いこんでいる連中が来なくたって、どうでもいいさ」

「ああ、ディック」エヴァはリチャードの腕のなかで泣きじゃくった。「わたしはあなたの虜よ。あなたのためなら、なんだってする！」

その後、エヴァはまたとびきりの幸福感に包まれていた。リチャードがエヴァの特別な部分にキスをし、それから角のドラッグストアへ連れていって、エヴァの大好きなチョコレート・アイスクリーム・ソーダを飲ませてくれたからだ。

九月にはいると、マクルーア博士がストックホルムからの手紙で、これから帰ると知らせてきた。エヴァはその手紙を持って、婚約者の診療所へ飛んでいった。

「ふうむ」リチャードは几帳面な筆跡を目で追いながら辛辣に言った。「自分のことについてはミイラでも書けるぐらいの情報量だな」

「この旅行でお父さんの具合はよくなってると思う?」エヴァはまるでスコット医師が四千マイル先まで見通せるかのように、不安げに尋ねた。

「きっとよくなってるさ。さあ、心配しないで。もし具合が悪くても、帰国したらすぐに治療するから。いまごろは海の上だよ」

「カレンは知ってるのかしら」エヴァは興奮気味に言った。「たぶん知ってるでしょうね。お父さんが手紙を書いてるはずだもの」

「そう思うよ。何しろ未来の妻だから」

「それで思い出した。ねえ、リチャード・スコット」エヴァはリチャードの机に生けてあった花を一本引き抜いた。「未来の妻と言えば……」

「うん?」リチャードはぼんやりした顔で言った。

「もう、ディッキーったら、とぼけないで!」エヴァは顔を赤らめた。「わかってるくせに……わたしは――」

「ああ、そうか」リチャードは言った。

エヴァはリチャードを見据えた。「ディック、わたしたち、いつ結婚するの?」

「まあまあ、天使さん――」リチャードは言いかけて笑いだし、エヴァを引き寄せようとした。

「やめて、ディック」エヴァは静かに言った。「わたし、真剣なのよ」

ふたりはしばらくのあいだ、机をはさんで見つめ合っていた。やがて、スコット医師は深く息をつき、力なく回転椅子に腰を落とした。「わかったよ」苛立たしげに言う。「ぼくの負けだ。まさか自分が――ぼくはもう、朝食のときはきみを食べている気分だし、だれの胸に聴診器をあてていても、きみの顔が浮かぶようになってしまった」

「ディック！」

「自分が女性に〝きみなしでは生きられない〟なんて言うことになるとは思いもしなかったけど、まぎれもなくそんなありさまだ。たまらないよ、エヴァ。ジョンが帰ってきたらすぐに、きみと結婚するさ！」

「ああ、ディック」エヴァは喉が詰まり、ささやきを漏らすことしかできなかった。机の横をまわり、壮絶な戦いで疲れ果てたかのように、ディックの膝に崩れ落ちた……。

しばらくすると、エヴァは形のよいリチャードの鼻のてっぺんにキスをして、その手を軽く叩き、体をよじって膝からおりた。「それはだめよ！　わたし、ワシントン・スクエアへ行ってカレンに会わなくちゃ」

「ちょっと待ってくれよ」リチャードは不満そうに言った。「カレンにはいつだって会えるじゃないか」

「いいえ。ずいぶんご無沙汰しちゃってるし、それに――」

「ぼくにもだよ」リチャードはぼやきながら、机上のボタンを押した。看護師がはいってくる。「きょうの診察は終了だ、ハリガンさん」看護師が出ていくと、リチャードは言った。「さあ、こっちへおいで」

「いやよ」

「ぼくをからかって、診療所じゅう追いかけまわされたいのかい」

「もう、ディッキーったら、お願い」エヴァはせっせと鼻に白粉をはたきつけながら言った。「どうしてもカレンに会わなくちゃいけないの」

「いったいなんだって、そんなにカレンを気にかけるんだ」

「行かせてちょうだい。カレンに話したいのよ、おばかさん。だれかに話したくてたまらない」

「なら、ぼくは昼寝でもするか」リチャードはしぶしぶ言った。「きみは言いだしたら聞かないからな。こっちはゆうべ、夜通しマールテン夫人の手を握りながら、出産は虫歯を抜くようなものだと説得していたんだ」

「まあ、かわいそうに」エヴァは小声でやさしく言って、もう一度リチャードにキスをした。「あの人、とっても美人よね。ゆっくりお昼寝してちょうだい」

「今夜、会えるかな。だって、ぼくたちふたりでお祝いをしなきゃ――」

「ディック、いやよ！　ディックったら——そうしましょう」エヴァは言って、飛び出していった。

陽光きらめくパーク・アベニューへ足を踏み出したエヴァは、どこからどう見ても、たったいまキスをたっぷりされて、結婚の日どりを決めたばかりの娘そのものだった。幸せに満ちあふれたエヴァを見て、ドア係はにっこり微笑み、タクシーの運転手は楊枝を投げ捨ててエヴァのためにドアをあけた。

エヴァはカレンの住所を告げ、タクシーの座席にもたれて目を閉じた。さあ、いよいよだ。結婚——もうすぐそこまで来ている。ありきたりな結婚ではなく、リチャードとの結婚だ。もちろん、あちらこちらで噂話に花が咲くだろう——どうやってエヴァがリチャードの気を引いたとか、どんな手でつかまえたとか。言いたい人には言わせておけばいい。みんな、うらやんでいるだけだ。それに、うらやましがられるほど幸せが増す、とエヴァは満ち足りた気分で感じた。そんなふうに思うのは困ったものだが、世界じゅうの女全員から嫉妬されたかった。上着に包まれて胸が少し息苦しい。リチャード・バー・スコット夫人……。すばらしい響きだ。あまりにもすばらしい。

タクシーがカレンの家の前で停まると、エヴァはおりて運転手に金を払い、玄関前の階段で足を止めてワシントン・スクエアを見渡した。公園は午後四時の日差しを浴びてきらめき、整然と手入れされた芝生や噴水や乳母車を押す乳母たちに彩られて美しい。乳母車をながめながら、エヴァは頰が紅潮するのを感じた。このところ、まともとは思えないほど頻繁に赤ちゃんのことを考えている。そしていまは、自分とリチャードが結婚したあと、ウェストチェスターやロングアイランドに住めなくても、カレンの邸宅のような家に住めれば最高に幸せだろうと思っていた。この家はエヴァが知るかぎり、ニューヨークのどの家よりもすてきだった。とても居心地のいい寝室がいくつもあって――カーテンも――

エヴァは呼び鈴を鳴らした。

東六十丁目通りにある自分たちの住まいは、ただのアパートメントだ。エヴァがどれほど手間暇かけて飾り立てたところで、アパートメントであることに変わりはない。だが、マクルーア博士は自分が勤める癌研究所から口笛が届く距離より遠くに越すのを拒んでいたし、エヴァはいつも家を空けていて、言うまでもなく博士は研究所に住んでいるも同然だったので、一軒家など無駄な贅沢にすぎないというのも事実だった。博士……。エヴァはこのときひそかに、カレンとマクルーア博士がもうすぐ結婚することが、いつにも増してうれしく思えた。自分が家を出て、あのみじめなアパートメントに博士をひとりきりで残すことにいくぶん後ろめたさを感じていたからだ。もしかしたら、あのふたりは――

見たことのない女中がドアをあけた。

エヴァは驚いた。けれども、玄関広間を通り抜けながら尋ねた。「ミス・リースはご在宅かしら」——ばかげた質問だが、なぜかいつもそう尋ねてしまう。

「はい。どちらさんですか」その女中は愛想のない若い女で、どうやらまだ経験不足のようだった。

「エヴァ・マクルーアよ。ああ、取り次がなくてもいいの——お客じゃないから」エヴァは言った。「エルシーはどうしたの？」

「あ、その人はきっと、くびになったんですよ」女中は上気した様子で言った。

「それで、あなたはここに来たばかりだと」

「はい」女中はうつろで間の抜けた目をしていた。「三週間ですかね」

「なんですって！」エヴァは愕然とした。「そんなに経つの？　ミス・リースはどちらに？　庭？」

「いえ、二階です」

「じゃあ、あがらせてもらう」エヴァは広い階段を軽やかにのぼっていき、残された新入り女中はその後ろ姿をじっと見送っていた。

カレン・リースの屋敷は、一階と地下の使用人部屋について言えば、室内装飾家が隅々まで西洋風に仕上げたように見えたが、二階はカレンと東洋の流儀が通されていた。寝室はすべて日本風で、カレンが東京の父親の家から持ってきた家具や安物の装飾品がところせましと並べられている。エヴァは階段をのぼりながら、この家の寝室を見たことのある者がほとんどいないことをもったいなく思った。どの寝室も、博物館の標本室のように風変わりでおもしろいのに。

エヴァは二階の廊下へ出る角を曲がったとき、キモノ姿の人影がカレンの居間へはいっていくのを見た気がして、早足であとを追った。

思ったとおり、それは昔からいる使用人のキヌメだった。その小柄な異国人が居間を通ってカレンの寝室へはいっていき、寝室のドアを閉めるのがはっきり見えた。さらに、キヌメがドアの向こうに消える前に手にしていたのが何も書かれていない日本製の便箋と封筒一枚ずつで、便箋は四辺に手漉きの耳を残し、象牙色の地にほんのり赤い菊の模様をあしらった繊細なものであることまでわかった。

エヴァが寝室のドアをノックしようとすると、ドアが少し開き、小柄なキヌメがあとずさりしながら出てきたが、その手に便箋と封筒はなく、歯の隙間から空気が漏れるような声で何やら言っていた。

「オダマリ！」部屋のなかからカレンの不機嫌な声が聞こえた。

「ゴメンナサイ、オジョウサマ」キヌメがかすれた声であわてて言い、寝室のドアを閉めてこちらを向いた。

日本人の老女は驚いた顔をした。キヌメの表情でエヴァが読みとれるのは驚いたときだけで、細い目がかすかに見開かれる。「こんちは、エヴァさま。お嬢さまに長いこと会う来てありませんね」

「こんにちは、キヌメ」エヴァは言った。「そうなのよ、だからすごく申しわけなくて。お元気？　カレンはどう？」

「わたし、元気です」キヌメは言ったが、ドアのそばから動こうとしない。「お嬢さま、元気ありませんです」

「いったいカレンは――」エヴァは言いかけてとまどった。

老女の皺(しわ)だらけの口は固く結ばれていた。「いま、お嬢さまに会うできないです」キヌメは礼儀正しく、空気が漏れるような小声で告げた。「お嬢さま、書くしています。すぐ終わりますです」

エヴァは笑った。「ぜったいにカレンの邪魔はしないって。作家の大先生だもの！　わたし、待ってる」

「エヴァさま来られたこと、お嬢さまに伝える行きます」キヌメはまたドアのほうを向いた。

「その必要はないの。どうせわたしは何もすることがないしね。本でも読んでるから」

キヌメは一礼し、袖(そで)のなかで小さな両手を合わせながら小走りで居間の外へ出て、ドアを閉めた。ひとり残されたエヴァは帽子と上着を脱ぎ、一風変わった鏡の前へ行って身だしなみを整えた。髪をつつき、あしたはパーマをかける時間があるかと考えた。それに、髪をよく洗わなくてはいけない。それから、バッグを開いてコンパクトを取り出し、口紅の蓋をはずしながら、マクルーア博士はスージー・ホチキスが持っているのと同じようなものを土産に持ち帰ってくれるだろうかと考えた。ホチキス氏はスージーに、うっとりするほどすてきな小物をパリで買ってきてくれたという。エヴァは小指で唇を三度つつき、それからかなり注意深く口紅を引いた。ディックのキスで口紅が少しはみ出していたが、エヴァが診療所を出る前に、ディックはていねいに塗りなおさせてもくれなかった。この口紅はにじまないはずなのに、にじんでいる。家にあるコーラルピンクの口紅と同じようなのをもう一本買おう、とエヴァは頭のなかでメモをとった。

少しして、窓際へ行って外を見ると、遅い午後の日差しが庭園をまだらに染めていた。

窓には格子がはまっている。気の毒なカレン！ ワシントン・スクエアのこの家を買ったときに、居間と寝室の窓を鉄格子で囲ってしまったなんて！ 大人の女としてはばかげたふるまいだ。ニューヨークはいつだって、カレンにとっては恐ろしい場所なのだろう。いったいなぜ、カレンは日本を離れたのだろうか。

エヴァは風変わりな小ぶりのソファーのひとつにどさりと腰をおろした。この部屋はとても平和だ。考え事をするのに、こんなにいい場所はない。庭では鳥たちがさえずり――家の裏手はカレンの居間と寝室が庭を見おろす形で端から端まで占めている――子供たちがワシントン・スクエアであげる大声がはるか彼方から聞こえている……。つかの間、エヴァはリチャードのことを、そして結婚生活のことを考える……。リチャードが――愛しいディックが――いまここにいて、この腕で抱きしめることができたらいいのに、と思った。かわいそうなディック！　ずいぶんすねた顔をしていた――キャンディをもらえなかった子供みたいに……。

隣の寝室からは何も聞こえず、物音ひとつしなかった。エヴァはチーク材の小さなテーブルから本を一冊手にとり、ぼんやりとページをめくった。

4

船のクロノメーターがニューヨーク時間の五時三十分を示したとき、〈パンシア〉はうららかな海を切り裂いて進んでいた。東の水平線の彼方に夕闇がひろがるなか、マクルーア博士はデッキチェアに体を横たえて、船の後方で空と海が幻のようにふれ合うぼんやりとした細い線を見つめていた。

夕食の時刻が近く、広々とした上甲板には人気がなかった。しかし、リネンのふちなし帽をかぶって鼻眼鏡をかけたやや長身の若い男が、ときおり立ち止まっては手すりに肘を突き、穏やかな海へとがめるような視線を向けながら、危なっかしい足どりで甲板を歩いてきた。マクルーア博士の横を通りかかったとき、男の顔が明るくなって青から黄に変わった。

「マクルーア博士！」

博士は顔を振り向けて、少しのあいだ、若い男の顔をぼんやりながめた。

「覚えていらっしゃらないでしょうが」若い男が言った。「クイーンです。五月にお会いしました。ワシントン・スクエアで開かれたあなたの婚約者の園遊会で」

「ああ、そうだったのか」マクルーア博士はそう言って、かすかな笑みを漂わせた。「どうだね。旅を楽しんでいるかな」

「ええ、まあ……」

「わたしのほうは最低最悪だ。サウサンプトンからずっと船酔いでね。昔から海が苦手で、どうにもならん」

クイーン氏は緑がかった仮面の下でにっこり笑った。「ええ、ぼくも同じですよ。

地獄の苦しみをこらえています。博士、ぼくがあなたに劣らず具合が悪そうに見えるとしたら——」

「ずっとこんな調子だよ」マクルーア博士は不機嫌そうに言った。「船酔い(マル・ド・メール)のせいだけじゃない。うちの者たちにヨーロッパへ無理やり追いやられてね。気分がよくなるはずがないんだ」

クイーン氏は同情をこめて小さく舌を鳴らした。「ぼくの場合は父です。拉致(らち)されて船に乗せられたも同然ですよ。ニューヨーク市警のクイーン警視ですがね。いい思いも多少しましたけど、帰りのこの船旅で全部帳消しになりました」

「そうか！　きみはあの探偵小説作家だな。思い出したよ。すわってくれ、クイーンくん。さあ、すわって。きみの小説を読んだことはないが——あの手のものは受けつけなくてな——しかし、友人たちはそろって……」

「おそらく苦情の手紙をぼくへ送りつけたんでしょうね」エラリーは深く息をつき、隣の椅子にすわりこんだ。

「いや、つまり」マクルーア博士はあわてて言った。「わたしは探偵小説全般が苦手なんだ。きみの作品だけがどうこうというわけじゃない。科学的事実がおろそかにされるのが常だからな。悪く思わんでくれ」

「ぼくもその点について言ったんです」クイーン氏は浮かない様子で言った。

エラリーは博士の風貌の変化にかなり驚いた。がっしりした力強い顔が痩せ細り、着ているものが哀れなほどゆるくなっている。

「きみも乗っていたとは気づかなかった」博士は言った。「だが、まあ、わたしはこの椅子に住んでいるも同然だが」

「ぼくも気分が悪すぎて、船室でうめきながら、ぱさついたチキンサンドにかぶりつくぐらいしかできなかったんです。向こうには長くご滞在だったんですか、博士」

「二か月ほどだ。あちこちの首都をのぞいて、どんな様子か見てまわったんだ。ストックホルムにも立ち寄って、賞の関係者を訪ねたよ。授賞式に出向くのを忘れたことを詫びるとか、いろいろすることがあったからな。賞金の額の大きさを考えると、先方の態度はずいぶん控えめだった」

「何かで読みましたが」エラリーは微笑んだ。「賞金は癌研究所に寄付なさったとか」

マクルーア博士はうなずいた。ふたりはしばらくのあいだ、海をながめて無言で坐していた。ようやくエラリーが尋ねた。「ミス・リースもごいっしょですか」二度言わざるをえなかった。

「えっ？　ああ、そうか」博士は言った。「いや、カレンはニューヨークにいる」

「あの人には海の旅もよかったんじゃありませんか」エラリーが言った。「五月はかなりお疲れの様子でしたから」

「疲れきっていた」大男は言った。「たしかに」

「執筆を終えた疲れです」エラリーは深く息をついた。「あなたがた科学畑の人たちは、執筆が重労働だとご存じないんですよ。しかも『八雲立つ』だ！　あれは極上の翡翠のごとき作品です」

「わたしにはわかるまい」博士は疲れた笑みを浮かべ、つぶやくように言った。「ただの病理学者だからな」

「東洋人の心理のとらえ方は神業そのものです。それに、あの輝かしい文章！」エラリーは首を振った。「疲労困憊するのも当然ですよ。お痩せになったでしょうね、賭けてもいい」

「カレンは貧血気味でな」

「それに、ひどく敏感なのでは？　繊細な気質から来るものにちがいない」

「ほとんど、神経のせいだ」博士は言った。

「なら、いったいなぜ、いっしょにいらっしゃらなかったんですか」

「えっ？」マクルーア博士の顔が紅潮した。「ああ、すまん、どうも――」

「どうやら」エラリーは微笑んだ。「おひとりになりたいようですね、博士」

「いや、いや、すわっていてくれ。少しばかり疲れているだけだ……。カレンのことで秘密など何もない。とんでもなく臆病でな。恐怖症と言ってもいいほどだ。強盗にはいられないかと心配するとか——その手のことだよ」

「窓に格子がはめられていました」エラリーはうなずいた。「おかしなもので、そんなふうに考えると気が滅入りますからね。おそらく、日本で暮らしていたからだ。アメリカの環境にまったくなじめないんでしょうね」

「適応障害だな」

「一泊の外出ですら、ぜったいになさらないそうですね——ずっと家のなかか庭園で過ごしていらっしゃる、と」

「そうだ」

「エミリー・ディキンソン（十九世紀の詩人。生涯の大半を家のなかでの詩作に費やした）に似ていますね。それどころか、ミス・リースのこれまでの人生で何かの悲劇が起こったと言いだす者がいてもおかしくない」

マクルーア博士はデッキチェアにすわったままゆっくりと向きなおり、エラリーをじっと見た。「なぜそう思うんだ」博士は尋ねた。

「ということは——何かあったんですか」

博士はまたデッキチェアに身を沈め、葉巻に火をつけた。「ああ……ある出来事がな。昔のことだが」

「ご家族に？」あらゆることに飽くなき好奇心を発揮するエラリーが水を向けた。

「姉だ。名前はエスター」博士はしばし口を閉じた。「先の大戦の直前、一九一三年に日本で、わたしはあの姉妹に出会った」

「何か不幸なことがあったんですね」エラリーはさらに先を促すように言った。

マクルーア博士は唐突な動作で葉巻を口にくわえた。「悪いが、クイーンくん……その話はあまりしたくないんだ」

「ああ、失礼しました」しばらくして、エラリーが口を開いた。「ところで、どういった研究で受賞なさったんですか、博士。科学のくわしい話がわからないもので」

博士の顔が目に見えて明るくなった。「やはりそうか。きみたちはみな同じだな」

「で、研究の内容は？」

「ああ、愚にもつかん研究だよ。よくあることだが、まだどう展開するかわからないんだ。たまたま酵素を使ってあれこれやっていて、生体細胞で酸化の過程を調べようと——呼吸にかかわる発酵の過程だが……ベルリンのワールブルクの研究を追跡調査していたわけだ。その過程で目新しいことはなかったが、脇道にそれたときに……うまくいってな」博士は肩をすくめた。「まだはっきりしたことはわからん。だが、見こみはありそうだ」

「癌の研究でそんなことを？　癌は細菌性の病気ということで、医師の見解がおおむね一致しているものとばかり思っていました」

「何をばかな！」マクルーア博士は椅子から跳びあがって叫んだ。「いったいどこでそんなことを聞いたんだ。細菌性の病気だなどと！」

エラリーはへこまされた気分だった。「では――ちがうんですか」

「まったく、いいかげんにしてくれ、クイーンくん」博士は苛立った声で言った。「癌の病原菌説は二十年も前に却下されたよ。わたしがまだ誇大妄想をいだいた青二才だったころのことだ。いまはおおぜいの学者がホルモンを研究している――塩基性の炭化水素と関係があるのはまちがいない。わたしの予感では、どの研究者も最後は同じ結果に――」

乗務員がふたりの前で立ち止まった。「マクルーア博士でいらっしゃいますね。ニューヨークからお電話です」

デッキチェアからあわてて立ちあがったマクルーア博士の顔は、また重苦しく曇っていた。「すまんな」博士はつぶやくように言った。「娘からかもしれん」

「ごいっしょしてもよろしいですか」エラリーは言いながら、自分も立ちあがった。「パーサーに用があるもので」

ふたりはぎこちなく黙したまま、乗務員についてA甲板のラウンジまで行き、マクルーア博士はその一角にある海陸間通信の電話室へ急ぎ足ではいっていった。派手な身なりの婦人が躍起になって何やらまくし立てるのをパーサーがなだめているあいだ、エラリーはすわって待ちながら、ガラスの壁の向こうの博士を物思わしげに見つめていた。この大男には何か思い悩んでいることがある、とエラリーは感じた。健康がすぐれない理由として、〝働きすぎ〟などという便利な言いわけよりも、おそらくもっとふさわしい何かが……。

つぎの瞬間、エラリーははじかれたように椅子から立ちあがり、その場に立ちつくした。

回線がつながって電話で話していたマクルーア博士に異変が起こった。エラリーがガラスの壁越しに見ていると、大男は腰かけたまま身をこわばらせ、受話器を握りしめて震えていた。いかつい顔から血の気が引いていく。それから肩ががっくりと落ち、全身がくずおれたように見えた。

エラリーは最初、博士が心臓発作を起こしたのかと思った。しかし、すぐにその表情が身体の苦痛によるものではないと気づいた。蒼白な唇がゆがんでいるのは動揺のせい、あまりに激しく恐ろしい驚きで動揺したせいだ。

やがて、マクルーア博士は電話室のドア口に来て、空気を求めるかのように襟もとに手をやった。

「クイーンくん」ほとんど聞きとれない声で言った。「クイーンくん。入港はいつだ」

「水曜日。昼前です」エラリーは博士を支えようと腕を差し伸べた。大男の鉄の腕は震えている。

「困ったな」マクルーア博士はかすれた声で言った。「一日半も先か」

「博士！　どうしたんです？　お嬢さんに何か――」

マクルーア博士はどうにか倒れずに、エラリーが空けた革張りの椅子まで歩いて腰をおろし、ガラスの壁をじっと見つめた。眼球は黄色く濁り、赤い筋が何本も走っている。エラリーが荒々しく乗務員を手招きし、大きなグラスで飲み物を持ってくるよう耳打ちすると、乗務員は走り去った。パーサーが大急ぎでラウンジを突っ切ってくるところで、そのあとを例の派手な婦人が追っている。

博士は急に全身を震わせた。顔は奇妙な苦悶の表情にゆがみ、脳裏から追い払えない恐ろしい考えに苛まれているかのようだ。

「とんでもない」博士がつぶやいた。「とんでもない。わけがわからん。とんでもない」

エラリーは博士を揺さぶった。「しっかりしてください、博士、何があったんですか。だれでしたか」

「はあ？」血走った目がうつろにエラリーを見あげた。

「電話はだれからだったんですか」

「ああ」マクルーア博士は言った。「ああ。ああ、うん。ニューヨーク市警だ」

5

四時半にエヴァはソファーの上で身を起こし、両腕を伸ばしてあくびをした。象眼細工のテーブルから持ちあげていた本を落とし、エヴァは鼻に皺を寄せた。つまらない本だった。いや、そう決めつけるのはよくないだろう——自分は連続したふたつの文を頭のなかでうまくつなげることすらできなかったのだから。考えることが多すぎた——結婚式、新婚旅行、新居、住む土地、家具……。

カレンの仕事がまだ終わらないなら、体をまるめて寝てしまおうかとエヴァは考えた。海の真ん中にいるマクルーア博士と電話で話すつもりの六時まで、まだ時間はたっぷりあるが、エヴァは待ちきれなかった。カレンが姿を見せるか何かしてくれればいいのに、と思った。そうすれば、いっしょに〈パンシア〉に電話をかけられるのに！　それとも、このニュースは内緒にしておいて、水曜の午前に〈パンシア〉が入港したときに博士を驚かせるほうがいいだろうか。

カレンの寝室で電話が鳴った。

エヴァは気にも留めず、絹のクッションに深くもたれて笑みを漂わせていた。しかし、電話はまた鳴った。止まった。また鳴った。

エヴァは不思議に思い、閉ざされたドアを見つめた。電話機が置かれているのは、庭を見おろす出窓を背にした書き物机の上で、カレンはときどきその机で仕事をしていた。手を伸ばしさえすればいいのに……。すると、また鳴った！

カレンは横になって昼寝をしているのか。だとしても、けたたましいベルの音で目が覚めないはずがない。あの奇妙で謎めいた古い屋根裏部屋にいるのだろうか。でも……。また鳴った。

もしかしたら、わざと無視しているのかもしれない。カレンは変わり者——神経質で気むずかしい人物——だから、電話の音が不快で、腹立ちまぎれに出ないと決めこんでいるのか。この家では、カレンが部屋で仕事をしているあいだ、どんな理由があろうと邪魔してはならないというのが軍紀だった。だから電話も……。またベルが鳴ったが、エヴァは力を抜いてクッションに身を預けた。

だが、つぎの瞬間、跳び起きた。ぜったいに何かがおかしい！　キヌメはカレンが「書くしています」と言った——でも、何を書いているのか？　キヌメは便箋と封筒をカレンに持っていった。ということは、書いているのは新作の小説ではない。手紙だ。けれども、手紙を書いているだけなら、なぜ電話に出ないのだろう。

最後にもう一度鳴り、もう鳴らなくなった。

エヴァは急いでソファーから立ちあがり、スカートをひるがえしながら、居間を横切って寝室のドアへ走った。カレンに何かあったのだ。カレンは病気で――キヌメがそう言っていた――最後に会ったときもたしかに具合が悪そうだったから――たぶん気を失ったか、何かの発作を起こしたのだろう。きっとそうだ！

あまりの勢いでカレンの寝室に飛びこんだので、ドアが壁にぶつかり、跳ね返ってエヴァにあたった。心臓が激しく脈打ち、エヴァは何を予期すればいいのかわからないまま目を凝らした。

最初、部屋にはだれもいないように思えた。一風変わった小型の低い日本式ベッドは空っぽで、出窓の前にある書き物机にもだれもいない。そのうえ、机の奥に置かれた椅子は、膝を入れる空間にほぼ押しこまれている。その机と椅子は、カレンが横に三つ連なった出窓からはいる肩越しの光で仕事をできるように配置されていた。

エヴァは部屋の奥まで進み、当惑しつつ周囲を見まわした。すべてがあるべき場所にある――ベッドの奥の壁際に置かれた美しい日本の屏風、何枚かの水彩画、ベッド脇に吊られた空っぽの大きな鳥かご、日本の偉大な画家オグリ・ソウタン（小栗宗湛）作でカレンが大切にしている掛け軸、精巧な骨董品――どれも正しい場所にあり、カレンだけがいなかった。カレンはどこ？　三十分前にはまちがいなく寝室にいた。声が聞こえていた。だとしたら、上階の、だれも見たことのないあの屋根裏部屋にいると しか……。

そのとき、エヴァの視線が一対の小さな日本の履き物をとらえた。机の奥の出窓の床が寝室の床より一段高い壇になっていて、そのせまい壇の端から爪先(つまさき)を下にして垂れさがっている。そして、それを履いているのはカレンの足で、白い日本の靴下に包まれ、キモノの裾(すそ)も見えている……。

エヴァは心臓が縮むのを感じた。かわいそうなカレン！ やはり、ただ気を失っていたのか。エヴァは机の横をまわって駆け寄った。カレンは壇の上でうつぶせに倒れて、その端に沿って横たわり、この上なくていねいにキモノが着つけられている……。

エヴァはキヌメを呼ぼうと、口を開きかけた。

だが、その口をまた閉じた。まばたきをし、もう一度まばたきをし、まばたきを何度繰り返しても頭がぼんやりしたままで、体じゅうが麻痺(まひ)し、目だけが働いていた。

壇の床に血が見えた。

壇の床に血。エヴァはまばたきを繰り返すばかりで、脳はほかのことを考えられなかった。血だ！

磨きあげられた壇の上でカレンの顔が横にねじれてエヴァのほうを向き、白い首のあたりの床が血に染まっている。その血はおびただしい量で、カレンの柔らかい喉の前面に開いた、赤い唇さながらの傷口のおぞましい裂け目から噴き出しているかのようだ……。エヴァは小動物を思わせるうめき声を漏らして両目を覆った。

その手をおろしたとき、麻痺していたエヴァの脳は弱々しく働きはじめていた。カレンはぴくりともせず、やつれた頰は血の気が引いて青白く、まぶたは筋模様の走る大理石のようで――絶命している。カレンは喉の刺し傷のせいで死んでいる。カレンは……殺された。

そのことばが何度もこだまし、さっき鳴りつづけていた電話のベルのように頭のなかで鳴り響いた。電話のベルは止まったが、そのことばは止まらない。何かにつかまらずにはいられない気がして、エヴァは机の上を手探りした。手が何か冷たいものにふれ、エヴァはとっさに体を引いて目をやった。それは細長い金属で、先端がとがり、もう一方の端が輪になっている。自分が何をしているのかほとんど意識せず、手にとった。それは――こんなおかしなものが、とぼんやりした頭で考えた――はさみの片割れだった。刃先と指穴の中間には、刃の根もとに小さな穴が見え、ふたつの片割れを留め合わせてあったねじがそこから抜け落ちたのがわかる。だが、こんな奇妙な形のはさみは見たことが……。

そのとき、エヴァは悲鳴をあげそうになった。この刃、この鋭くとがった邪悪な先端は……そう、凶器、カレンを殺した凶器だ！　何者かがはさみの片割れでカレンを殺し、刃をぬぐって――置いていったのだ！　エヴァがまた手を引っこめると、その金属の物体は落ちて書き物机のへりにあたり、椅子の右の、半分まで紙くずがはいった小さなくずかごのなかへ吸いこまれた。エヴァは無意識に指をスカートにこすりつけたが、金属の冷たく忌まわしい感触は消えなかった。

エヴァはよろめきながら机をまわり、壇上のカレンの死体のそばに力なくひざまずいた。カレン、カレン、と、とりとめなく考えた。あまりの変わり者で、あまりにも美しい人。長らく閉じこもったすえに幸せの絶頂にいたのに、こんなにむごたらしく死ぬなんて。エヴァは全身から力が抜けるのを感じ、壇の床に片手を突いて体を支えようとした。ところが、指が何か生あたたかいゼリー状のものにふれ、こんどこそ悲鳴をあげた――あいまいな、ほとんど声にならない悲鳴が、静まり返った部屋に小さく響いた。

それは凝固しかけたカレンの血で、エヴァの手一面についていた。

エヴァは跳びあがって、吐き気と恐怖に打ちのめされながら、呆然（ぼうぜん）とあとずさりした。ハンカチで手を拭（ふ）かなくては……。スカートや腰のあたりが赤くべとつくもので汚れないように、ばかばかしいほど注意しながらスカートのウエストベルトを手で探った。ハンカチを見つけ、いくら拭いてもきれいにならないかのように、ひたすら拭きつづける。すべての指をぬぐい、ゼリー状の赤い汚れをハンカチにこすりつけながら、エヴァの目はぼんやりとカレンの蒼白な顔を見つめていた。

そのとき、エヴァの心臓が凍りついた。背後でだれかが、おもしろがるでもなく、乾いた声で含み笑いを漏らしていた。

エヴァは振り返った勢いで転びそうになった。あとずさりして机にぶつかりながら、血まみれのハンカチを胸に握りしめた。

男がひとり、あけ放たれた寝室のドア口に寄りかかり、体をかしげて、ほとんど表情のない冷淡な様子で含み笑いをしていた。

だが、男の目はまったく笑っていない。冷たい灰色の瞳が、エヴァの顔ではなく両手を凝視している。

そして、男は小声でゆっくりと言った。「動くなよ、嬢ちゃん」

6

男はドアの脇柱を強く押してまっすぐ立つと、爪先歩きで部屋に足を踏み入れた。

その歩き方があまりに慎重だったので、エヴァは一気に笑いだしたい衝動に駆られた。それでも笑わなかったのは、男の爪先立ちの歩き方には、何度も経験を重ねたかのような品格があって、少しばかり感心したからだった。

男はエヴァの顔を見ようとはせず、エヴァの両手に淡々と全神経を集中させていた。血まみれのハンカチ、と思いながら、エヴァは漠たる恐怖に襲われた……。その忌まわしいものを床に落とし、机から離れかけた。

「動くなと言ったろ」

エヴァはぴたりと足を止めた。男は立ち止まり、ちらりと視線を動かしてから、またエヴァをじっと見ながらあとずさりしてドアまでもどり、後ろ手にドアの取っ手を手探りしてつかむと、音を立てずにすばやくドアを閉めた。

「わたし――カレンが――」エヴァはおぼつかない手ぶりで肩の後ろを示しながら話しはじめた。しかし、口のなかが乾きすぎて、先をつづけることができない。

「だまってろ」

男は若く、硬く乾いた枯葉のような寒々とした褐色の顔をしていた。ほぼ閉じたままの唇の隙間から漏れ出ることばは氷水のしずくを思わせた。

「そこから一歩も動くな。机の前だ。そして、あんたの両手をおれから見えるところに出しておけ」

部屋が回転する。エヴァはめまいを覚えて目を閉じた。あんたの両手を……。エヴァの脚は凍りついていたが、脳は機械のように働いていた。この男はいったい何が言いたいのか。あんたの両手を……。

エヴァがふたたび目をあけたとき、男は目の前に立って、ダイヤモンドのような灰色の瞳にいささかの迷いを浮かべていた。いまはもう、体の横へひろげて後ろの机に置かれたエヴァの両手ではなく、顔を見つめていた。表情を読みとろうとしている。顔の造作をひとつずつ——眉を、目を、鼻を、口を、顎を——会計係が在庫を調べるようにじっくりと値踏みしていく。エヴァはこの混沌の意味を理解しようとしたが、まったく何もひらめかない。夢かもしれないと思い、そうであることを望んだ。もう少しで夢だと信じこめそうで、そうなるようにまた目を閉じた。

男が動く音は聞こえないから、これは夢にちがいない。その証拠に、エヴァがつぎに目をあけたとき、男の姿はなかった。

ところが、振り向くと男はそこにいた。机の奥の出窓の内側でカレンの死体のそばに片膝を立てているが、体にはふれず、血にもふれず、膝を突いた床にもほとんどふれていない。

死体を見つめる男の硬く引きしまった褐色の若い顔が、エヴァにははっきり見てとれた。見たこともない顔だ。エヴァが知る男はだれも——マクルーア博士も、リチャード・スコットも――このような顔をしていない。完璧（かんぺき）になめらかな褐色で、ほとんどひげがなく、分子ひとつの厚みしかない仮面のようだ。表情を失った硬質さがなければ、少年の顔にも見えるほどだ。それはまるで、堅牢（けんろう）な褐色の盾を構えて敵だらけの世界を生き延びてきた大人を思わせた。肩幅が広く、清潔で大きな褐色の手の持ち主だ。前かがみになっても腹部に皺（しわ）が寄る気配がなく、その部分も平らで引きしまっていて、リチャードとは――いや、リチャードのその部分は少し柔らかい。リチャードのその部分は……ああ、リチャード！　大柄なリチャードは〈パームビーチ〉の灰色のスーツにダークブルーのシャツ、白い絹のネクタイで少しおしゃれすぎるほどに装い、イタリア製の麦わら帽を斜めに引きさげて、灰色の目の一方が隠れるように、少し粋（いき）すぎるかぶり方をするのだった。

　褐色の男は軽やかに立ちあがり、ゆっくり歩きはじめた。部屋にある物から物へと歩きまわっている。そうか、とエヴァは思った。猟犬のように嗅（か）ぎまわっているのだ。男は何ひとつ手をふれずに部屋じゅうを見まわりながら、同時に何かをさがしてもいた。つねにエヴァを視界にとらえつつ、細やかに気をつかって体の向きを変え、歩き、止まる様子は、競走馬を思わせた。

　この人はだれ？　エヴァは考えた。この人はだれ？　考えはじめると、恐怖が体じゅうに押し寄せた。この人はだれ？　見たことのない男だ。カレンの友人や自分の知り合いとは思えない――こんな男は知らない。どことなく競馬の賭博師に似ているが、それともちがうし、タイムズ・スクエア界隈をうろついている妙な連中ともちがう。

この人はだれ？　どうやってこの家にはいったのか。最初からずっとこの寝室にいたのだろうか。だが、エヴァが飛びこんだとき、カレンのほかにだれもいなかったのはまちがいない。それに、この男は何をしにきたのか。仕事は何なのか。ひょっとして――ギャング？　たしかに何かを隠し持っているようなふくらみが……。ひょっとして――この男が――

エヴァは息を呑んだが、もう男が目の前にいるので、身動きができなかった。両手を男の片手で軽々とつかまれ、エヴァは痛みを覚えた。男は反対の手でエヴァの顎をつかみ、顔を軽く揺さぶってきた。それだけで歯が震え、目に涙があふれてきた。

「さあ、答えろ、嬢ちゃん」こんどは機関銃のように男が言った。「名前は？」

自分が魔法にかかった子供のように「エヴァ。エヴァ・マクルーア」と答える声を聞いて、エヴァは驚いた。

男の手がかすかに動いたのを見ると、名前に聞き覚えがあるらしい。だが、目からは何も読みとれなかった。

「この家に着いたのは何時だ」

「四時。四時ごろ」

「あんたを見た者は？」

「使用人たち」

エヴァはぼんやりと、自分がなぜこの見知らぬ男の質問に答えているのかと思ったが、意志の力がすっかり抜け落ちて、つつかれたクラゲのように刺激に反応することしかできなかった。

「日本人の？」

「キヌメがここにあがってきて、カレンに便箋を渡してた。わたしは居間にいて、カレンの声は聞こえたけど、顔は合わせてない。カレンのほうは、わたしがここにいるとは知らなかった。キヌメが出てきて、カレンは書き物をしてるって言うから、わたしはキヌメをさがらせて待ってたの」

「なんのために？」

「カレンに――ちょっと――ちょっと話したいことがあって」

「どのくらい待ったんだ」

「ここで電話が鳴って、それが四時半だった」エヴァは機械のように答えた。「電話はずっと鳴りつづけて、やっと止まったの」どういうわけか、男がその電話のことをすべて知っているのがエヴァにはわかった。とはいえ、なぜ男がそれを知っているのか、なぜ自分がそう言いきれるのかは、説明しようがなかった。「わたし、こわくなって、ここにはいってきて、それで見つけたの——カレンを」

　エヴァの声がどうにか最後のことばにたどり着いた。男はまた当惑顔でエヴァを値踏みしている。驚いたことに、男の灰色の瞳には相手を動けなくする力があった……。

「血だらけのハンカチを持って何をしてたんだ」ハンカチはふたりの足もとにあった。男はそれを足でつついた。

「わたし——カレンを見にいって、床の血が手についてしまって。それを拭いたの」

　男はエヴァの両手と顎をゆっくり放した。エヴァは押さえつけられてくぼんだところに血がめぐりはじめるのを感じた。

「いいだろう、嬢ちゃん」男はゆっくりと言った。「あんた、頭が鈍すぎて嘘なんかつけそうもないからな」

　膝の力が抜けてエヴァは床にへたりこみ、机に寄りかかって、呆けたように泣きじゃくった。褐色の男は両脚を開いてエヴァの前に突っ立ったまま、まだ怪訝な顔でエヴァを見おろしていた。やがて、男の脚が遠のいていき、音は聞こえなかったが、男がまた落ち着きなく歩きまわっているのがわかった。

　リチャード……。ここにリチャードがいてくれたら。あの腕に抱かれていれば安全なのに——恐ろしい目をしたこの褐色の男から安全でいられるのに。ああ、自分がリチャードのものでいたら——これからずっと、あの人の妻で、安全で、いつまでも安心していられるのに。エヴァは懸命に泣きやもうとしたが、どうがんばっても無理だった。リチャード……。そして、お父さん。けれども、マクルーア博士のことが頭に浮かんだ瞬間、エヴァはその考えを脳裏のクロゼットに押しこめて鍵をかけた。遠い海の上にいるくたびれた大柄な男のことは考えずにいたかった。

ガラスが背後で砕け、何かがエヴァの頭の上を飛んできて、鈍い音を立てながら目の前の床に落ちた。

見知らぬ男はエヴァの背後で壇上にあがろうとしていたところで、飛んできたものが顔にぶつかりそうになった。男はとっさに右腕をあげ、真ん中の出窓から飛び散ったガラスから目をかばった。つぎの瞬間、男とエヴァはそれぞれ左右の窓から、それが飛んできた庭を見おろした。自分がどうやって床から立ちあがったのか、エヴァは覚えていなかった。思い出せるのはガラスが割れたこと、そして褐色の男といっしょに出窓の内側の壇に乗ったことだけだ。床の上の血と、無言で横たわる小さな体……。気づくとエヴァは、褐色の男の硬い体に身を寄せていた。

しかし、庭にはだれもいなかった。窓を割ったのがだれであれ、姿を消していた。

エヴァは笑いだし、もう止まらないのではないかと思うほど激しく笑った。男に寄りかかって体を揺すり、痙攣するほど笑いながら、相手の存在は忘れて、体にふれる硬さだけを感じていた。それから壇をおりて、ふらつきながら机にもたれ、また涙が出るほどひたすら笑いつづけた。

「石を投げたのよ」エヴァはあえぎながら言った。「石を投げた――カレンに――カレンに……」

男がエヴァを強く平手打ちし、エヴァは痛みに悲鳴をあげて、崩れ落ちそうにあとずさった。

「だまってろと言ったじゃないか」男は眉をひそめて言ったが、声には詫びるような妙な響きがあった。

男は恥じ入るかのように、さっと顔をそむけた。叩いたからではなく、詫びる口調になったのが気まずいのだ、とエヴァは取り乱したまま考えた。男を見ながら、自分がとんでもなく愚かでむなしく感じられ、いっそ気を失っていたほうが楽だったのに、と思った。

男は割れた窓をすばやく調べた。粉々に壊れたのは三連窓の真ん中の窓で、ガラスが二枚とも割れていた――上下ふたつの窓枠の下側が引きあげられ、窓があいていたからだ。三つの窓の外側に、均等な六インチ間隔で縦にはめられた太い鉄の棒を、男は意味ありげに見つめた。それから、歩いていって石を調べた。その途中で腕時計にちらりと目をやった。

石は寝室の真ん中に転がっていた。なんの変哲もない、ごくありふれた石だ。裏側が上になり、黒い土の塊がところどころについていて、その土が床にも散らばり、たったいま庭で拾ったかのように湿って見える。楕円形で、長いほうの直径は五インチ程度だ。男は足でつついて石をひっくり返した。反対の面には何もついていない。わかったのはそれだけだった。

「ばかばかしい」少しして男が言い、それが結論なのだとエヴァは悟った。「どこかの子供のしわざだ」男が軽く肩をすくめ、この件にけりをつけた。「ミス・マクルーア」

「はい？」エヴァは深く息をついて言った。

男は石をまたいで、エヴァを見つめた。「あの日本人が便箋を渡しにいったとき、カレン・リースの声が聞こえたってのはたしかか？」

「たしかよ」

「その便箋は――机の上にあるまるめた紙のことか？」

エヴァが目をやると、そこには象牙色の地にほんのり赤い菊の模様が描かれた、裁断されていない耳つきの紙があった。もっとも、それは皺くちゃにまるめられている。そばには何も書かれていない封筒が置いてある。

「同じものだと思う」エヴァは生気のない声で言った。

すると男はエヴァのほうへ来て、ハンカチを取り出し、まるめられた紙をそれでつまんで平らに伸ばした。そこには何かが記されていた——エヴァは文字を読んだが、頭がまともに働かず、ことばが意味をなさないままだった。理解できたのは〝モレル〟という単語だけ——カレンの弁護士の名前だ。どうやらこれはモレルに宛てた手紙、未完の手紙の書き出しであるらしい。手紙は文の途中で終わっていた。

「カレン・リースの筆跡か？」

「ええ」

男は紙を注意深くまるめ、見つけた場所と寸分たがわぬところにもどした。それから机をまわり、抽斗（ひきだし）を片っ端から調べていく。

「ほかに便箋はない」そうつぶやくと、上唇を引っ張りながら、しばらく考えをめぐらしていた。「おい、嬢ちゃん。日本人のばあさんが出てきた。ばあさんはカレンにその紙を渡して立ち去った。あんたが見たとき、ばあさんが持ってた紙は白紙だったんだな？」

「そうよ」

「なら、ばあさんにはやれなかったわけだ。カレンはばあさんが出ていってから手紙を書いた。つまり、ばあさんが出ていったあとも生きてたわけだ」男はまた腕時計をちらりと見た。

「キヌメは」エヴァが言った。「キヌメはこんな——こんなことをするはずがない」

「ばあさんはやってないと言ったろう？」男は気色ばんだ。「あんたはずっとあの居間にいた。一瞬でも、離れた時間はあったか？」

「いいえ」

「あんたがそこで待ってるあいだに出入りした者は？」

「ひとりもいない」

「ひとりも！」男は驚いた様子だった。先刻のとまどいがもどった目で、エヴァの顔をじっと見つめる。エヴァは不思議に思った。いや、思ってなどいない。もはや、カレンにまつわることを考えてもどうにもならない――本人が死んでしまったのだから。いまはただ、ディックに会いたくてたまらない……。

褐色の男はドアに駆け寄って耳を澄まし、音を立てずに勢いよく手前に引いてドアをあけると、ドア口に立って居間を見渡した。居間にあるドアはふたつ――ひとつは廊下からはいるドア、もうひとつはいま男が立っているそばのドアだ。男は振り向きもせず、ざらついた声で言った。「たしかなんだろうな。居眠りしてたんじゃないのか？」

「だれひとり出入りしなかった」

男は両手を軽く握りしめてもどった。「もう一度、あの日本人について訊く。この寝室にいた時間はどのくらいだ」

「十秒もいなかった」

「ばかな！」男の顔が怒りで紅潮した。「カレンはあんたがあの部屋で待ってるあいだに刺された。あんたはだれも通らなかったと言う。じゃあ、犯人はいったいどうやってはいったんだ？　仮に、日本人の女中が便箋を持ってくる前から犯人がここに隠れてたんだとしても、いったいどうやって出ていった？　それを教えてくれよ。さあ、教えてくれ！」

「わからない」エヴァは言った。頭が痛くて、よく考えられない。重要なことだとも思えなかった。

男は怒りを募らせていた。何をそんなに怒っているのか。「まあいい。犯人は居間を通っては出ていかなかった」まるで自分自身と問答しているような口ぶりだ。「だが、出ていったのはまちがいない――もうここにはいないんだから。どうやって？　窓から出たのか？　窓には全部格子がはまってる。常識にとらわれずに考えよう。たとえば、犯人は一度も部屋にはいらなかったとする――ずっと外にいて、屋根だかどこだか、ばかげた場所からロープでぶらさがり、鉄格子の隙間からカレンにナイフを投げたとする。じゃあ、なぜナイフが首に刺さったままじゃないんだ？　だめだ……。しかも、この部屋に廊下へ出るドアはない――居間へ通じるドアしかないんだ。くそっ！」

「それはちがう」エヴァは生気のない声で言った。「ドアはもうひとつある」

「どこに?」男はぐるりと体の向きを変えながら、突き刺すような目で部屋を見まわした。

「でも、それにはさわらないで。お願い、お願いだからさわらないで」

「どこにある?」

「カレンは——カレンは、ぜったいにだれにもさわらせなかった。だれも——だれひとり、近くに寄ったことさえないのよ。使用人であれ、だれであれ」

男はいまやすさまじい剣幕でエヴァに覆いかぶさるように立ち、エヴァは男の熱い息を額に感じられるほどだ。「どこにあるんだ」男は押し殺した声で言った。

エヴァは泣きそうな声で答えた。「日本の屏風の裏よ。屏風で隠してあるの」

男は一足飛びにそこへ行き、屏風を脇へ寄せた。「どこへ通じてる? さあ!」

「その先は——屋根裏部屋よ。カレンはほとんどそこで執筆してたの。だれもそこへあがったことはなくて——わたしの父でさえ。ああ、お願いだからやめて……」

それはごくふつうのドアで、部屋が外側へ四角く張り出した部分に作りつけられていた。男の熱は引き、冷静さがもどっていた。男は身動きせず、ドアにふれもしない。ただじっと見ている。やがて、くるりと振り返った。「錠がついてるな。閂が受け口に差しこんである。部屋のこちら側から」男はもうすっかり怒りが消え、ただ油断なく――最初に部屋にはいってきたときと同じように油断なく観察していた。背中を少しまるめて前かがみになっている。「この門にさわったか?」

「近づいたこともない。どうして――何を――」

男はまた、あのおもしろみのかけらもない乾いた含み笑いを漏らした。

「わたし――わからない」エヴァはささやき声で言った。

「あんたにとって、まずいことになったぞ、嬢ちゃん」男は言った。「あんたにとっては、一巻の終わりじゃないか」

壇のほうから、あまりにも気味の悪い音が聞こえた。ふたりは凍りついた。髪の毛が一本残らず逆立って、頭皮がうずくのをエヴァは感じた。それは、ごぼっという音、かすかな濁った音、身の毛もよだつ音で、しかも人間の……生きている人間の喉(のど)から漏れていた。

「ああ、なんてこと」エヴァはつぶやいた。「カレンが――カレンが――」

エヴァが動く間もなく男が脇をかすめて飛んでいき、エヴァが脚を動かす力を取りもどしたときには、男はもう膝(ひざ)を突いていた。

カレンの両目は見開かれ、ぎらつく瞳(ひとみ)がエヴァをにらみつけていた。その眼光のあまりの強さに、エヴァは自分の目を閉じて視線をさえぎった。それでも、また目をあけた。血の気のない唇は微動だにしないが、切り裂かれた喉からはまだ音が聞こえていたからだ。

男は声を荒らげて言った。「ミス・リース。だれに刺され――」

男がそれを言い終えることはなかった。カレンの瞳は光を失って動きを止め、ゆがんだ口もとから赤いものが噴き出した――エヴァは思わず顔をそむけたが、その前に目にはいってしまい、呼吸が嵐のように乱れた。

男は立ちあがった。「てっきり死んだと思ってたのに。くそっ！　持ちこたえてたなんて、まるで……」それから煙草を一本取り出し、ゆっくり時間をかけて火をつけると、もうカレンには見向きもせずに、焼け焦げたマッチをポケットにしまった。

男が話しはじめると、若く引きしまった口からことばとともに煙が途切れ途切れに吐き出された。「あんた、どうやって申し開きをするつもりなんだ」

エヴァは男を見つめることしかできなかった。男の声もほとんど耳にはいらない。

「自分のアリバイを証明する頭もないのか」男はきびしい声で言った。「おれはきょうここに、いったい何をしにきたんだ。甘いな、まったく」

「あなたが言ってるのは――」エヴァはかすれた声で言いかけた。「あなたが言ってるのは、つまりわたしが――」

「嬢ちゃん、あんたはとんでもなく危険な立場にいるんだよ。あんたはおれが出会ったなかでいちばんのばか女か、いちばんの切れ者かのどっちかだな」男はなおも当惑と思案の浮かんだ目でエヴァを凝視していた。

「どういうこと？」エヴァは口ごもりながら言った。「わたしは何も——」

「あんたがこの家に着いたとき、カレンはまだ生きてた。日本人が出ていってから電話が鳴るまでのあいだ、居間を通ってこの寝室に出入りした者はひとりもいなかった。あんたが自分でそう言ってるさ。鉄格子がはまったこの窓からはだれも出られっこない。この部屋にもうひとつだけあるドア——屋根裏部屋へ通じるドアからも、だれも出ていけたはずがない……閂がこの部屋の内側からかかってるからな。だとしたら、どうなる？　ほかに外へ出る方法はひとつもないんだ。どういうことか、自分で考えたらどうだ」

エヴァは急に身震いして、両目をこすった。「ほんとうにごめんなさい」静かに言う。「わたし、なんだかちょっと——ちょっと……カレンのことで打ちのめされて……。あなたはまさか、わたしが——」

男があいたほうの腕でエヴァを引き寄せて体の向きを変えさせ、エヴァは男のいわくありげな灰色の瞳を直視する恰好になった。「おれが言ってるのは」男は容赦なく言った。「実際にだれも出ていかなかったということだ。それは、出ようにも出られなかったからだ。つまり、カレンを殺すことができたのはこの地球上でただひとり、あんただけだったんだ！」

男の顔がエヴァの目の前で揺らぎ、その褐色の楕円形が翳り、色褪せ、かすんでいった。リチャード、リチャード、リチャード、お願い。お願いだから来て、ディック。ディック……。

「それだけじゃない」男の声はさっきと同じ、いわくありげで容赦のない口調で先をつづけた。「まもなくニューヨーク市警があんたの生活に踏みこんでくるさ。カレン・リースはきょうの午後五時に、この部屋で警察本部のやつと会う約束をしてた。五時まであと二分だ」

つぎにエヴァが聞いたのは、遠すぎて聞きとれないような、かぼそい自分の叫び声だった。「ちがう！　わたしはやってない！　ああ、お願い、信じて！　わたしじゃない！　わたしじゃない！」

だが、エヴァの頭のなかではずっと別の声が告げていた。何もかも崩れ去ってしまった、もう何もありはしない、と——ディックも、結婚も、幸せも……そして人生も。

第2部

7

はるか遠くから、頬を何度も叩かれるかすかな衝撃でひりつく感覚が近づいてきた。同時に、褐色の男が彼方で発する声が聞こえた。「目を覚ませ。気絶するなんてとんでもない！　目を覚ませ」

やがて男の声が低くはっきりした響きをたたえ、目をあけるとエヴァは床に倒れていた。そばにひざまずいた褐色の男に平手で何度もすばやく叩かれていて、それが痛かった。

「叩かないで」エヴァは弱々しい声で言い、男の手を押しのけて体を起こした。「子供じゃないのよ」

男はエヴァを引っ張りあげて立たせると、両肘をつかんで自分の胸のそばで支え、エヴァの体を揺さぶった。「カレン・リースを刺したのか、刺してないのか。さあ、話すんだ！……また気絶か！」

男は恨めしそうに顔をしかめてエヴァを見おろした。カレンの寝室がまた暗くなる。ずいぶん前に、これに似たことがあった。ずいぶん前だ。ナンタスケットに、この男のような褐色のすばしっこい顔と、この男のような険しい灰色の目を持つ少年がいた。あるとき、エヴァが木から落ちて気を失い、その少年にずっと平手で叩かれていて、痛みに叫びながら目を覚ましたあと、気絶した様子を見られた恥ずかしさから、真っ赤な顔で少年を叩き返して悪態をついたことがあった。いま、暗闇のなかで手のひらがむずがゆく、エヴァは褐色の男を叩き返したい思いをこらえて、自分のなかで葛藤していた。その葛藤が闇を掻き消した。

「いいえ」エヴァは言った。「わたしはやってない」

男の目は疑わしげで、とまどいの色を帯び、幼い少年の瞳のようなひたむきさと自信のなさをたたえている。ばかげたことに、エヴァは男を気の毒に思った。

「やったなら、やったと言え。あんたが望むなら、だまっててやってもいい。話すんだ！」

エヴァ・マクルーアは、とエヴァは思いをめぐらした――結婚が決まっていて、友人たちの羨望の的で、自分を中心にまわる閉ざされた小さな世界にいたが……罠にかかった。とてつもなく大きな罠にかかった。エヴァは罠の歯が食いこむのを感じていた。罠の顎がひとたびかちりと音を立てただけで、何もかもが切り裂かれ、断ち切られた。その歯は痛みを味わわせながら、大切な人たちの面影まで切り裂いた。カレン――カレンはもはや硬直しつつある死体にすぎず、マクルーア博士ははるか彼方にいるひとりの男で、ディック・スコットはもうけっして味わうことのできない、ぶらさがっているだけのご馳走である。エヴァだけが、このおぞましい現実の世界に閉じこめられたまま――この恐ろしい部屋に、死体と血と褐色の男とともに……エヴァだけが取り残され、無情な褐色の男に両肘を強くつかまれている。いや、ちがう――エヴァのほうが男にしがみついていた。しがみつくのにちょうどいい相手だ。つかんでくる男の手は、強く、あたたかく、生々しかった。

「わたしはカレンを殺してない。そう言ってるじゃない」エヴァはぐったりして男に寄りかかった。

「あんたしかいないんだ。おれをだまそうなんて思うなよ――プロにだまされたことはあるがね。ほかにおれをだましおおせるやつはいない」

「そんなに確信があるなら、なぜ訊くの？」

男はエヴァを押しもどし、また揺さぶって、上からエヴァの目をのぞきこんだ。

エヴァは目を閉じたが、すぐにまたあけた。

「信じてもらうしかない」エヴァはため息を漏らした。「やってないと誓うことしかできないの。信じてもらうしかない」

男は苦々しい顔でエヴァを突き放し、エヴァは後ろへよろけて書き物机にぶつかった。男の口はまっすぐ結ばれている。

「大ばか者だな」男はつぶやいた。エヴァにはそれが男自身のことだとわかった。男はあたりを見まわしはじめ、その俊敏な獣の動きにみなぎる力強さにエヴァは惹(ひ)かれた。

「何をするつもり？」エヴァは吐息とともに言った。

男はハンカチをさっと取り出しながら、屋根裏部屋のドアへ勢いよく寄った。ハンカチで右手をくるみ、獲物を狙う獣のように、ドアの閂(かんぬき)に襲いかかる。ハンカチを巻いた指が、スライド式の棒についた小さな握りをつまんで押した。棒は動かない。男は姿勢を変えて、こんどは引っ張った。棒はびくともしない。

「つっかえてる」男はなおも引いた。「そのハンカチ。始末しろ。血がついてる」

「なんですって？」エヴァは呆然(ぼうぜん)として言った。

「床に落ちてるハンカチだ！　それを燃やすんだ。早くしろ」

「それを燃やす」エヴァは鸚鵡(おうむ)返(がえ)しに言った。「なぜ？　どこで？」

「居間の暖炉だ。先にあそこのドアを閉めろ。さっさとやれ！」

「でも、わたしは何も持って――」

「おれの上着のポケット。さあ、急げ！」

エヴァはあわてて駆け寄った。事態にすっかり圧倒されていた。頭のなかが真っ白だが、それがありがたかった。

頑固な閂と格闘する男のポケットをおずおずと手で探りながら、体をよじったり引っ張ったりする男の腰がのたうつのを感じた。唇はほとんど見えないが、首筋は硬く腱が浮き出ている。エヴァの指が冷たいものにふれ、マッチ箱が見つかった。

エヴァは歩いてもどると、血で汚れたハンカチの角のイニシャルが刺繡してあるところをつまんで拾いあげ、ゆっくりと居間へはいっていった。廊下へ通じる居間のドアを閉めるとき、寝室で閂と格闘する男のあえぎ声が聞こえた。

それから、エヴァは暖炉の前に膝を突いた。

暖炉は火が消えてからあまり時間が経っていなかった。まだ灰と燃えかすがいくらか残っている。エヴァの頭に、ゆうべは寒かったことや、カレンが寒がりであることが自然に浮かんだ。カレンは貧血気味だから。だが、エヴァのハンカチについているのはカレンの血だった。カレンの血。

白麻のハンカチを火格子に落としたあと、エヴァは指がひどく震えているのに気づき、マッチに火をつけるのに三本も擦らなくてはならなかった。ハンカチの下には古い紙を巻いたものが何本か燃え残っていて、それに火がつき、その火がハンカチの端に燃え移った。

カレンの血、とエヴァは考えていた。カレンの血をあたためている……。ハンカチは小さな音を立てて燃えあがった。

エヴァは立ちあがり、ふらつきながら寝室へもどっていった。血まみれのハンカチが燃えるのを見たくなかった。とうてい耐えられない。ハンカチのことも、もはやカレンではなくなって床に横たわっているもののことも、自分の首を絞めつけているもののことも忘れたい……。

「もうここにはいられない！」エヴァはいきなり男に向かって叫んだ。「わたし、逃げて――隠れる！　ここから連れ出して――ディックのところでも、家でも、どこでもいいから！」

「やめろ」男は振り向きすらしなかった。薄手の服が両肩に引っ張られている。

「ここから出たら――」

「もう終わりだ」

「警察は――」

「遅れてる。運がいいな。あれは燃やしたか？」褐色の顔が汗で光っている。

「でも、ここにいるのを見られなければ――」

「あの日本人に見られたんだろう？　くそ――この――閂め」男はハンカチでくるんだ手の側面を閂に激しく叩きつけた。

「ああ、もう」エヴァはうめくように言った。「どうしたらいいのかわからない。どうしたら――」

「おとなしくしてろ――でなきゃ――一発お見舞いするぞ。あっ！」

　突然、閂がきしみを立ててはずれた。ハンカチを巻いた男の手が勢いよくドアを引きあける。男は奥の暗がりへ消えていった。

　エヴァはあけ放たれたドアまで重い足を引きずっていき、脇柱に寄りかかった。そこは窮屈な空間で、せまい木の階段が上階へ通じている……。その先にあるのは屋根裏部屋だ。例の部屋。その部屋には何があるのだろうか……。自分のアパートメントの部屋はどうだったか。自分のベッド、木綿の糸で刺繍が施された美しいベッドカバー、白いクレープ織りの生地と黄色い水玉模様。箪笥の上から三段目の抽斗には、ストッキングがまるめてしまってある。クロゼットには、いくつもの夏物の帽子。ラベルの破れた古いスーツケース。こんなものを身につけるのは愛人か女優くらいだとスージー・ホチキスが言った新しい黒の下着。あれを言われたときは腹が立ったものだ！　ベッドの上にはブグローの悪趣味な絵――エヴァはうんざりし、ヴェニーシャは憤慨していたが、マクルーア博士は気に入っていた……。

頭上で褐色の男が足早に歩きまわる音がして、それから窓の掛け金の金属音、そして窓がきしんで開く音がかすかに響く……。エヴァはマニキュア液を片づけるのを忘れたのを思い出した。きっとヴェニーシャが、善良な黒人の魂に宿る真っ当な怒りをこめて叱ってくるだろう。マニキュア液を一滴、フック緞通(だんつう)の敷物にこぼしてしまったし……。

やがて、男はせまい階段を跳ぶようにおりてきて、エヴァを押しのけて通った。ドアはあけたままだ。かすかに胸を上下させながら、あらためて寝室を見まわしている。

「よくわからない」エヴァは言った。「何をしてるの？」

「あんたに逃げ道を作ってやってる」男はエヴァを見ずに言った。「見返りはなんだろうな――なあ、嬢ちゃん」

エヴァは縮こまって脇柱に寄りかかった。結局、そういう――

「まったく」男は苦々しげに言った。「厄介なことに巻きこまれたよ。お節介を焼かずにすむ方法を教えてもらいたいものだ」

男は日本の屛風(びょうぶ)に突進し、邪魔にならない壁際へ慎重に動かした。

「何をしてるの？」エヴァはまた尋ねた。

「警察の連中に考える材料を与えてやるのさ。ドアはこちら側から閂がかかってたから、あけておいた。やつらは犯人がそこから出入りしたと考える。庭から向こう端の張り出した部分の屋根によじのぼって、そこから屋根裏部屋に忍びこんだと推測するだろう」男は含み笑いをした。「上には窓がふたつあって、どっちも施錠されてたよ――もちろん内側からだ。だれも侵入なんかできたはずがない。でも、おれはその窓をひとつあけてきた。キングズ・パーク精神科病院にはいったほうがいいかもな」

「わけがわからない」エヴァは小声で言った。「どうしてあんなことになったのか。ありえない」

「やつらは犯人が屋根裏部屋の窓から忍びこみ、ここにおりてきて、仕事を片づけたあと、同じ経路で逃走したと考えるさ。さあ、化粧を直して」

「でも――」

「化粧を直せ！　それもおれがやってやらなきゃいけないのか？」

エヴァは急いで居間へバッグをさがしにもどった。バッグがあったのは風変わりなソファーの上で、そこにすわってあの本を読んでいたのは……いつのことだっただろうか。いまはかすかに火のにおいがしている。火と、そのほかに――

男は寝室をまた見まわして、確認に確認を重ねていた。

そのとき、階下で玄関の呼び鈴が鳴ったのを、ふたりとも聞いた。

エヴァはとにかくバッグを開いた。しかし、そのバッグは指からもぎとられて閉じられ、ソファーの上へほうり投げられた。エヴァ自身の体も、いつの間にか床からかかえあげられ、バッグの隣にどさりとおろされた。

「時間がないんだ」褐色の男が声をひそめて言った。「やっぱりそのままでいい――泣いてたように見えるからな。あっちの部屋では何に手をふれた？」

「えっ？」

「何をさわったか訊いてるんだ。まったく、勘弁してくれ」

「机」エヴァはかぼそい声で言った。「窓の下の床。あっ！」

「なんだ、いったい」

「忘れてた！　ほかにもさわったの。鳥よ！　きらきらした石がたくさんついた鳥」

また叩かれるかと思うほど、男の目は怒りに燃えていた。「鳥だの石だの、いいかげんにしろ！　いいか、よけいなことは言うな。おれの言うとおりにするんだ。泣きたきゃ泣けばいい。気絶してもいい。好きなだけ取り乱してかまわないが、ぜったいにしゃべりすぎるな」

この人はわかっていない。あの鳥、半分の鳥。「でも――」

「連中から訊かれたら、最初におれに話したとおりに話すんだ」男はまた寝室へ駆けだした。「屋根裏部屋のドアに閂がかかってたことだけは、ぜったいに話すんじゃないぞ。わかったな。あんたが見つけたときには、いまの状態になってたんだ」

男は去った。

男の姿が消え、エヴァの意識は自分の心臓が高鳴る音でいっぱいになった。警察だ！　いくつもの声が——新入り女中の声が、キヌメの声が、低く力強い男の声が……廊下を抜けて階段をのぼってくる。使用人ふたりが抗って、男はそれを軽くあしらっているらしい。

さっきの男はわかっていない、と思いながら、エヴァは身を硬くしてソファーにすわり、両手をひろげてシートの端をつかんでいた。机の上で見つけたあのはさみの片割れは、高価ではないがきらめく宝石がちりばめられ、鳥の形をして、刃がくちばし、柄が胴体、指穴の部分が脚になっていた……。男には頭がおかしいと思われたが、自分はあれを手に持ったのだ！

エヴァはソファーから勢いよく立ちあがり、男を呼ぶために口を開きかけた。こぶしが居間のドアを廊下側から激しく叩いた。

エヴァはソファーに崩れ落ちた。「どうぞ」と言いかけたが、驚いたことに、口からは荒い息しか出ない。

寝室から、褐色の男が深刻そうに話す声が聞こえた。「さあ、さあ、頼む。警察本部につないでくれ。聞こえてるか？　早くしてくれ！」

男は〝警察本部〟ということばをことさらに大きな声で繰り返した。ドアを叩く音が止まり、取っ手がまわってドアが勢いよく開いた。

エヴァが目にしたのは小柄で貧相な白髪の男で、真新しいフェルト帽を頭に載せて古びた紺サージのスーツを着こみ、右手を尻ポケットに突っこんで、警戒心もあらわにドア口に立っていた。

「警察本部がどうしたって?」新来の男はその場から動かず、あたりを見まわしながら訊いた。白人の女中とキヌメが男の肩越しに怯え顔でこちらをのぞきこんでいる。

「わたし――」エヴァは言いかけたが、褐色の男から言われたことを思い出して口をつぐんだ。

ドア口に立つ男は当惑していた。「あなたがリースさんですか?」礼儀正しく尋ねながら、まだその場で部屋を見まわしている。

「警察本部だよ!」褐色の男の怒鳴り声が寝室から響いた。「まったく、どうなってるんだ、この回線は。おい! 交換手!」電話機のフックを荒々しく小刻みに叩く音が聞こえる。

そのとき、小柄な白髪男が動いた。すばやい動作だったが、褐色の男はさらにすばやかった。ふたりは寝室の外で鉢合わせし、褐色の男の両肩がドア口をふさぐ形になった。

エヴァはソファーに腰かけたまま、気がかりなメロドラマを観ているかのように感じていた。喉の奥で心臓の高鳴りを覚えながらも、すわって見守ることしかできない。とはいえ、これは現実だった。現実のドラマだ……現実の。

「たいしたサービスだな」褐色の男が悠然と言った。「まだ犯罪の通報すらしていないのに、いち早く刑事をよこしてくるとはな。やあ、ギルフォイル。奥さんは元気かい」

白髪の男が不快そうな顔をした。「なんだ、またおまえか。いったいなんの騒ぎだ」

それからエヴァを振り返った。「ええと、あなたがリースさん――カレン・リースさんですね？　わたしが来たのは――」

ドア口にいるキヌメがかすれた日本語で何かを言い立てた。褐色の男が目を向けると、キヌメはだまった。エヴァはふと、どちらの使用人もこの男を知っているのではないかと思った。男はつぎにギルフォイルの腕をつかみ、体の向きをぐるりと変えさせた。

「それはカレン・リースじゃないぞ、へっぽこ刑事。エヴァ・マクルーア嬢だ。レディの前では帽子を脱げよ」

「おい、テリー」ギルフォイルが憂わしげに言った。「そういうのはやめろ。で、どういうことなんだ。おれはここに来るように言われて――」

「帽子を脱げと言ったろ」褐色の男は笑って、新品のフェルト帽をギルフォイルの頭からはじき落とした。親指を立てて自分の肩の後ろを指し示す。「ミス・リースはあっちにいる」

ギルフォイルはむっとし、身をかがめて帽子を拾いあげた。「おれに手を出すんじゃない。どういうことだ、いったい。上司の命令で来てみたら、いきなりテリー・リングのお出ましとは」青白い顔が疑念で険しくなった。「おい！ 犯罪だと？ 犯罪と言ったよな」

では、それがこの男の名前なのか、とエヴァは思った。テリー・リング。たぶん正式名はテレンスだ。たしかにアイルランド系に見える。そして、このギルフォイルという刑事の前ではまるで別人で、愛想がよい。そう、ずいぶん陽気で、灰色の目の端にはクレープ織りのような皺が寄り、引きしまった口もとには笑みが浮かんでいる。ただ、瞳だけは変わらず、最初にエヴァがいる部屋にはいってきたときのままだった。油断なく目を光らせている。さっきはエヴァを観察し、いまはギルフォイルを観察している。

テリー・リングがわざとらしくお辞儀をして脇へ寄ると、その横を抜けてギルフォイルが寝室へ駆けこんでいった。

「帽子を脱げと言ったろう？」テリー・リングは言った。「そろそろ帽子を脱いだらどうだ」

まだ笑みを浮かべたまま、ギルフォイルの背中を見ている。だが、左手がかすかに動き、エヴァへ向けて落ち着かせるようなしぐさをした。それがあまりにも心地よいものだったので、エヴァはソファーの上で体をふたつに折り、両手で作った隠れ場のなかで思わずさめざめと泣いた。

テリー・リングは振り向きもせず、寝室へ踏み入ってドアを閉めた。嗚咽を漏らすエヴァの耳に、ギルフォイルの驚きの声と、カレンの書き物机の上で電話の受話器を引っつかむ荒々しい音が聞こえた。

8

そのあと、さまざまなことが起こった。エヴァはそれらを見るともなしに見て、数々の意味のない音を耳にとらえていた。かなり時間が経ったはずだが、その自覚もなく朦朧としたままソファーにすわっていた。

居間は突如として人であふれ返り、それにはエヴァも気づいた。まるで、なめらかで白くてひっそりしていた何かの巣が、つぎの瞬間、一気に孵って這いまわる幼虫たちでいっぱいになったかのようだった。

男たちがいて、男がおおぜい集まって、男ばかりだった。最初に無線パトカーで来た制服のふたりは巡査で、それは記章を見てわかった。つぎに、どこかの分署から私服の刑事がふたり。そのあと、大柄な男がひとり。テリー・リングより大きく、エヴァが見たこともないほど肩幅が広い。それはヴェリーという名の部長刑事で、テリー・リングと知り合いのようだが、ふたりはことばを交わさなかった。そして、小柄で白髪の男がはいってきた。ギルフォイルよりさらに小さくて髪はもっと白く、どことなく威厳があり、穏やかな声ときわめて鋭い目の持ち主だった。ほかの面々がみなうやうやしく迎えたその男は、ブリーンとかクイーンとかいう名の警視らしいが――エヴァにはよく聞きとれなかった。ほかにも、カメラを持った男たちや、小さな刷毛と瓶を女のように持って歩きまわっている男たちがいた。ふたつの部屋は煙草の煙に満たされ、男が集う政治クラブの土曜の夜を思わせた。

最後にプラウティという名の男が、黒い葉巻をくわえたまま医師鞄をかかえて現れ、寝室へはいってドアを閉めた。プラウティが出てくると、ふたりの制服警官がかごをひとつ寝室へ運びこんで、ドアを閉めた。しばらくして、そのふたりがかごを持って出てきたが、運ぶのに苦労しているらしく、どうやら持ちこんだときより重くなっているらしかった。

　かごに入れて牛肉の切り身のように運べるものとはなんだろう、とエヴァは不思議に思った。

　いろいろと質問もされたが、そのあいだはテリー・リングが忙しげな男たちをからかいながら、つねにさりげなくエヴァの近くにいて、ことばや視線や気配を送っていた。

　クイーン警視もみずから質問し、キヌメとも、ジェニーヴァ・オマラという名だとわかった新入りの女中とも、きわめて穏やかな口調でことばを交わした。エヴァに対しては父親のように思いやりにあふれた口調で話し、笑顔でちょっとした質問をしながら、フリントやピゴットやヘイグストロームやリッターという名の男たちに小声で指示を出していた。

　そのあいだずっと、計画性のかけらもない様子で歩きまわる男たちもいれば、屋根裏部屋の階段をのぼりおりしながら、手を貸してくれと叫んだり、励ましの声をかけ合ったり、エヴァがぼんやりと悪趣味に感じる冗談を飛ばしたりする男たちもいた。

　肩に手が置かれるのを感じてエヴァが振り向くと、小さなキヌメが打ちひしがれた様子でソファーのそばに立っていた。皺だらけの年老いた顔は苦痛にゆがみ、吊りあがった細い目は泣き腫らして真っ赤になっていた。エヴァはキヌメの手をどうにかとって握りしめながら、この日本人の老女に対してすっかり母親のような気分になっていた。それは、ふたりの男がかごを運び去ってまもなくのことだった。
エヴァはキヌメを隣にすわらせた。老女はキモノの袖に顔を隠し、深い悲しみに打ち震えていた。エヴァはそのことに驚いた。どういうわけか、これまで日本人に感情があると考えたことはなかった。目の形がちがうからといって、涙腺がないわけではない、と急に気づいた。そうとわかったエヴァは、あたたかい気持ちがこみあげ、年老いたかぼそい肩を抱きしめた。

褐色の男のことも――あちらこちらで、細切れに――話題にのぼり、男の過去や現在や予想される未来がおもしろおかしく語られたり、出自について辛辣に言及されたりした。エヴァは自分がいないも同然に扱われているのを感じ、上を下への大騒ぎのなかで、なんとなく心地よく耳を傾けてすらいた。どのみち現実とは言えないことばかりだし、ここまでのことはみな、起こったことにはちがいないが、とうてい起こるはずがなかったのだから。人間の営みについてのあらゆる決まり事がいまは通用しない。混乱と煙と疑問と喧騒ゆえに頭が働いていないのだから、盗み聞きしようと笑おうと嘘をつこうと人を殺そうと、何をしてもかまうまい。

どうやら、テリー・リングは〝私立探偵〟と呼ばれる変わった人種に属するらしい。常勤の警官全員を知っていて、警官もみなこの男を知っている。だが、互いに反感を持っていて、歯に衣着せぬ悪態や棘のあることばが交わされていた。テリー・リングは〝叩きあげの男〟であるらしく、ロワー・イーストサイドの瘴気のなかから這いあがって、いくらかの幸運をつかみはしたが、いまもそこに住んでいる。二十八歳で――〝ただの若造〟だという。過去にはサーカスの客引きだったこともあれば、トンネル工事の作業員、競馬の賭博師、精肉工場の検査係、ホームレス、プロの野球選手、プロのビリヤード選手、さらには短期間ながらハリウッドのエキストラをしていたこともある。これほど若い男にそんなに豊富な経験があるのはおかしい、とエヴァは思った。働きはじめたのが早かったにちがいないと考え、エヴァは急にテリー・リングに憐れみを覚えた。この男は孤児で、路上の産物で、まさにエヴァが日々向き合っている施設の子供たちと同じなのだ、と直感で悟った。どうやっていまの仕事に行き着いたのかは定かではない。だれかが〝運がよかったから〟と言い、ハリウッドで起こった有名な宝石強盗事件や律儀な映画スターの話が出て、あてこすりを言う者もいたが、テリー・リングはそれを軽くあしらいながら、目はけっして緊張をゆるめずにエヴァに向けていた。

そのあいだにも、クイーン警視がたびたびもどってきて、細かく的確な質問をいくつかした――テリー・リングはいつここに着いたのか――なぜキヌメもジェニーヴァ・オマラもテリーが家にはいってきた音を聞かなかったのか――〝犯人〟が寝室の張り出した部分の屋根から下におりて逃げたのは〝疑問の余地がない〟のに、なぜそこの柔らかい土にひとつも足跡が残っていないのか――そもそもテリーはここで何をしていたのか。

「さあ、いい子にするんだ、テリー」クイーン警視は愛想よく言った。「わたしはいつだっておまえの友人だよ。きょうはここで何をしていたんだ」

「カレンとデートの約束がありましてね」

「あのオマラという娘は、おまえが先週も来たと言っている」

「そのときもカレンとデートでした」テリーは警視にウィンクをしながら言った。ふたりとも小さく笑いを漏らし、警視はそれが絶対の真理であるかのように満足げにうなずいたが、そのあいだずっと、際立って鋭い視線はエヴァからテリーへ、そしてキヌメへと動き、最後にエヴァにもどった。

「あなたはどうですか、ミス・マクルーア――ここにすわっていた二十分のあいだに何か聞こえませんでしたか――あえぎ声、叫び声、ことば、なんらかの物音などは?」

エヴァは首を横に振った。警視の向こうから、木のようにそびえるテリー・リングがこちらを見ている。「本を読んでいたんです。それと――考え事をしていて」

「では、読書に没頭していたわけではないと?」警視は微笑んで言った。

「わたし……結婚の約束をしたばかりで、ええ」エヴァは深く息をついた。「ですから――」

「ああ！　なるほど。無理もない。考え事をしていたのも無理はありませんね。きっと何も耳にはいらなかったことでしょう。残念だ。何か音がしたにちがいないんですが」

クイーン警視はその場を離れ、テリー・リングもきびすを返して警視のあとから寝室へはいっていくのをエヴァは目にした……。寝室へ。寝室へ。

エヴァはパニックに襲われた。あのくずかご……自分がほうり出したはさみの片割れが落ちていったくずかご。あのなかに紙ははいっていただろうか。たしか――そう、はいっていた。たぶん警察には見つかるまい……。いや、見つかるだろう。そうに決まっている。警察はいつでもなんでも見つける。すぐにそれが凶器だとわかるだろう。警察はずっと凶器をさがしている。当然だ。カレンは刺殺されたのだから。いつだって犯人が凶器を残していく可能性はある。警察は見つかるまでさがしつづけるだろう。自分も思いきって警視についていけば……。

寝室へはいっていったテリー・リングを、だれも制止しなかった。つまり、警察も大目に見ている。特別扱いというわけだ。記者ですら入れてもらえない――下の階に陣どっている記者たちが怒って騒ぎ立てる声がエヴァの耳に聞こえていた。それなのに、テリー・リングは自由に歩きまわって、まるで――そう、まるで警察から特別許可をもらった名もなき神か何かのようだ。警察はあの男をよく知っているにちがいない。潔白を信じているからこそ、あんなふうに――それとも、ちがうのか？　もしかしたら、警察はテリー・リングを疑っているのかもしれない！　あの男を泳がせて監視しているのかも……。エヴァは身震いした。

テリー・リングが警察に話したのは、五時にカレンと約束があったこと――あの気のよい小柄な警視はその点を重視しているようだった――と、（ジェニーヴァ・オマラは否定したが）階下のドアがあいていたので、そのままはいってきて、その直後にギルフォイルが来たということだった。当のギルフォイルは、いまはただ突っ立って、憂い顔で仲間たちの仕事を見守っている。死体を見つけ、気絶寸前でそれを見おろしているミス・マクルーアにも気づいて、警察本部に電話をかけようとした、というのが、テリーの話のすべてだった……。エヴァはそれに話を合わせた。カレンに会いにきて、執筆中だとキヌメに言われ、居間で待っていたところ、電話が鳴ったがだれもとらずに切れたので、カレンに何かあったのではないかと思って寝室にはいった。それからすぐにテリー・リングがはいってきて、自分を見つけた、と。

警察がキヌメに質問すると、老女は片言の英語で、エヴァが来たことと耳つきの便箋のことを話し、その便箋はエヴァが来る直前にカレンに言われてとりにいったものだと言った。警察はまるめられた便箋を持って、エヴァのもとへカレンの筆跡をたしかめにきた。寝室でほかの便箋は見つからなかったらしい。そのあとキヌメは連れていかれ、エヴァはさらにいくつか質問を受けた。

小柄な警視は、かけた人物のわからない電話のことが気になるようだった。テリー・リングは突っ立って笑っているだけだった。いまではずっと笑みを浮かべている。だが、あの小さなはさみの片割れは、とエヴァは考えた。警察はあれを見つけたのだろうか。エヴァは不安なそぶりを見せないようにつとめながら、ずっと男たちの顔をうかがっていた。警察があれを見つけたら、テリーはなんと言うだろう。たぶんあの男は……。エヴァの頬がまたひりついた。人をあんなふうに叩くなんて。そう思うと理不尽な気がして、エヴァはさらに観察をつづけた。あの男は自分がはさみの話をしなかったことを責めるだろう。何もかもがひどく混乱していた。エヴァは気分が悪すぎてもう何も考えられなくなり、ソファーにもたれかかった。

クイーン警視が呼んでいた。「ミス・マクルーア」

エヴァは目をあげた。警視は微笑みながら目の前に立っていて、隣には男がひとり、スタンプ台と数枚の小さな用紙を手にしていた。

ついに来た。ついに来た！　警視は何を言っているのだろう？　エヴァは懸命に集中しようとした。

「さあ、こわがらなくていいですよ、ミス・マクルーア。われわれにはこれがとても役に立つんです」エヴァの視界の隅で、テリー・リングが寝室から出てくるのが見えた。警視はもうそこから出てきたあとだ。エヴァはテリーを一度はまともに見たが、すぐに目をそらした。あの男は知っている。警視も知っている。いや、警視が知っているはずはない。まだこちらの指紋を採っていないのだから。でも、テリー・リングは自分が鳥と石と言ったのを覚えている。あの男は知っている。

「あなたは気が動転していた」警視がエヴァの肩をやさしく叩きながら言った。「だから、寝室で手をふれてしまったものがあるはずです。もちろん、この部屋でもいろいろとさわったでしょう。ただ、この部屋は調べるには及びません。ここにいるあいだはだれも通らなかったとあなたが証言してくれましたからね。しかし、寝室は重要です」

「ええ」エヴァはぎこちなく言った。

「寝室で指紋がいくつか見つかりまして――数種類あったんですが――だれの指紋かを特定しなくてはなりません。どれがミス・リースのもので、どれがあの日本人のものので、どれがあなたのもので、というふうに確認していく必要があるんです。残った指紋がおそらく……。おわかりですね」

「おれの指紋は?」テリーが尋ね、ウィンクをした。

「ああ、おまえのも採取する」警視は含み笑いをした。「おまえのことだから、どうせひとつも残していないだろうがな。おまえに殺人犯になられたら困るよ」ふたりは楽しげに笑い声をあげた。

エヴァがどうにか震えないようにして両手を差し出すと、指紋係の男が手際よく仕事を片づけた。あっけないほど短い時間で終わり、エヴァは二枚の用紙につけられた十個のインクの模様を見つめた。

「これがわたしの指紋なのね」エヴァは思った。もうおしまいだ。すべてが終わった。エヴァは精も根も尽き果て、泣くこともできなかった。ただそこにすわり、小柄な警視が部下たちと大声で話すのをながめながら、自分を見おろすテリー・リングの恐ろしい微笑に身をすくめるばかりだった。

エヴァはこのとき、はさみを手にとったことはだれにも——ディックにも、マクルーア博士にも、テリー・リングにさえも——ひとことも話すまいと心に決めた。もしかしたら、テリーは覚えていないかもしれない。もしかしたら、実はあのはさみの片割れには自分の指紋がついていないかもしれない。もしかしたら、だれにも知られずにすむかもしれない。

そのとき、声が聞こえた。苦痛のなかで待ち焦がれた、気づかわしげなあたたかいその声は、鎮静剤のように降り注いで苦痛を癒やし、エヴァはその反応で脚が震えた。もうだいじょうぶだ。そう、きっと何もかもだいじょうぶだ。あれはディックの声だ。テリー・リングのことも、クイーン警視のことも、だれのことももう心配する必要はない。

エヴァが両腕を差し伸べると、スコット医師は整った顔を不安と気づかいで皺くちゃにしながら、ソファーに並んで腰をおろした。エヴァはみなが――テリー・リングも含めて――見ているのに気づいていたが、かまわなかった。若いスコット医師の腕のなかに子供のようにもぐりこんで、その胸に鼻をこすりつけた。

「だいじょうぶだよ、エヴァ」スコット医師は何度も繰り返した。「気を楽にして。だいじょうぶだ」

「ああ、ディック」エヴァは吐息を漏らし、さらに身を寄せた。心のなかでは、テリー・リングに見られているのがうれしかった。自分にはもう、守ってくれる男がいる。テリーに全知全能だと思わせておく必要はない。ここにいるのは自分の身内だ。テリーは他人にすぎない。エヴァは顔をあげ、スコット医師にキスした。テリー・リングが微笑んだ。

スコット医師はすわったまま慰めのことばを歌うようにささやきつづけ、エヴァは気持ちが安らいだ。もう悪いことが起こるはずがない。

「いったい何があったんだ、エヴァ」スコット医師はついに小声で訊いた。「信じられないよ。とうてい現実とは思えない」

だいじょうぶではなかった。いまとなっては無理だ。エヴァは忘れていた。ほんの一瞬でも窮地を脱した気になるなんて、自分はなんと愚かなんだろう。「何があったんだ」何があった？　その答は、自分がディックを永遠に失ってしまったことだ。

エヴァはゆっくりと体を起こした。「なんでもないの、ディック。ただ――だれかがカレンを殺した。それだけよ」

「かわいそうに」スコットは医者の目でエヴァをまじまじと見た。「思う存分泣くといい」エヴァが落ち着いているのを不自然に思っているらしい。事情を知っていてくれたら！

「もう泣いたのよ。わたしのことは心配しないで、ディック。取り乱したりしないから」

「取り乱していいんだよ。そうすればきみも気が楽になる。忘れちゃいけないよ、エヴァ――お父さんのことを」

そうだ、とエヴァは思った。マクルーア博士のこと。マクルーア博士のこと。

「きみは博士のために心の準備をしておかなきゃいけない。あの人にとって、ひどい痛手となるだろうから。博士が帰ってきたら、慰めるのはきみの役目だ」

「わかってる、ディック。わたしはだいじょうぶよ」

「博士にはもう警察から知らせてある。あの警視に聞いたんだ。〈パンシア〉に連絡したらしい。こっちに着くのは水曜の朝になる……ねえ、エヴァ」

「なあに、ディック」

「話を聞いていないね」

「いいえ、ちゃんと聞いてるって、ディック。聞いてるって！」

「なぜだかわからないけど――きみが出ていったあと、なんだか気になって、落ち着かなくて眠れなかったんだ。ここにきみを迎えにこようと思っていて……ねえ、エヴァ」

「なあに、ディック」

エヴァは自分の体にまわされた腕に力がはいるのを感じた。「ぼくのために、頼みがあるんだ。きみのためにも」

エヴァは少し体を離し、スコットの目をじっと見あげた。

「すぐに結婚してもらいたい。今夜」

この人と結婚する！　きょうの午後、どれほどそれを望んでいたことか――いま、この瞬間も、このソファーから立ちあがるまでもなく、どれほどそれを望んでいることか！

「おばかさんね。結婚許可証がないじゃない」なぜ自分はこんなに落ち着いて話していられるのだろう。

「じゃあ、あすだ。あす市役所へ行こう」

「でも――」

「一気にまとめてやればいいんだ。お父さんが帰ってくる前に結婚しよう。ひっそりと……ねえ」

エヴァは懸命に考えた。きょうの午後とは事情がすっかり変わったことを、この人にどう伝えればいいのか。きっと理由を知りたがるだろう。けれども、説明するのは、ぜったいにいやだった。自分の首には縄がかかっている。あとはだれかが――クイーン警視か、あの恐ろしげな巨漢のヴェリー部長刑事が――やってきて、きつく絞めあげるだけだ。でも、いまディックと結婚したら、その縄がディックの首も絞めることになる。自分の災難にこの人を巻きこむわけにはいかない。醜聞、新聞、吸いついて離れないヒルのような連中……。

エヴァのなかで声がした。「話してしまいなさい。何もかも。きっとディックはわかってくれる。信じてくれる。味方になってくれる」

いや、そうだろうか？　どう考えても――事実を知れば――エヴァが怪しく見えるに決まっている。だが、テリー・リングは事実を知ったうえで、それでも……。つまるところ、自分の命運はあの男が握っているということだ。何か下心があって、斧を研いでいるのか。自分はテリー・リングにとって人質であり——あの男も心底無実だとは信じているわけではない。信じることができる者はいまい？　ディックだって、事情を知ったら、信じられるだろうか。ほかのだれにせよ、カレンを殺すことは不可能だった。テリー・リングがそう言った。たとえ相手が恋人でも、期待しすぎというものだ——決定的に不利な数々の事実を前にして、完全に信じてもらおうだなんて。それに、もしディックがこの自分を殺人犯だと思いながらも味方してくれるのだとしたら、それも耐えがたい話だ。

あらゆる状況がエヴァに不利だった。あのとき、カレンと言い争いになったのは……何が原因だったのだろう。思い出せない。だが、ひどい言い合いになって、それをエルシーが——カレンが前に雇っていた白人の女中が——立ち聞きしていた。当然、警察はエルシーをさがし出すだろう。カレンとかかわりのあった人間を片っ端から見つけるだろう……。それから、こんなこともあった——ほんの数か月前だが——マクルーア博士がカレンの肩を持ち、エヴァはそれに真っ向から反発した。エヴァはいつも、カレンのことを変わり者だと思っていた。好きだと思ったことはなく、それはみんなが知っている。よくよく見ると、カレンは内にこもりすぎで、謎が多すぎて、隠し事の気配が漂っていた。十中八九、それは恥ずべきことだから隠すのだ。それに、カレンのほうも承知していた。カレンとマクルーア博士の婚約が決まってから、エヴァとカレンはいつも互いに如才なく接していたが、それは女の社交術で、奥底にはとげとげしく辛辣なものがひそんでいた。仮に警察がそれを突き止めたら——

「だめよ、ディック！」エヴァは叫んだ。「無理よ！」

スコット医師はエヴァの激しい口調に驚いた。「だけど、エヴァ、ぼくが思うに——」

「事態が変わったのよ、ディック。カレンが死んで、忌まわしい謎だらけで、お父さんも……。いまは無理よ。しばらくは無理。お願い、わかって、ディック。お願いだから」

「もちろんわかるさ」スコット医師はエヴァの手を軽く叩いた。しかし、わかってないないと、エヴァは気づいていた。スコット医師の目の奥には、奇妙とも言える何かがあった。「すまなかった。こんなことを言いだすべきじゃなかった。それがきみのためになるんじゃないかと——」

「わかってる、ディック。あなたはだれよりも大切な人よ。ああ、ディック！」エヴァはスコット医師にすがりついて泣き、その涙にスコット医師は漠たる癒やしを見いだしたようだった。ふたりは何もかも忘れて、騒がしい部屋の真ん中にすわっていた。

そのとき、テリー・リングが言った。「やあ。また泣きべそをかいてるのか」

エヴァは急いで体を起こした。テリー・リングは、殺人も泣く女も危険な秘密も日常茶飯事と言わんばかりに、冷静に、一点の曇りもなく、平然として、微笑みながらふたりを見おろしていた。

スコット医師が立ちあがり、背の高い男ふたりの目が合った。「だれだ、おまえは」スコット医師がぶっきらぼうに言った。「もういいかげん、この人をそっとしておいてやったらどうなんだ。どれほどショックを受けているか、わからないのか」

「ディック」エヴァがスコット医師の腕に手を置いて言った。「ちがうのよ。この人は――この人が部屋にはいってきたとき、ちょうどわたしはカレンの……。こちらはリングさんよ」

「ああ。失礼」スコット医師は顔を赤らめた。「まったく、とんだことで」

「まあね」リング氏はそう言って、エヴァを見た。灰色の瞳は疑問と警告をたたえていた。エヴァは息が止まりそうになった。この純然たる正真正銘の厚かましさ！　婚約者に何も話すな、とエヴァに警告しているのだ！

けれども、そこでエヴァは、婚約者に何も話していないこととその理由を思い出した。ひどくみじめで孤独な気がして、また泣きだしそうになったが、もう涙は涸れていた。ただだまってそこにすわり、この数か月で二度目ではあるが、今回は一度目よりもはるかに明快な理由で、きれいさっぱり安らかに死ねたらいいのにと願うばかりだった。

9

火曜日はうつろに過ぎていった。エヴァは警察本部に出向かなくてはならなかった。そこにテリー・リングがいたが、話しかけてはこなかった。スコット医師は厳粛（げんしゅく）な場で少し硬くなっていたものの、エヴァに寄り添い、あらゆるものからエヴァを守ろうとしていた。署名すべき供述書が何枚もあり、答えるべき質問が尽きなかった。その日、エヴァは食べ物をまったく口にしなかった。夕方になって、スコット医師が東六十丁目通りのマクルーア家のアパートメントへエヴァを連れ帰った。すると、マクルーア博士からの電報が待っていた。

そこには、ただこう書かれていた。「心配無用。水曜午前に入港。元気を出せ。心をこめて。父」

エヴァはその超然たる文面に声をあげて泣き、玄関広間の小卓に山と積まれた伝言メモには見向きもしなかった——それは友人たちからかかってきたお悔やみの電話のメモで、黒人の家政婦ヴェニーシャは気の毒にも、終日鳴りやまぬ電話で忍耐の限界に達していた。エヴァはカエデ材のベッドに倒れこみ、スコット医師が額に冷たい湿布を貼るのを受け入れた。電話が鳴り、ヴェニーシャがテレンス・リングさまからですと伝えにきた。スコット医師がミス・マクルーアは不在だと怒鳴りつけ、エヴァは抗う気力もなかった。

エヴァはスコット医師に何やら不快なものを飲まされ、眠りに落ちた。夜の十時に目が覚めたとき、まだ傍らにスコット医師が坐して窓をにらみつけていた。スコット医師が台所へ行ってもどったあと、しばらくしてヴェニーシャがあたたかいスープを運んできた。エヴァは眠くてたまらず、スープを飲みながらまた寝てしまった。翌朝起きると、スコット医師が居間の長椅子に倒れこんで服を着たまま眠っているのがわかった。常日頃から不屈のバプテスト精神で現代生活の堕落に異を唱えているヴェニーシャにとって、スコット医師のそのふるまいはおぞましい以外の何物でもなかった。

水曜の朝、ミッドタウンの埠頭へ向かう途中で、エヴァとスコット医師は逃亡中のふたり組の犯罪者のように、あの手この手で記者から逃れなくてはならなかった。ところが、やっとの思いで埠頭に着いて巨大な構内に逃げこむと、そこではテリー・リングが、蜂蜜色のギャバジンのスーツに茶色のシャツ、黄色のネクタイといういでたちで、退屈そうに税関カウンターのあたりをうろついていた。エヴァたちへはちらりとも視線を向けない。スコット医師は眉間に皺を寄せ、長身で浅黒いテリーの姿から目を離さなかった。

スコット医師は待合室にエヴァを残し、船の到着情報を聞くために足早に出ていった。スコット医師が姿を消すや、エヴァが視線をあげると目の前に褐色の男が立っていた。

「やあ、嬢ちゃん」テリーは言った。「けさは調子がよさそうだな。その帽子はどこで買ったんだ。いかすじゃないか」

「リングさん」エヴァはあわてて言い、あたりを見まわした。

「テリーでいい」

「テリー。わたし、お礼を言う機会がなかったけど、あなたがしてくれたことには――」

「やめてくれ。おれがばかなだけだ。そんなことより、エヴァ」あまりに自然な口ぶりだったので、エヴァはいきなり名前で呼ばれたことにほとんど気づかなかった。「恋人にほんとうのことを話したのか」

エヴァは目を伏せ、穴あき加工の施された豚革の手袋を見つめた。「いいえ」

「お利口さんだな」顔をあげて相手をまともに見ることができない自分に、エヴァは腹が立った。「そのまま口をつぐんでるといい」

「いやよ」エヴァは言った。

「はいと言えよ！」

「いやよ。勘弁して。父には隠しておけない。そんなこと、まちがってるもの、リングさん」

「テリーだ」声のざらついた響きから、テリーが怒っていることがわかった。「自分がどんなにまずい立場にいるかわからないのか？　利口になったとたんに、ばかにもどるんだな」

「テリー」エヴァはこれを尋ねないわけにはいかない気がした。「いったいなぜ、わたしを助けてくれるの？」

テリーは答えなかった。エヴァが視線をあげると、テリーは気まずそうに、それでいて怒ったように、目をしばたたいていた。

「お金なら」エヴァはすばやく言った。「わたし――」

エヴァはいまここで、待合室の人々の前で殴られるかと思った。「いいか、よく聞け」前かがみになったテリーの顔は、激しい怒りで赤褐色になっていた。その顔がさっと紫色を帯びた、テリーは静かに言った。「いくらある？」

「あ、あの」エヴァが言った。「ごめんなさい」

「ゆすられるとでも思ったか？　おれに向かって二度とそんなことを口にするな」

エヴァは恥ずかしくてたまらなかった。手袋をした手をテリーの腕に置いたが、テリーはその手を振り払い、またまっすぐ立った。エヴァの黄色いフェルトのクーリーハットの鍔の下から、テリーの両手がこぶしを握ったり開いたりするのが見えた。

「ほんとうにごめんなさい、テリー。でも、どう考えたらいいの？」

「おれはごろつきだからな。ふん！」

「なぜわたしのためにここまでしてくれるのかわからなくて――」

「おれはブリキのシャツを着た男なのさ。困ってる乙女を助けてまわってる」

「でも、見ず知らずの他人を信じていいなら、父親に打ち明けたっていいはずでしょう？」

「勝手にしろ」

「それに、これ以上あなたを危険な目に遭わせるわけには――」

「ほう」テリーはあざけるように言った。「で、だれがあんたを助けてくれると？」

エヴァは気持ちが高ぶるのを感じた。「ディックよ！　あなたって人は――」

「じゃあ、なぜあいつに内幕を明かさなかったんだ」

エヴァは視線を落とした。「それは――わけがあって」

「あいつに捨てられるのがこわかった？」

「ちがう！」

「そんなことをするのは人間のくずだけだ。あんたはこわかったんだ。自分のかわいい坊やがくず野郎だと知りたくなかったんだろ。聞かなくてもわかるよ」

「あなたってほんとうにいやな――」

「あんた、自分の立場がわかってるよな。あのサメみたいなクイーンのおっさんには、たいがいのごまかしは利かないんだ。おれは前に仕事ぶりを見たことがある。簡単にだまされる男じゃない。あんたもわかってるだろ」

「わたし、こわくて」エヴァは消え入りそうな声で言った。

「こわがったほうがいいさ」テリーは大股で歩き去った。肩で風を切るその歩き方には、子供っぽい残酷さがあった。テリーは黄褐色の中折れ帽を忌々しそうに額から押しあげた。

エヴァは靄にかすむその姿を目で追った。テリーは埠頭を去らなかった。税関カウンターにもどるなり、記者の群れに取り囲まれていた。

「〈パンシア〉は検疫で停船中だ」スコット医師が報告し、ベンチにどさりと腰をおろした。「ふたりは警察のボートでおりてくる――港湾当局が特別に手配してくれたんだ。もうこっちへ向かってるだろう」

「ふたり？」エヴァは訊き返した。

「お父さんと、クイーンという名前の男だ。船で会ったらしい」

「クイーン！」

スコット医師は憂鬱そうにうなずいた。「あの警視の息子だよ。警察の人間じゃない。探偵小説か何かを書いている。カレンが社交界デビューしたパーティーに来ていたんじゃないかな」

「クイーン」エヴァは沈んだ声で繰り返した。

「その男が今回の件にどうかかわってくるのか、さっぱりわからないな」スコット医師はつぶやくように言った。

「クイーン」エヴァは弱々しく三度言った。まったく好きになれない名前だ。その名前がたびたび出てくるのが不気味に感じられた。カレンのパーティーにいた背の高い鼻眼鏡の青年のことは、ぼんやりと覚えている――じゅうぶん礼儀をわきまえた人物らしく、こちらを見る目も不自然ではなかった。エヴァのほうはむしろ無礼な態度をとったが、あれは気分がよかった。けれども、あのときはあのときだ。いまは……。

エヴァは考えるのがこわくなって、スコット医師の肩に寄りかかった。見おろしてくるスコット医師の顔には、またあのおかしな表情――テリー・リングが向けてきたのとそっくりな表情――が浮かんでいた。スコット医師はやさしかったし、エヴァもそのやさしさに感謝していたが、ふたりのあいだには少し前まで影も形もなかった何かが芽吹いていた。

あのチョコレート・アイスクリーム・ソーダの日が、信じられないほど遠く感じられた。

そのとき、記者たちが押し寄せてくるのを目にしたスコット医師が、エヴァを引っ張りあげて立たせ、ふたりでその場から逃げ出した。

エヴァにはマクルーア博士との再会の記憶があまりなかったが、それはおそらく罪の意識があって、なるべくそのことを忘れようとしていたからだろう。一日とふた晩かけて決意を固め、気を引きしめていたにもかかわらず、取り乱したのはエヴァのほうで、博士はしっかりしていた。ナンタスケットの家のまわりが世界のすべてだと思っていたころ、壊れた人形を人間だと思って泣いたのと同じように、エヴァは博士の胸にすがって泣いた。博士がしっかりしていたからこそ泣いたのだった。

博士がすっかり痩せ細り、土気色の顔をして老けこんでいたので、ことさら痛ましく感じられた。目が真っ赤に充血し、まるで船でひっそり泣きつくして、訃報を聞いてから一睡もしていないかのようだった。

鼻眼鏡をかけた長身の青年は、何やら同情のことばを小声で述べると、しばらく埠頭のどこかへ姿を消して、まもなく電話室の並んでいる方向からきびしい顔でもどってきた。父親に電話していたのだろう、と考えて、エヴァは身震いした。そのあと、青年が近くにいた大物めいた面々にさりげなく話しかけると、すべてが——税関も、一連の手続きも、手間どっていたことさえもが——急速に進んでいった。そして、どうにも手に負えなかった記者たちも、しつこく追いかけてこなくなった。博士の荷物がマクルーア家のアパートメントへ送り出されると、若きクイーン氏は付き添いの役を買って出るかのように、博士たち三人をタクシー乗り場へ案内しようとした。

エヴァはわざともたついて、婚約者とふたりであとに残った。「ディック——悪いけど、お父さんとふたりきりで話したいの」

「ああ、もちろんいいよ」スコット医師はエヴァにキスした。「ぼくは適当な理由をつけて退散しよう。わかっているさ、エヴァ」

ああ、ディック、とエヴァは思った。あなたは何もわかってない！　だが、エヴァは弱々しく微笑み、スコット医師に連れられて、マクルーア博士とエラリー・クイーンが待つ場所へ向かった。

「すみませんが」ディックが博士に言った。「ぼくは病院へもどらなきゃいけないんです。ですから、博士もお帰りになったことですし——」

マクルーア博士は疲れた様子で額をこすった。「行きたまえ、ディック。エヴァのことはまかせてくれ」

「じゃあ、また今夜、エヴァ」スコットはもう一度エヴァにキスし、挑むような視線をちらりとエラリーに投げかけたあと、タクシーで走り去った。

「われわれも乗りましょう」エラリーが声をかけた。「乗ってください、ミス・マクルーア」

エヴァは乗らなかった。豚革のバッグを胸に押しあてて、怯え顔をしている。

「どこへ行くの？」

「クイーンくんといっしょだ」マクルーア博士が言った。「心配せんでいい、エヴァ」

「でも、お父さん。わたし、お父さんと話がしたいの」

「クイーンくんにも話すといいさ、エヴァ」博士は妙な口ぶりで言った。「わたしが雇ったようなものだからな」

「ほんとうに雇われたわけじゃありませんよ、ミス・マクルーア」エラリーは笑って言った。「友情とでも言っておきましょう。乗ってもらえますか」

「あ、ええ」エヴァはくぐもった声で言い、タクシーに乗りこんだ。

アップタウンに着くまでずっと、クイーン氏がヨーロッパの政治やブルターニュ人の風変わりなあれこれについてしゃべっているあいだ、エヴァは胃に重苦しさをかかえながら、クイーン氏は真実を知っても親切にしてくれるのだろうかと考えていた。

クイーン家のなんでも屋で、黒い瞳を持つ少年ジューナは、崇拝する人物が外国から帰った喜びを思いっきり表現したいのを我慢させられることになった。やっとのことでエラリーがジューナをなだめ、台所でコーヒーを淹れさせた。それからしばらくのあいだ、エラリー自身も、煙草やクッションやジューナのコーヒーや雑談で客をくつろがせるのに忙しかった。

すると玄関の呼び鈴が鳴り、ジューナがドアをあけた。そこには長身で褐色の若い男が両手をポケットに突っこんで立っていて、招き入れられたわけでもないのに、玄関広間を抜けてふらりとはいってきた。エヴァは息を呑んだ。

「やあ、クイーン」脱いだ帽子を暖炉の棚に載せて、テリー・リングが言った。「リングおばさんちのテレンス坊やを覚えてるか」

ここにまで現れるなんて！

エラリーは、邪魔がはいって気を悪くしたとしても、そんなそぶりを見せなかった。心のこもった握手を交わし、テリーをマクルーア博士に紹介した。

「今回の悲惨な事件にきみがどうかかわっているかは、父から何もかも聞いたよ、テリー」エラリーは言った。「つまり――父が知るかぎりのことをね。たいして多くはないようだが」

テリーはにこりと笑い、マクルーア博士と見つめ合ったまま腰をおろした。

エヴァがコーヒーに口をつけながら、つぶやくように言った。「じゃあ、リングさんをご存じなのね」

「もちろん。テリーとぼくは一皮むけば兄弟も同然でね。ふたりとも長らく警察を悩ませつづけ、いまでは顔を見るのもいやがられていますよ」

「唯一のちがいは」テリーがなごやかに言った。「おれはそれを仕事にしていて、あんたはそうじゃないってことだ。いつも言ってるがね」エヴァの頭越しに話しつづける。「生活がかかってるやつは信用できるが――なんと言ったっけ――好事家は信用できるとはかぎらない」

つまり、エラリー・クイーンに教えるな、と伝えているわけだ。教えるつもりだとでも？ エヴァは震えそうになるのをこらえた。

それでも、そのまま静かにすわっていた。エラリー・クイーン氏はエヴァをじっと観察した。視線をテリー・リングに移し、同じように観察する。それから煙草を手にして腰をおろし、ふたりを同時に見つめた。

「で、テリー」ようやくエラリーが口を開いた。「この思いがけない訪問の目的は？」

「ただのご機嫌うかがいだよ」テリーはにやりと笑った。

「自分が監視されているのは承知の上だろうな」

「えっ？　ああ、もちろん」テリーは手を振り動かして言った。

「ミス・リースが死んだ日の午後からずっと、きみは好色家みたいにミス・マクルーアを追いかけまわしているらしいね」

テリーの目が険しくなった。「おれの問題に口を出すな」

「わたしの問題でもある」マクルーア博士が静かに言った。

「まさかとは思うが」エラリーが言った。「きみはミス・マクルーアがだれかに何か話すんじゃないかと心配しているのか。たとえば――きみが不利になることを」

テリーは新しい煙草のパックの封を切った。エラリーは立ちあがり、礼儀正しくマッチの火を差し出す。「なぜそんなふうに思う？」

「マクルーア博士とぼくは、きみが父に話したこと以外にも何か知っていると判断したんだ」

「それはまた、ずいぶんお利口なふたり組だな。大西洋をまたぐ電話で語り合うために博士の金をつぎこんだわけか」

エラリーは煙を吐き出した。「一から話したほうがよさそうだな。お願いします、博士」

エヴァがあわてて言った。「お父さん、わたしたち――ええと、クイーンさんとこの話をするのは、またこんどにしましょうよ。家に帰りましょう。きっとクイーンさんとリングさんも許してくださるから」

「エヴァ」マクルーア博士が重苦しい声で言った。毛深い両手をエヴァの両肩に置く。「おまえに訊きたいことがある」

エヴァはすっかり怯えて、手袋の人差し指を噛んだ。マクルーア博士がこんなに蒼白で、こんなに険しい顔をしたところは見たことがない。三人の男にじっと見つめられ、エヴァは罠にとらわれた気分だった。

「エヴァ」博士は指でエヴァの顔をあげた。「おまえがカレンを殺したのか」

その質問の衝撃の大きさのせいで、エヴァは返事ができなかった。ただ呆然と、博士の困惑した青い目を見つめ返すのが精いっぱいだった。

「答えるんだ、エヴァ。わたしは知らなくてはならん」

「ぼくもです」エラリーが言った。「ぼくも知る必要があります。実を言うと、ミス・マクルーア、あなたがお父さんをそんなこわい目で見るのは筋ちがいですよ。いまのはもともとぼくの質問ですから」

エヴァは動くこともテリー・リングを見ることもできなかった。

「ひとつ、わかってもらいたいんですが」エラリーは明るい調子で言った。マクルーア博士が中途半端なしぐさをして、長椅子に腰をおろす。「この部屋にいるのはぼくたち四人だけで、壁には耳などいっさいありません。そして、ぼくの父は出かけています」

「あなたのお父さま」エヴァはことばを詰まらせた。

「わかってもらいたいのは、ミス・マクルーア、わが家では仕事に関して私情をはさむことなどないということです。父は父の人生を生き、ぼくはぼくの人生を生きている。ぼくたちは手法も手段もちがいます。父が求めるのは証拠、ぼくが求めるのは真実です。このふたつは同じ方向で見つかるとはかぎりません」

「あんた、何を知ってるんだ」テリー・リングがだしぬけに尋ねた。「前置きはもういい」

「わかった、テリー、手の内を明かすよ。知っていることを全部話そう」エラリーは煙草を揉み消した。「ぼくは〈パンシア〉で、ずっと父と連絡を取り合っていた。父ははっきり言わなかったが、たぶんきみたちふたりを疑っている」エヴァが視線を落とす。「父は慎重に仕事を進める人間だ。きみたちのどちらも危険を逃れたとは言えない」

「エヴァ、おまえ」マクルーア博士がうなるように言った。「この際はっきり――」

「待ってください、博士。まず、ぼくの立場を説明させてください。ぼくはマクルーア博士と親しくさせていただき、博士のことが大好きです。ミス・リースとも、ミス・マクルーア、あなたともお目にかかっていたし、あなたがたの関係についてもお父さんが事情をいろいろ教えてくださって、正直なところ、興味をそそられましてね。だから力になりたいと思いました。それは父も承知しています。ぼくから伝えました。これから先は、父は父の道、ぼくはぼくの道を行く。ぼくが知ったことはぼくの心にとどめ、父が知ったことは父の心にとどめるということです」

「おい」テリー・リングがうんざりしたように言った。「時間を無駄にしてるぞ」

「時間がそんなに貴重か？　さて、ぼくが集めた情報によると、どうやら知られざる暴漢が屋根裏部屋の窓からミス・リースの家に侵入し、屋根裏部屋の階段をおりていって、ミス・リースを刺したあと、もと来た経路で逃亡したという。理屈の上ではそうです。ただし、それは理屈でしかありません。というのも、見たところ、それを裏づける手がかりも証拠の品も何ひとつない……張り出した部分の屋根の下の庭に足跡があるわけではなく、いまのところ指紋も見つかっておらず、あるのはただ出入りした方法の推測だけです。物理的に出入りできる方法を考えると、ミス・リースの殺害を説明しうる仮説はそれしかない」エラリーは肩をすくめた。「ミス・リースを刺殺したのがあなた自身なら話は別ですが」

「そんな」エヴァが消え入りそうな声で言い、テリーが背筋を伸ばした。

「無遠慮な言い方ですみません。しかし、お父さんに説明したとおり、ぼくはこうしたことを数学の問題として扱うしかないんです。あいていたあの窓とドアから外部の者が侵入したという仮説を裏づける証拠はありません。そして、あなたは隣の部屋にいたと自分で認めている」

「エヴァ――」マクルーア博士が苦しげな声で言いかけた。

「もし、自分が無実だとあなたがぼくをしっかり説得できないとしたら」エラリーは穏やかにつづけた。「ぼくはいますぐ退場します。あなたが罪を犯したのなら、ぼくの出る幕はない――マクルーア博士のためだとしても、この件を引き受けようとは思いません」

「あなたをしっかり説得するなんて！」エヴァははじかれたように立ちあがって叫んだ。「どうやって？　そんなことはだれにもできない！」

「おまえなのか？」博士が小声で言った。「おまえがやったのか、エヴァ」

エヴァは両手でこめかみを押さえ、クーリーハットを押しあげた。「わたし、もう……だれも信じてくれるはずがない。わたしに言えることなんてひとつもない。わたしは――罠にかけられた！」

「やめろ」テリーが静かに言った。

「やめない！　わたしはカレンを殺してない！　どうしてカレンを殺したいなんて思うの？　幸せだったんだもの――ディックが結婚を約束してくれて――急いでカレンに伝えにいったのよ。仮に理由があったとしても、月曜の午後のあんな気分のときにカレンを殺せたというの？ 殺すなんて！」エヴァは震えながら、また椅子に身を沈めた。「殺すなんてできない――虫一匹だって」

エヴァを見つめる博士の目は、それまでとはちがう光を帯びていた。

「だけど、ほんとうのことを言ったとしても」エヴァは救いのない様子でことばを継いだ。「わたしが――」

「いいかげんにしろ」テリーが怒鳴りつけた。「おれが言ったことを忘れたのか！」

「つづけてください」エラリーはエヴァに促した。

「わたしがやったという結論にしかならない。それで決まりなのよ。だれが考えたって、そう。だれだって！」エヴァは椅子の肘掛けに突っ伏して泣きだした。

「もしかしたら、だれもがそう言うというだけの理由で」エラリーはささやくように言った。「ぼくはそう言わないかもしれない」

テリー・リングはエヴァを見て、それから肩をすくめ、窓辺へ行って憤然と煙草を吸った。マクルーア博士はエヴァの上にかがんで帽子を払いのけ、髪をなでてやった。

エラリーは椅子に歩み寄り、エヴァに顔をあげさせた。

やがて、エヴァが涙にむせびながら言った。「何もかもお話しします」

テリーは毒づいて、煙草の吸い殻を窓の外へ投げ捨てた。

エヴァは話し終えると、力尽きて抜け殻のようになり、椅子の背にもたれて目を閉じた。マクルーア博士は荒々しく自分を痛めつけるように指の関節を鳴らしながら、靴をにらんでいる。

テリーが窓辺から声をかけた。「さあ、シャーロック。評決を聞こうか」

エラリーは寝室にはいって、ドアを閉めた。電話をかける音が部屋の外へ響く。やがて、エラリーは出てきて言った。「あの部屋を調べてみないことには、どうしようもないな。ミス・リースの弁護士のモレルに、あの部屋で会うよう頼んでおいた。訊きたいことがいくつかあるんでね。さて、ミス・マクルーア」

「はい」エヴァは目をあけずに答えた。

「どうか気持ちを強く持ってください。今回の件では、あなたに正気を保っていただくことが大きな助けになります」

「わたしはだいじょうぶです」

「その人はだいじょうぶだ」テリーが言った。

「それから、テリー。きみはプロだ。どうやら、ミス・マクルーアの窮状をたちまち見てとったようだな。きみはどう思う？」

「あの閂がかかってたことをあんたがだまってるかぎり、この人はだいじょうぶだろうよ」

「相変わらずの因襲打破主義者だな」エラリーはつぶやいて、部屋のなかを歩きまわった。「白状すると、これは難問だ。ミス・マクルーアが無実だと仮定すると、犯行そのものが不可能だ。実行できたはずがない。にもかかわらず、どうやら……。テリー、きみはなぜ月曜にカレン・リース邸にいたんだ」

「あんたには関係ない」

「協力的とは言いがたいな。それに、なぜきみは警察本部の刑事が来るのを知っていたんだ。カレン・リースが日曜の朝に自分から依頼の電話をかけて、月曜の五時に自宅で会う約束をしていたことをなぜ知っていた？」

「小鳥さんが教えてくれたのさ」

「それより何より、あらゆる事実が犯人だと告げているお嬢さんの協力者になったのは、どういうわけだ」

「それは教えてやろう」テリーは急に向きなおって、しゃべりだした。「話ができすぎてるからだ。ただひとりの容疑者だからだ。犯罪ってのは、そんなふうに起こるもんじゃないからだ。つまり、この人がはめられたと思ってるからだ！」

「なるほど。陰謀だというわけか」

「陰謀だって？」マクルーア博士が疲れたようにかぶりを振った。「ありえんよ、リングくん。そんなことをする者はどこにも——」

「だが、いちばんの理由は」テリーは話しながらエヴァに歩み寄り、笑顔で見おろした。「この人が真実を語ってると思うからだ。まあ、おれがおめでたいだけかもしれないけどな。でも、がんばれよ、嬢ちゃん。おれは最後の最後まで付き合う」エヴァは顔を赤らめた。下唇が震えている。テリーはたちまち渋い顔になり、大股で部屋を突っ切りはじめた。

「言いそびれていたが、リングくん」博士がぎこちなく口にした。「きみにはどれほど感謝――」

「礼ならそっちの男に言ってくれ」テリーは玄関広間へ姿を消しながら言った。「この手のことは、とことんやる男だからな」そして、玄関のドアが激しく閉まる音がした。

「どうやら」エラリーは冷ややかにエヴァに言った。「あなたはあの男を征服してしまったようだ。ぼくが知るかぎり、その快挙が成しとげられたのは、これがはじめてですよ」

10

ダウンタウンへ向かうタクシーのなかで、エラリーが尋ねた。「月曜の午後、あなたがカレン・リース邸へ行くのを前もって知っていた人はいましたか」

「ディックだけです」エヴァは父親の肩に寄りかかっていた。そうしているのが父娘ともに安心なようだった。「それに、ディックが知ったのだって、四時の数分前でした」

「急に思い立って出かけたと？」

「そのとおりです」

「じゃあ、テリー・リングの思いちがいですね。あなたを陥れることなんて、だれにもできなかったはずだ」

驚いたことに、ワシントン・スクエアの家に着くと、リング氏が歩きまわりながらクイーン警視をからかっていて、警視のほうは何をするでもなく、そのおふざけを楽しんでいるようだった。ふたりのクイーンは目で挨拶を交わし、それからエラリーがマクルーア博士を紹介した。博士は疲れて具合が悪そうだった。

「ご自宅に帰られてはいかがですか、博士」警視が言った。「ここにいらっしゃって、気持ちがいいはずがありませんから。話はまたこんどにしましょう」

マクルーア博士は首を左右に振り、エヴァに腕をまわした。

警視は肩をすくめた。「さてと、息子よ、ここが現場だ。遺体以外は発見当時のままにしてある」

エラリーの小鼻がかすかにひくついた。居間を一瞥したただけで、エラリーはまっすぐ寝室へはいっていった。ほかの者たちもだまってあとにつづく。

エラリーはドア口に立って部屋をながめた。微動だにせず、ひたすら観察している。

「凶器は見つかったのかな」

「ああ──まあな」警視が言った。「うむ、見つかったと思う」

エラリーは煮えきらない口ぶりの警視にちらりと目をやり、寝室を歩きまわりはじめた。「ところで」書き物机をひととおり調べながら言った。「ミス・リースはなぜ、どうやって刑事を呼んだんだろう」

「日曜の朝九時ごろに警察本部に電話して、月曜の五時にここにひとりよこすよう頼んだんだ。ギルフォイルが来てみると本人は死んでいて、ミス・マクルーアとテリーがここにいたってわけだ。刑事を呼んだ理由を本人は言わなかったから、たぶん永遠にわからんだろうな」

　エヴァが顔をそむけた。小柄で年配の男が話すひとことひとことが、ナイフのようにエヴァを貫いた。

「ほんとうに」エラリーは言った。「電話をかけたのはカレン・リースだったんだろうか」

「電話したとき、日本人のキヌメという女がいっしょにここにいたんだ。おい、テリー」警視は喉の奥で笑った。「白状したらどうだ？　手を焼かせるな」

「なんの話ですか」テリーがそっけなく言った。

「先週末、カレン・リースに何度も電話しただろう――実際、日曜の午後にもかけてよこした。オマラという娘からそう聞いたぞ。ミス・リースとはどんな取引をしていたんだ」

「だれが取引だと言ったんですか？　あんたらおまわりにはうんざりですよ」

　クイーン警視は悟りきったように肩をすくめた。焦ることはない。以前からずっと、待つのが得意なのだから……。エラリーは背筋を伸ばし、日本式の低いベッドのそばに吊られた空っぽの鳥かごに目を留めた。

「あのかごは何かの飾りと考えればいいんだろうか。それともほんとうに鳥がいたのか」

「さあな」警視が言った。「見つけたときからああだったよ。月曜にこの部屋にはいったときも空でしたか、ミス・マクルーア？」

「わたし、よく覚えてなくて」

「空だった」テリーが即座に答えた。

「神託がくだったらしいな」エラリーが言った。「あのかごで飼われているかもしれない鳥について、何かご存じですか、博士」

「ほとんど知らん。見かけたことがある程度だ。なんとかいう日本の鳥で、カレンが九年前に東京から持ち帰った。カレンはその鳥をずいぶん気に入って——わが子のようにかわいがっていたよ。キヌメならもっとくわしく知っているだろう。いっしょに来たんだから」

警視が席をはずし、エラリーはまた悠々と部屋を調べはじめた。屋根裏へ通じるドアはあけ放たれていたが、その奥の通路には目もくれなかった。しかし、閂はじっくりと見た。マクルーア博士は日本風の小さく奇妙な足置き台に腰をおろして、両手に顔をうずめている。エヴァは少しずつテリーに近寄っていた。この部屋には、口をきくのがはばかられる何かがあった。

警視が帰ってきたとき、後ろにキヌメを従えていて、キヌメはベッドの上に吊られたものとは別の、ふたつ目の鳥かごを持っていた。そのかごには一羽の鳥がいた。白人の女中オマラがキヌメの後ろでドア口に立ち止まり、愚鈍で貪欲な、それでいて臆病な好奇心をあらわにして、部屋のなかをのぞきこんだ。

「なんと美しい！」エラリーは大声をあげ、かごを日本人老女から受けとった。「名前はたしかキヌメだったね。女主人が亡くなって、さぞ悲しい思いをしていることだろうね、キヌメ」

老女は泣き腫らしたままの赤い目を伏せた。「不幸なことです」小さな声で言った。

エラリーは視線をキヌメから鳥へ移した。キヌメとその鳥はどこか似かよって感じられた。鳥には異国を思わせる何かがあり、頭部と翼と尾は紫色で、胴体は紫がかったチョコレート色、喉には白く繊細な羽毛がまだらに生えている。丈夫なくちばしを持ち、くちばしから尾までの長さは一フィートほどだ。エラリーのことが気に入らないらしく、輝く目でエラリーを見据えてくちばしを開き、耳ざわりな醜い鳴き声をあげた。

「当然の代償だな」エラリーは評した。「少しは醜いところがなきゃおかしいよ。キヌメ、これはなんという鳥かな」

「カシドリです」キヌメがかすれ声で言った。「あなたらのことばでは――カケス言うです。琉球カシドリ。オスの鳥、わたしの国から来るです。年寄りです」

「琉球カケスか」エラリーは考え深げに言った。「たしかにカケスに似ている。この鳥はなぜこの部屋の鳥かごにはいっていないのかな、キヌメ」

「ここにときどき、下の階にときどきです。別の鳥かごで。日あたりのいい部屋で。夜に鳴きます、お嬢さま眠るできません」キヌメはキモノの袖で目を隠し、泣き声をあげた。「お嬢さま、この鳥、大好きです。何より大好きです。お嬢さま、いつも世話します」

「あたしに言わせれば」オマラという娘がドア口からだしぬけに言った。それから、自分の声の響きに驚いて、すばやくあたりを見まわし、あとずさりをはじめた。

「ちょっと待って！　なんだって？」エラリーは問いつめた。

娘は立ち止まり、ためらいながら髪をいじりはじめた。「何も言ってません」むっつりと答える。

「いや、聞こえたよ」

「ええと、奥さまはそれにぞっこんだったんです」娘は警視に目を据えたまま、また居間のドアのほうへ迫りはじめた。

「ここへ来てくれ」エラリーは言った。「だれも痛めつけたりしないから」

「鳥一羽のことで、なんだ、この騒ぎは」警視がしかめ面をした。

「騒いでなんかいないよ。情報を集めようとしているだけさ。きみの名前は？　ここに来てどのくらいになる？」

「ジェニーヴァ・オマラ。三週間です」娘はいまやすっかり怯えながらも、持ち前の性質とおぼしき愚かしい強情さで不機嫌をあらわにした。

「この鳥はきみが世話を？」

「世話係はあの人です。でも、あたしがここに来て一週間もしないうちに――あの人、が病気になって――」オマラという娘はキヌメを指さして北欧系の顔に侮蔑の表情を浮かべ、話をつづけた。「それで、あたしがその鳥に肉やら卵やら何やらの餌をやる羽目になって、そしたら、その悪魔が鳥かごから逃げて裏の庭へ飛んでいって、あたしたち、あいつを追いかけて、ひどい目に遭いました。屋根からちっともおりてこないんだから。奥さまは引きつけを起こすかと思うくらい、かんかんにお怒りでした。その場であたしをくびにしそうな勢いでね。しょっちゅう女中をくびになさったんですよ。エルシーが――こないだまでいた女中ですけど――そう言ってました。みんなくびになるんです、あの人以外は」

「あんた、悪い女！」キヌメが吊りあがった目をぎらつかせて叫んだ。

「だまりなさいよ！」

「やめてくれ」マクルーア博士が言い、白人娘はまた怯え顔になって逃げていった。

琉球カケスが耳ざわりな声でまた鳴いた。

「その忌々しいやつをどこかへやってくれ」博士は力なく言った。

「鳥ってやつはなあ」テリー・リングが不快そうな顔で言った。

「さがっていいよ」エラリーがキヌメに言うと、キヌメはうやうやしく一礼し、かごの鳥を持って出ていった。

書き物机の上でまるまっていた日本の便箋をエラリーがひろげて伸ばそうとしていると、皺くちゃの麻のスーツを着て書類鞄をさげた太り肉の小男が、禿げた頭の汗をぬぐいながらあわただしくはいってきた。

「モレルです」小男は甲高い声で名乗った。「ミス・リースの弁護士です。こんにちは、警視さん。こんにちは、ミス・マクルーア。ああ、博士！　心よりお悔やみ申しあげます。痛ましい悲劇でした。まちがいなく、頭のおかしなやつのしわざですよ。それから、あなたは――お写真を拝見したことが――そう、エラリー・クイーンさんですね」湿った手を差し出した。

「はい、そうです」エラリーは言った。「では、全員をご存じなんですね、リングくん以外を」

「リングさん」モレルは目を少し険しくして言った。「どうぞよろしく」テリー・リングがモレルの湿った手を一瞥する。「ええと――それで、クイーンさん、いったいどういった――」

「この手紙をお読みになりましたか」

「きのうね。あのかたが書き終えなかったのは妙ですな。いや、そうでもないのかもしれない。もしかしたらミス・リースは——つまり、書き終える前に——」弁護士は咳払いした。

「だとしたら、だれがそれをまるめたんだ」テリー・リングが軽蔑したように言った。

エラリーはテリーにちらりと目をやってから、手紙を読んだ。それは科学的とも言えるほど緻密な小さい文字で手書きされ、日付は月曜の午後となっていた。

モレルさま

手もとの帳簿によると、わたしの海外著作権料で未入金のものがヨーロッパにいくらか残っています。あなたもご存じのとおり、いちばん金額が大きいのがドイツで、ナチ法が施行されてからドイツの出版社が国外に送金できなくなったことがおもな原因です。どうか明細全体をただちに、隅々まで、徹底的に確認し——スペイン、イタリア、フランス、ハンガリーに未払いの書籍印税がいくらかあり、デンマーク、スウェーデンなどには新聞と連載の原稿料が残っています——すみやかに支払われるよう手を尽くしてください。ハーデスティとフェアティヒのあいだで、なんらかの形で取り決めができないでしょうか。作家のなかには、イギリスの担当エージェントとドイツの出版社とのあいだで、入金に関する書面のやりとりを交わしている人たちがいるそうです。

「いったいなぜ」エラリーは目をあげて尋ねた。「ミス・リースは海外著作権料の確認をあなたに頼んだんですか、モレルさん。専属の出版エージェントはいなかったんですか」

「その手の連中を信用していらっしゃらなかったんです。わたくしにはぜったいの信頼を置いてくださいました。わたくしはミス・リースの弁護士で、エージェントで、ほかにもあらゆることをまかされていました」

エラリーは二段落目を読み進めた。

モレル、あなたに頼みがあります。きわめて重要なことであり、極秘にしてもらわなくてはなりません。あなたはけっして秘密を漏らさないと信――

「ふむ」エラリーは言った。「内容にはいる前に終わっている。テリーが正しいと思いますね。ミス・リースの気が変わっただけでしょう」

「重要なのはなんの話をしようとしていたかです」モレルは甲高い声で言った。「なんとしてもそれが知りたい」

「だれだって知りたいさ」テリーが不機嫌な声で言った。マクルーア博士とエヴァが書き物机に歩み寄り、いっしょに手紙を読んだ。

大柄な男はかぶりを振った。「それほど重要で秘密にしたいことと言えば、遺書しか思いつかんな」

「いえ、それはちがいます、博士。ミス・リースはつい先週、遺書はいまのままでじゅうぶん満足だとわたくしにおっしゃいました」

「では、遺書を残して亡くなったんですね」エラリーが尋ねた。

「そうです。遺書では、整理した財産をいくつかに分け、文学関係の寄付金として複数の学術機関に――」

「大学だろ」テリーが言い換えた。モレルのことが気に食わないらしい。

「寄付金の一部は」弁護士は頑なに話をつづけた。「東京帝国大学が対象です。ご存じでしょうが、お父さまが亡くなったあと、そこで教鞭をとっていらっしゃいましたから」

「マクルーア博士からそう聞きました。個人への遺贈はあるでしょうか」

「ありません」

「でも、もうすぐマクルーア博士と結婚するということで、遺書を変更するつもりだったのでは？」

「変更なさる予定はありませんでした」

「必要がなかったんだ」博士が抑揚のない声で言った。「わたしのほうがはるかに収入が多いし、カレンもそれを知っていた」

「妙な話だよ、まったく」テリーが決めつけた。

「しかし、ほんとうにだれも――つまり、個人として――ミス・リースの死で利益を得る立場の人はいなかったんですか」

「ひとりもいません」モレルが即座に甲高い声で答えた。「ミス・リースは、ずっと前に亡くなった父方のご親族――大おばさまだと思いますが――そのかたの遺産から毎年かなりの額を受けとっていらっしゃいました。そのかたのご遺言で、ミス・リースは四十歳までその額を受けとりつづけ、四十歳になったら遺産そのものを相続なさると定められていたんです」

「ということは、亡くなったときは裕福だったんですね」

「それは」弁護士は言った。「見方によります。裕福というのは――はっはっは――相対的なことばですから。わたくしなら、不自由はしなかった、と申しますね」

「しかし、遺産を相続したといまおっしゃったでしょう？」

「ああ、それはちがいます！　実は、ミス・リースが亡くなったのは、その遺産を相続できる年齢に達する前だったんです。つまり、四十歳になる前に死去した——この十月に四十歳の誕生日を迎えるはずでした。なんと、あと一か月のところで、もらいそこねたわけです」

「それは——控えめに言っても興味深いですね」

「むしろ不運と言うべきでしょう。大おばさまの遺言には不測の事態についての項もありました。ミス・リースが四十歳になる前に亡くなった場合、大おばさまの遺産はそっくりそのまま、ミス・リースの最も近い血縁者が受けとることになっていたんです」

「だれのことですか」

「だれも該当しません。ミス・リースに血縁者はいなかった。まったくの天涯孤独でした。本人がそうおっしゃっていたんです。ですからその遺産は、いまとなっては、大おばさまご本人の遺言で指定された慈善団体に寄付されることになります」

クイーン警視が顎を掻いて言った。「マクルーア博士、ミス・リースの生涯において、求婚して袖にされた男性はいたのでしょうか」

「いや。求婚したのはわたしが最初で——最後だった」

「モレルさん」エラリーが言った。「ミス・リースの私生活で、殺害された手がかりになりそうなことに心あたりはありませんか」

モレルは頭の禿げた部分をまたぬぐった。「これが答になるかどうかわかりませんが、ミス・リースはつい最近、この世界に自分の敵はひとりもいないとおっしゃっていました」

テリー・リングが言った。「本人はそう思ってたわけだ」

モレルはふたつの明るく小さな瞳でテリーを見て、何やら謎めいたことばをつぶやき、軽く会釈すると、一度も開かなかった書類鞄とともに去っていった。そもそもなぜ書類鞄を持ってきたのか、とエヴァは半ば憤っている様子だった。

そのあと、エラリーが言った。「みなさん、これは奇妙です。生きる理由に事欠かない女性がいて、死はその人にとって、この上なく残酷な不運としか考えられない。名高い人物で――アメリカの作家にとって最高の栄誉を手にしたばかりでした。もうすぐ――あとほんの少しで――大金持ちになるはずでした。一か月もすれば多額の遺産を相続することになっていたんですから。とても幸せで、これからもっと幸せになるとたやすく予想できた――自分が選んだ男性との結婚を目前に控えていたんです……。それが突然、至福の真っ只中で、何者かに命を奪われた」

「わたしにはわからん」マクルーア博士がつぶやいた。

「人はなぜ殺人を犯すのでしょう。金のためでしょうか？　しかし、ミス・リースの死によって、一セントでも利益を得る立場の人間はいませんでした。いくつかの公益団体はそのかぎりではありませんが、そういった団体が殺人を犯すとはとうてい考えられません。嫉妬(しっと)でしょうか？　しかし、ミス・リースの人生には恋愛のもつれなどなかったようです――これは痴情犯罪(クリム・パシヨネル)ではありません。怨恨(えんこん)でしょうか？　しかし、モレルの話をお聞きになったとおり――ミス・リースに敵はいなかった。なんとも奇妙です」

「わたしに何か心あたりがあればいいんだが」博士が言った。その頑なさを感じとり、エヴァは顔をそむけた。

「いまのところ、あの弁護士はまちがってなかったと言えるかもな」テリー・リングが唐突に言った。「頭のおかしいやつのしわざだよ」

一同は黙していた。

やがて、エラリーが口を開いた。「すわってください、ミス・マクルーア。これがあなたがたにとって残酷なのはわかっています。それでも、あなたにはいてもらわなくてはなりません。すわってください」

「ありがとう」エヴァは弱々しい声で言った。「わたし――ここにいられると思います」低いベッドの端に腰をおろした。

エラリーは書き物机をまわりこみ、くずかごのなかの紙くずをほじくり返しはじめた。

「それに、窓を割った石のこともある」警視がぼやくように言った。警視が靴先で指し示した石は床に転がっていて、この前エヴァが見たのとまったく同じ場所にあった。

「ああ、石か」エラリーはちらりと石を見て言った。「いや、その石についてはテリーに一説あるんだよ、父さん。どこかの子供が投げたと考えているんだ。いたずらでね」そう言いながらも、ずっとかごを掻きまわしている。

「おや、そうか。その点はそうかもしれんな」

「あっ！」エラリーは思わず叫んで、底から何かを拾いあげた。爆弾でも持つような手つきだ。

「指紋は気にしなくていい」警視は軽い調子で言った。「もう採取してある」

マクルーア博士が充血した目を見開いて進み出た。「新しいものだな」鋭い声には本来の力強さがもどっている。「そんなものは見たことがないよ、クイーンくん」

「新しくはありません」警視が訂正した。「少なくとも、あのばあさんはそう言っています。ミス・リースが日本から持ち帰ったものだとか」

それは、エヴァが月曜の午後に机の上で見つけたあのはさみの片割れだった。その道具が鳥の姿を表したものであることを、エラリーはひと目で見てとった。欠けているもう半分があれば、はさみ全体が、きらめく羽毛と長さ二インチ半のくちばしを持つ鳥の形になるにちがいない。東洋の技巧を凝らしたものであることは一目瞭然だった。巧みな技巧で金属に陶材の象眼細工が組みこまれている。はさみが完全な形なら、両刃がくちばしを表し、柄が胴体、指穴の部分が脚になるはずだ——見た目はきわめて珍しいはさみだが、刃の鋭さからすると、実用にかなうものだった。胴の部分には羽毛と見まがうばかりに彩り豊かな宝石の粒がちりばめられ、出窓から差しこむ光で色とりどりの炎をあげて輝いている。はさみの片割れは五インチの長さがあるにもかかわらず、エラリーが手に載せてもほとんど重さを感じない——それが模した生き物と同じように、ふわりと軽かった。

「独創に富んだ趣向だ。なんの鳥を表したものだろう」

「キヌメが言うにはツルらしいが——日本語でも何やら呼び名を言っていたよ」クイーン警視が説明した。「神聖な鳥だそうだ。ミス・リースは鳥ならなんでも好きだったようだな」

「そうか、思い出したよ！　日本のツル——長生きの象徴だ。予言する力はいまひとつのようだけどね」

「おまえがそれになんらかの神秘を見いだしたいなら好きにすればいいが」警視はすげなく言った。「わたしにはミス・リースを殺したナイフにしか見えない」

エヴァは警視の穏やかながら真意を明かさない態度を見て、これがあと一秒でも長くつづいたら、自分は絶叫しそうな気がしてならなかった。ああ、あのとき忘れずに指紋を拭きとってさえいたら！

「これが凶器だというのはたしかなのかな」エラリーがつぶやくように言った。

「サム・プラウティが言うには、傷口の長さも幅も、そこにあるその刃とぴったり一致したそうだ。とても偶然とは考えられない」

「そうか。でも、ほかのものだった可能性もある」

「鞘ではないぞ」

「鞘だって？」

「上の屋根裏部屋で見つけたんだ。あの日本人の女中が言うには、いつもその鞘にはさみをしまっていたらしい。だが、鋭利なものじゃない」

「屋根裏？」エラリーの目は書き物机へ向けられ、金色の封蠟の棒と、日本の表意文字が彫られた金属印に据えられていたが、それらを見てはいないようだった。

屋根裏！　エヴァは屋根裏のことをすっかり忘れていた。一度も見たことがなく、だれも見ることをけっして許されなかった屋根裏部屋。そこには何があるのだろう。だが、もうどうでもよかった。いまさら知っても意味がない……。

「つまり、はさみは上の部屋にあったものだ」警視が言った。「だから、キヌメ以外のだれにも見覚えがなかったんだ。壊れたのは何年も前だとキヌメは言っている。筋は通るようだな。犯人は屋根裏部屋の窓から侵入したあと、このはさみの片割れを手にとって、ここへおりてくると、ミス・リースを刺し、刃についた血を拭きとって、それをこのかごに落としてから、来た道を逃げていった。うん、たしかに筋は通る」

ほんの少しでも、警視の声に芝居じみたところはないだろうか。エヴァは懸命に考えた。警視が言ったことは実現不可能だ――犯人が屋根裏から侵入できたはずがない。あのドアは寝室の側から閂がかけられていたのだから。警視は本気でいま言ったとおりだと信じているのだろうか。

「じゃあ」エラリーが思案顔で言った。「その屋根裏を見てみよう」

11

階段は幅がせまく急勾配で、きしむ音が響いた。エラリーのあとには、互いに離れがたく感じているエヴァと父親がいっしょにつづいた。テリー・リングと警視は行列の最後尾につく妙な権利をしばし争ったが、警視にとって腹立たしいことに、最後に勝ったのは褐色の男だった。警視は人に背後をとられるのが好きではなく、とりわけ、きしむ階段を音ひとつ立てずにのぼる人間に背後をとられるのは大きらいだった。

一同が足を踏み入れたのは天井が傾斜した涼しい部屋で、想像を掻き立てられたエヴァが思い描いた謎めいた部屋とはまったくちがっていた。暗がりをのぼりきったところにあったのは、日の光にあふれ、清らかで、品がよく、不穏さのかけらもない純潔そのもののような部屋だった。ふたつの窓は風に揺らめく薄絹のカーテンで飾られ、ベッドはカエデ材の四柱式で、カーテンを明るい色合いでふちどる花柄のインド更紗と同じ布のベッドカバーがかけられていた。ただ、壁には日本の古い水彩画が何枚も飾られ、磨きあげられた床の敷物は太平洋の向こうから来たとしか思えないものだった。

「なんて気持ちのいい部屋！」エヴァが思わず声をあげた。「ここならカレンが執筆できたのも当然ね」

「わたしはどうも」マクルーア博士がかすれた声で言った。「息が詰まりそうだよ」

博士はあけ放たれた窓の前へ行って、みなに背を向けた。

「なんとも不思議な東洋と西洋の取り合わせだな」エラリーは年代物のタイプライターが置かれた小さなチーク材の机を見やりながら言った。「下の階にはない奇怪さが見られる」

部屋の一角には電気冷蔵庫が置かれ、その上には台所用の戸棚、隣にはガスコンロがあった。寝室の奥には最新式の設備が整った小さな浴室が配され、そこには小窓と天窓がひとつずつあったが、ほかにドアはなかった。この小さな部屋は繊細で趣味のよい女が住む隠れ家のようで、階段のてっぺんのドアだけで外の世界とつながっていた。

「とことん孤立した部屋だな」エラリーが言った。「ミス・リースは何をしていたんだろう――自分の時間を階下の部屋とこの屋根裏部屋に切り分けて」

「ここで『八雲立つ』を書いたんです」エヴァは目に涙を浮かべて言った。「夢にも思わなかった、ここがこんなに――すてきだなんて」

「聞いたところによると」クイーン警視が言った。「ミス・リースは何か特別なものを書きたいとき、一週間でも二週間でも、ここにこもりきりになっていたそうだ」

エラリーは壁にびっしり並んだ竹材の本棚に目を走らせた――五、六か国語の参考文献、日本語の本、ラフカディオ・ハーンやチェンバレンやアストンやオオクマの著作、日本の詩編の英訳書、仏訳書、独訳書――それらの書物が、多岐にわたる伝統的な西洋古典文学の読みこまれた蔵書のなかに交じっていた。さらにエラリーが淡々と調べを進めていくと、机の上と抽斗のなかにはほかの書物があり、原稿の断片があり、謎めいた覚書を節ごとにきれいにタイプしたものがあり――作家の身のまわりにあるべきものがすべてそろっていて、それらが作家の命が途絶えたことで時の流れのなかに固定され、創作の半ばでとどまっていた。抵抗を感じながらも魅了されていたエヴァにしてみれば、散らかった紙をエラリーがぞんざいに調べていくのは神聖を穢す行為のように思われた。

やがて、エラリーは細いはさみの鞘を手にとった。セイウチの牙でできたその鞘は、一面に浮き彫り細工が施され、くくりつけられた絹紐の先に、日本語の格言が刻みこまれた硬貨のお守りがぶらさがっていた。

「はさみを入れるものだ」警視がうなずいた。

「はさみのもう片方の刃は見つかったのかな」

「まだだ。たぶん何年も前になくなったんだろう」

エラリーは鞘を置いて、あたりを見まわし、ドアがあいたままのクロゼットに向かった。クロゼットには女物が——かなり色褪せて見えるさまざまな衣類が——吊られていて、床には靴がふたつ置かれていた。帽子も上着もない。奥をのぞきこみ、下を見おろし、かぶりを振って、カエデ材の小ぶりの鏡台の前へ移動すると、鏡台の上には櫛、ブラシ、化粧道具一式、漆塗りの箱があり、その箱にはこまごまとした装身具や髪飾りや爪の手入れの道具が詰まっていた。エラリーは眉をひそめた。

「どうした」クイーン警視が尋ねた。

エラリーは鼻眼鏡をはずし、よく拭いてから、鼻柱にかけなおした。それからクロゼットの前へ引き返し、柄物のワンピースをハンガーごと持ちあげてながめた。それをクロゼットにもどすと、こんどは別の、ベージュのレース飾りのついた黒い絹の服を取り出した。それももどすと、下唇を引っ張り、前かがみになって、床に置かれたふたつの靴をじっと見た。そのとき、何かが目に留まり、吊られた衣類で半分隠れていたものをクロゼットの奥から引っ張り出した。それは古いバイオリンケースだった。

エヴァの頭のなかに奇妙な疑問が生じはじめていた。エラリーは気づいたのだろうか、と思った。ほかの人たちは気づいていないようだが――

エラリーはケースをあけた。中にはチョコレート色のバイオリンが横たわり、四本の弦がいつかの夏の暑さで切れたらしく、糸倉から垂れさがっていた。エラリーは長いあいだ、壊れた音楽の女神をじっと見つめていた。

やがて、そのケースをベッドに運び、インド更紗の上に置いた。いまや一同の視線はエラリーに集中している――窓のほうを見ていたマクルーア博士でさえ、あまりの静寂に引っ張られて振り向いていた。

「そうか」エラリーはため息を漏らした。「そうだったのか」

「いったいなんだ。どうしたというんだ」警視が不満げに問いただした。

テリー・リングが深みのある声で言った。「かのクイーン氏がご高説を披露なさるらしい。何かおわかりになりましたか、クイーン殿」

エラリーは煙草に火をつけ、考えこむようにその煙草を見つめた。「ああ、わかったよ。驚くべきことがね……。この部屋に住んでいたのはカレン・リースじゃない！」

「カレン――ではないと――」マクルーア博士が目をむいて言いかけた。エヴァは叫び声をあげそうになった。やはりクイーン氏は気づいていた！　エヴァの脳はさまざまな考えで沸き立っていた。あのことに――気づきさえすれば――たぶん――

「そうです、博士」エラリーは言った。「おそらく何年ものあいだ、それもつい最近まで、この部屋は別の女性がふだんの生活空間として使っていたんです」

クイーン警視の小さな口はあんぐりとあき、灰色のひげは驚きと怒りで毛が逆立っていた。

「何をばかな！」警視は声を荒らげた。「この部屋に住んでいたのがカレン・リースではないって？　ここは部下たちがすっかり――」

「たぶん」エラリーは肩をすくめた。「父さんの部下たちは調子が悪かったんだろう。別の女性だったことに疑問の余地はまったくないよ」

「だが、そんなことはありえん！」マクルーア博士が早口で言った。

「親愛なる博士！　ミス・リースは右利きだったと考えて差し支えありませんか」

「むろん、右利きだったとも！」

「そうでしょうね。ぼくもあの園遊会の夜、ミス・リースが日本茶を右手で掻き混ぜていたと記憶しています。それで辻褄が合う。それから、あなたの婚約者は身長がせいぜい五フィート一インチか二インチで、体重は百五ポンドあるかないかだったのではありませんか」

「そのとおりです、クイーンさん」エヴァが息もつかずに言った。「カレンは身長が五フィート一・五インチ、体重が百三ポンドでした！」

「そして、髪の色はどう見ても濃い――あれほど黒い髪をぼくは見たことがありません。肌は薄黒く血色が悪かった」

「だからどうしたと？」警視がしびれを切らして言った。

「そう、ミス・リースは右利きなのに――ぼくはひと目で気づいたけど、このバイオリンは左利きの人間が使っていたものだ。きわめて珍しいことだが」エラリーはバイオリンを持ちあげ、垂れさがった弦に指でふれた。「この弦を見るといい。ふつうは弦の順番が、楽器を正面から見て左から右へ、G、D、A、Eとなっている。このバイオリンは、弦の太さを見ればわかるように、E、A、D、G。正反対だ。左利き用なんだよ」

エラリーはバイオリンをケースにもどすと、クロゼットへ移動した。さっきの柄物のワンピースを取り出す。

「これはどうですか、ミス・マクルーア。このワンピースをミス・リースのように小柄で痩せた女性がまともに着られると思いますか」

「いいえ、ぜったい無理です」エヴァが言った。「あなたがさっき、それをクロゼットから取り出した瞬間にわかりました。カレンが着ていたサイズは十二で――ものすごく小さいんです。それは三十八はあります。あなたが見ていた黒い絹の服もそう！」

エラリーは柄物をもとどおりに吊るし、鏡台へ向かった。「では」ブラシを持ちあげて尋ねる。「これはカレン・リースの頭から抜けた髪だと思いますか」

いまや一同がエラリーのまわりに集まっていた。ブラシの房には、グレーがかった金髪の毛が何本かからまっている。

「あるいは」化粧道具一式から白粉の箱を取りあげながら、エラリーはつづけた。「こんなに明るい色の白粉を、カレン・リースのような肌の薄黒い女性が使っていたと思いますか」

マクルーア博士がベッドに腰を落とした。エヴァは髪が伸び放題になった博士の大きな頭を自分の胸に引き寄せた。では、ほんとうにだれかがいたのだ！　この恐ろしい小柄な警視が考慮に入れるべき何者かが！　ある女性、正体のわからない女性がこの部屋で暮らしていた……。クイーン警視はその女性がカレンを殺したと考えるだろう。そう考えるしかない。だとしたら、ありがたい！　とはいえ、エヴァは考えまいとしていたが、実のところ、その女性がカレンを殺せたはずがない――あのドアには閂がかかっていたのだから。ドアには閂がおりていた。閂がかかっていた。閂が……

「化けの皮を剝いでやろうじゃないか」警視が腹立たしげに言った。

エラリーは白粉の箱とブラシを鏡台の上のもとあった場所にもどした。やや唐突に、こう切り出した。「人物像はかなりはっきりしている。この部屋で暮らしていた女性の目星はつくよ。父さんの部下はこの部屋で指紋を見つけたのかな」

「いや、ひとつも」警視は吐き捨てるように言った。「この部屋は最近、隅々まで掃除されたはずだ。あの日本人のばあさんは何も話そうとしないが」

「わかることは」エラリーは一考した。「あのワンピースからして――そう、身長はだいたい五フィート七インチか八インチ。体重は百三十から百四十ポンドのあいだにちがいない。もちろん髪は明るい金髪で、色白の肌。クロゼットにある衣類のタイプからすると――若い女じゃないな。賛成してもらえますか、ミス・マクルーア」

「ええ、四十代ぐらいの女の人が着そうな服です。それも、かなり時代遅れの」

「そして、バイオリンを弾いている、もしくは弾いていた。さらに、この女性は秘密を――何か重要な秘密を――隠し持っている。そうでなければ、なぜミス・リースは人目を欺いていたのか。なぜこの女性の存在をぜったいに明かさなかったのか。なぜこんなに手間をかけて、その女性の痕跡を隠していたのか——だれもここにあがってはいけないという鉄の規則がいい例だ。白人の使用人を頻繁に変えたり、壁を防音にしたり——そういったことをよくよく考えれば……大変な秘密がある！」エラリーはくるりとマクルーア博士に向きなおった。「博士、ぼくの説明にあてはまる人物をだれかご存じありませんか」

マクルーア博士はゆっくりと顔をこすった。「いや、まったく——」

「考えてください。おそらく、ミス・リースの生涯で、アメリカの章に登場した人物ではありません。これには年月を経た節がある。そう、日本です！」エラリーは勢いこんで前かがみになった。「さあ、博士、考えてください！　あなたは東京にいたころのミス・リースをご存じだ——その家族も……」ゆっくりと背筋を伸ばす。「家族か。そうだ、それなら話が——あっ、待てよ！」

エラリーはクロゼットへ駆けていき、ふたつの靴を持ってもどった。

「これもあります。忘れるところでした。靴がふたつ。右の靴がふたつです。あったのはこれだけ。左はありません。何か思いつきませんか」

「たいしたもんだな、シャーロック」テリー・リングがつぶやいた。

「どちらも新品です。一度も履かれていません」エラリーはじれったそうに靴を打ち合わせた。「これからわかることは、ふたつにひとつ——その女性は右足がないか、右足が悪くて特別にあつらえた靴を履いているか——どちらにしても、右足用のふつうの靴は不要になります。さあ、どうですか、博士」

マクルーア博士は平静を装おうとしているように見えた。しかし、声は妙に張りつめている。「いや。ありえん」

「お父さん！」エヴァが叫び、博士を揺さぶった。「なんなの？　話して！」

テリー・リングがもったいぶった口調で言った。「まあ、簡単に思いつくだろうな。時間の問題だよ、博士」

「ありえんと言っているんだ！」大男は怒鳴り声をあげた。それから肩を落とし、また窓辺へ行った。こんどはまったく抑揚のない、こわばった平板な声が響いた。けれども、手はカーテンのインド更紗を握りしめている。

「カレンの人生には、きみの話にあてはまる女性がひとりいた。わたしが知っていたころ、その人は金髪で、色白で、きみが想定したこの部屋の住人とほぼ同じ背恰好で、左利きで、バイオリンを弾いていた。しかし、二十年以上も前のことだ。あの人は二十二歳だった……。右の靴は特別にあつらえたものを履いていた。生まれつき右の脚が短かったんだ。だから——右脚を引きずっていた」

「だれなんですか、博士」エラリーは穏やかに尋ねた。

「カレンの姉だ。カレンの姉のエスターだ」

立っていたエヴァは背後のベッドをやみくもに手探りした。信じられない。とんでもない。エスター・リースのことは知っていた。そして、エスター・リースがこの屋根裏部屋に住んでいたなんてありえないとマクルーア博士が言った理由も、エヴァにはわかっていた……。

「偶然の一致であるものか」警視がゆっくりと言った。「その人にちがいない」

「そう思うのか？」そう言いながらマクルーア博士が振り返り、一同は博士の顔を見た。エヴァがすすり泣くような声をかすかに漏らす。「そう思うのか？　なら、エスター・リースはぜったいに日本を出ていないと言ったら、あんたはどう思う？　エスター・リースはまだ日本にいると言ったら？」

「いや、そうですかね」警視は言い返した。「断言はできないでしょう」

「断言できる」マクルーア博士はきびしい声で言った。「エスター・リースは一九二四年に東京で死んだ——十二年以上前に」

第3部

12

「エスター・リースが亡くなるところをご覧になったんですか、博士」クィーン警視が静かに尋ねた。

「こんなくだらん話は気にするな、エヴァ」大柄な男がうなるように言った。「ばかばかしい偶然の一致にすぎん」

「だけど、お父さん」エヴァが声をうわずらせた。「カレンのお姉さんなのよ！　そんな――そんなひどいことを」

「信じるなと言っただろう！　聞こえなかったのか」

「まあ、そんなに興奮しないで」警視が言った。「それでは何も解決しませんよ」

「話にならん！」博士は怒鳴った。「エスターは自殺した――休暇で出かけた先で、太平洋に身投げしたんだ！」

「そのことだったんですか」エラリーが尋ねた。「月曜の午後に〈パンシア〉で、話したくないとおっしゃっていた悲劇というのは」

「そうだ」博士の表情は険しかった。「こんな話、したくないに決まっているじゃないか。当時、わたしはニューイングランドにいて、カレンがその一部始終を書いてよこした。それだけじゃない。リース博士の生まれ故郷のボストンでも、いろいろな新聞で報じられたよ」

「妙だな」警視が考えこむように言った。

「たしかに事実です、警視さん！」エヴァが混乱した様子で声高に言った。「以前、カレンが話してくれたことがあるんです。カレンも話したがらなかったけど、わたしには教えてくれました」

「ちょっと失礼します」クイーン警視は言った。エラリーをかすめて通り過ぎ、足音を響かせて屋根裏部屋の階段をおりていく。テリー・リングが、まるで機会をうかがっていたかのように、体重を一方の足から反対の足へ移した。

「よし、トマス」下の寝室から警視の大きな声が聞こえてきた。「目を光らせておくんだぞ」そのあと、またのぼってくる音がした。警視が階段のてっぺんに姿を現したとき、手には小さな手紙の束があり、その束は細く赤い絹のリボンで結わえられていた。

「なんだい、それ」エラリーが訊いた。「そんなものははじめて見たよ」

「そりゃあ、そうだろう」警視が愛想よく言い返した。「真っ先に片づけておいたからな。あのときは重要とも思わなかったが——こうなると話はちがう」

マクルーア博士の目はその束に釘づけになり、ごつごつとした頰はかすかに残っていた血の気を失っていた。

「さて、われわれが調べたところ」警視は穏やかに言った。「これはミス・リースが保管していた手紙の束で——地下室にあった古いチーク材の収納箱の底で見つかりました。ほとんどは一九一三年の日付ですが、一九一八年のものが二通あり、両方とも、博士、あなたが書いたものです。宛名は、エスター……リース……マクルーア」

マクルーア博士は机のそばの椅子に急に腰を落とした。「ほかの手紙はエスターとフロイドのあいだで交わされたものだろうな」絞り出すように言った。「ばかだったよ、そんなことを隠せると——」

「お父さん」エヴァが眉をひそめた。「いったいどういうことなの？」

「おまえにはずっと前に話しておくべきだった」大柄な男は力なく言った。「エスター・リースはわたしの義理の妹だ。一九一四年に東京で、わたしの弟のフロイドと結婚した」

博士は生気の抜けた声で事情を語った。一九一三年、博士は癌の手がかりを求めて太平洋を西へ渡り、結局その研究は実を結ばなかったが、そのときに同じく医師だった弟のフロイドも同行した。博士の説明によると——フロイドは陽気で影響を受けやすい無鉄砲な若者で、兄を尊敬し、医学を学んだのは内なる欲求からというより、憧れの兄の背中を追ってのことだった。

「われわれは東京でリース姉妹と出会った」マクルーア博士は床をじっと見つめて言った。「マッド教授を介してな。わたしはその老教授に会いに日本へ行ったんだ。教授は帝国大学で病理学を教えていて、むろん、文学を教えていたアメリカ人のヒュー・リースと知り合いだった。リースはわれわれをずいぶん気に入って——そのころはアメリカ人になかなか会えなかったからな——その結果、われわれはリース家に入り浸りになった。そんなこんなでエスターとフロイドは恋仲になり、ふたりが結婚したのが一九一四年の夏——日本がドイツに宣戦布告する二、三週間前のことだった」

エヴァは博士に近寄って、その肩に片手を置いた。

「だが、あなたもエスターを愛していた」警視が言い、手紙の束を軽く叩いた。「すぐにわかりましたよ、博士」

博士は顔を赤らめた。「そんな手紙！　まあ、否定はせんよ。だが、当時のわたしはくそまじめな若造だったし、フロイドが有利なのはわかっていた。あいつは知らずじまいだったろうな——わたしの気持ちは」

「お父さん」エヴァがつぶやいた。

「ふたりが結婚したとき、すでに戦争がはじまる噂があり……何もかもが悪い方向へ進んでいた。わたしの研究は失敗に終わり——それで、わたしはフロイドを日本に残してアメリカにもどった。あいつは新しい生活にすぐになじんで——あの国を愛していたから、妻といっしょに向こうに残りたがったんだ。あいつに生きてふたたび会うことはなかった」

しばらくのあいだ、博士は黙していた。警視は励ますように言った。「つづけてください、博士。弟さんは亡くなったんですね——事故で。一九一八年にあなたがカレン・リースに送った手紙の一通に、それについて書かれていました」

「そうだ。カレンが全部書いてよこした。フロイドには趣味がひとつあってな——射撃だ。ずっと熱心にやっていて、エスターと結婚したあと、東京の自宅の庭に射撃練習場を造った。その前からエスターに射撃を教えようとしていたからな」

「エスターに撃たれたんですか」エラリーが鋭く尋ねた。

博士の声はほとんど聞きとれないほどだった。「ああ、あれは忌まわしい事故だったんだよ——そういう事故は数えきれないほど起こっている。エスターが的を狙っていて、フロイドは危険なほど近くに立っていた。エスターは緊張していたんだ。弾はフロイドの脳を貫通した。即死だったよ。何があたったのか、本人も気づかなかっただろう」

博士はまた黙した。しかし、警視が言った。「ほかにも書かれていましたよね、博士。別の女性のことも――」

「それも知っているのか！　まさか当時の手紙がまだあったとは……」マクルーア博士は立ちあがり、ゆっくりと歩きはじめた。「そうだ。別の女がいた。証拠はなかったし、いまも確信は持てんがね。ただ、そういう女がいたとしても、フロイドは本気ではなかった。あいつは優男で甘えた感じがして、女にもてたんだよ。だが、誓って言うが、あいつはエスターを愛していた、エスターだけをな。しかし――どうやら噂はあったようだ。それが、どこからかエスターの耳にはいった」

「ああ」エヴァが憐れむように言った。

「エスターのことを知ってもらわんとな。すばらしい女性だったよ。ほんとうに美しく、繊細で、聡明で、文才があり……ただ、体の障害のことが心に重くのしかかっていたから、フロイドの不貞の噂を少し耳にしただけでも悩み苦しんだことだろう。だから、フロイドを撃ったあと、エスターは思いこんだんだ」――博士の顔が暗くなった――「自分は無意識のうちに夫を殺したい、いと思っていた、あれは事故でもなんでもなく、殺人だったのだ、と。しばらくすると、夫を殺そうと思って殺したのだと、自分に言い聞かせるまでになってしまった」

「それが自殺の理由だったんですか」エラリーが尋ねた。

「そうだ。取り調べでエスターの容疑はすっかり晴れたが、そのあと精神を病み、いっときは正気を失っていた」博士の顔は汗ばんでいた。「事故が起こったのが一九一八年。わたしは知らせを受けて向こうへ行ったが、できることは何もないと悟り、アメリカにもどった。一九一九年初旬のことだ」博士は特に理由もなくことばを切り、少ししてまた先をつづけた。「リース博士は戦争中の一九一六年に他界していたから、カレンとエスターがふたりきりで残された。そして一九二四年、エスターが身投げしたのがわかり、一九二七年にカレンが日本の家を引き払ってニューヨークにやってきた。わたしはそのことを聞かされていなくて――ボストンの新聞の文芸欄にカレンの名前が載っているのを見て、はじめて知ったんだ。当然ながら、カレンに連絡をとり……あとは知ってのとおりだ」博士はゆっくりと顔をぬぐった。「だから、この部屋に住んでいた女がエスターだなんて、ばかげていると言ったんだ」

エヴァが力をこめて言った。「わかった！　すごく単純なことよ。カレンはこの部屋を改装して、お姉さんの服やら何やらを全部詰めこんで感傷に浸ってただけなのよ。そう――そういうこと！　お父さんの言うとおり――エスターは生きてなんかいないのよ」

「おれならそんなふうに断言はしないね」テリー・リングが自分の爪の観察に励みな

がら言った。「カレンは何をやってたんだ——髪の毛のついた姉のブラシまで大事にとっておいたって？」

「待って！」エヴァは自分の喉をつかんだ。「もしかしたら、エスターは生きてるのかもしれないけど……少し頭が変になってるのかも。お父さん、エスターは事故のあとに正気を失ったと言ったでしょう？　それで説明がつくかもしれない——カレンはお姉さんが自殺したように見せかけて、それで……ここに住まわせてたのかも。エスターに危険がなければ——たぶんカレンはお姉さんを病院に入れたくなかったでしょうし——」

警視は思案顔をしていた。「ふむ、その可能性もありますね、ミス・マクルーア」エラリーは書き物机まで歩いていって、紙に手をふれた。当惑の表情を浮かべている。「とにかく、仕事に取りかかったほうがいいよ、父さん。その女がだれであるにせよ、特徴はじゅうぶんわかっているし、消えてからまだたいして時間が経っていないはずだ」

「それはもうトマスに調べさせている。日本に電報を打って死亡証明書を確認したり、いろいろな。エスターの死に不審な点が見つかったら、本人の筆跡が残っているから照合できる——あの古い手紙を使ってな」

「ありえないと言っているじゃないか」博士がむなしく言った。

クイーン警視は階段のおり口へ行って叫んだ。「キヌメ！　おい！　ここへあがってきてくれ、キヌメ——屋根裏だ！」振り返り、いかめしい口調でことばを継ぐ。「いますぐ確認できることがひとつあります。カレン・リースがだれの助けもなしに何年もここに女を隠しておけたはずがない。だれかが手伝っていたんです。もし、その女がほんとうにエスター・リースだとしたら、まちがいなく日本人のばあさんがかかわっていたはずだ。ミス・リースといっしょに来たんですからね。キヌメ！」

マクルーア博士がかすれた声で言った。「考えられん、あの人がそんな——」

「だれかがこの部屋を掃除する必要があった。現に、さっきも言ったとおり、ここは数日前に掃除されたばかりです。だれかが見張っている必要もあった。それに、もしその女の頭がおかしくなっていたなら、だれかが汚れ仕事をする必要があった。来てくれ、キヌメ」

老女は階段をゆっくりと、一段ごとに止まって息を整えながらのぼってきた。やっと姿を現したとき、吊りあがった目は恐怖に満ち、かぼそい体は小刻みに震えていた。キヌメは無意識のうちに、まるで自分の知り合いがここにいるかどうかをたしかめるかのように、屋根裏部屋を見まわした。それから目を伏せ、両手を袖にたくしこんで、その場に控えていた。

「キヌメ」警視が言った。「エスターはどこだ」

キヌメは静かに言った。「こんちは、エヴァさま、こんちは、マクルー博士」

「わたしの言ったことが聞こえたか？　エスター・リースはどこだ！」

キヌメは頭をさげた。「エスターお嬢さま、死にます。ずっと前に死にます。大きな水のなか死にます」

「この部屋に住んでいたのはだれだ」

「カレンお嬢さま。ときどきここに住みます」

「ほかにはだれもいないと？」

「カレンお嬢さま、ここに住みます」

「何日か前にこの部屋を掃除したのか」

「お嬢さま、この部屋、だれも入れるしません。お嬢さま、叫びます」

「わかったよ」警視はため息をついた。「さがっていい。ジャップ野郎は口を割らないときはぜったいに割らないからな」

キヌメはまた一礼し、性別に関する警視の迂闊さは気にも留めずに、しずしずと階段をおりていった。

「おふたりは家に帰って少し休んではいかがですか」警視はつづけて言った。「きょうはこれ以上、何もしていただけることはありません。このエスターの件で何かわかったら電話しますよ」

「さようなら」エヴァが小声で、だれに言うでもなく言った。ほっとした様子のマクルーア博士とともに階段をおりはじめたとき、テリー・リングがあとを追おうとするかのように動きだした。

「だめだ」警視が静かに言った。「おまえは残れ、テリー」

13

「おやおや」テリー・リングは言って、立ち止まった。警視が屋根裏部屋の入口まで行って、ドアを閉めた。

エラリーは大きく息をつき、窓に歩み寄って庭を見おろした。夕闇に包まれて平和で、人影ひとつない。カレン・リースの園遊会の夜、この屋根裏部屋に住んでいた女がいま自分が立っている場所に立ち、明かりを消して、いまの自分と同じように庭を見おろしていたのだろうか。そしてエラリーは、その女の胸の内にも思いをはせた。

窓の外側で鎧戸（よろいど）がたたんであるのに気づいた——空気を取りこむ飾り穴が二、三個ついただけの重厚な木の鎧戸だ。そのうえ、黒に近い濃紺の日よけが巻きあげてある。

そう、ここは監房も同然だ、と思った。

「信じられないな」エラリーは振り向きもせずに感想を漏らした。「だれからも疑われずに、ひとりの人間が何年もここで暮らしていたなんて。そんな異様な話は聞いたことがない」

「とりあえず、そのことは置いておこう」クイーン警視が言った。「テリー！」

「こんどはなんですか、ご老体」褐色の男がため息を漏らした。「手錠をかけるとでも？　まあ、年相応にふるまったほうがいいですよ」

エラリーが振り返った。ふたりの男は礼儀正しい決闘者のように向き合って立ち、どちらもかすかに笑みを浮かべている。

「おまえのことはずいぶん昔から知っているが」クイーン警視が柔らかな口調で言った。「いつだって、いいやつだったよ。ときどき警察本部の連中をからかったりはするが、一度だって曲がったことはしなかったし、さらに言えば、卑劣な真似をしたこともない。わたしはおまえのことがずっと好きだったんだよ、テリー」

「そりゃ相思相愛ですね、ご老体」テリーは深刻そうに言った。

「おまえがどうかかわっているか、話してくれてもいいんじゃないか。力を貸してくれ、テリー。この件にはずいぶんと裏がある。おまえは何を知っているんだ」

「まあ、もしまたジャイアンツが負けたら、来年おれはセントルイス・ブラウンズを応援することになるから、そっちこそ力を貸してくださいよ」テリーは言った。

「わからんな」警視は髪の毛一本動かさずに応じた。「われわれを敵にまわしてなんの得があるというんだ。だれが報酬を払ってくれる？　カレン・リースは死んだんだぞ」

この一撃は効いたが、効力は一瞬しかもたなかった。すぐに褐色の男はにやりと笑った。「葬式はいつです？」

「そうか、まったく残念だ」警視は言った。「まったく残念だよ、坊や。なあ、わたしがおまえの素性を知らなかったら、重要参考人として身柄を押さえるところだぞ。一匹狼の私立探偵は好きじゃない。胡散くさいやつがほとんどだ。ゆすり屋、用心棒、労働組合のスパイ、もと飲んだくれ――どうしようもない連中だよ。だが、おまえはちがう、テリー」

「そりゃあ、ありがたいですよ、ご老体。そいつは推薦状に使えるな」テリーはうれしそうに言った。「引用してもかまいませんか」

「引用するならこうだ」警視は言った。「口を割らないなら、今週のうちに塀のなかへ行くことになる」テリー・リングは部屋を見まわしはじめる。「何をさがしているんだ」

「電話ですよ。弁護士に電話しなきゃ。悪党ってのはみんな、法の怒りにふれたときにはそうするもんでしょう？」

警視は声をうわずらせた。「ぜったいに逃れられない罪でぶちこんでやるからな！」

「やれやれ」テリーは言った。「どうやら、おれはのっぴきならない立場に陥ってるようだな」

警視の顔が怒りで黒ずんだ。階段まで飛んでいき、大声で叫ぶ。「トマス！　いったいどこにいる？　トマス！　あがってこい！」

下で大きな足が地響きをあげて部屋を揺らすあいだ、テリーは悦に入った様子で待っていた。やがて、ヴェリー部長刑事の巨体が現れた。

「どうしたんです」ヴェリーが低く響く声で言った。「この野郎がだだをこねてるんですか」

「こいつを本部へ連れていって、口を割らせろ！」警視が吠えた。「いっしょに来い、テリー」

ヴェリー部長刑事は両手とおぼしきものをこすり合わせた。

「地獄へ落ちやがれ」テリーは楽しげに言った。いまはベッドを背にして立ち、支柱の一本にもたれかかっている。体の力を抜き、やや前かがみの姿勢だが、ずっと笑顔のままだった。

「ほう、気の毒だな」ヴェリー部長刑事はにやにや笑って言った。「痛い目に遭わせたくはないんだがね。おまえがセンター街で新聞を売ってたころは、よく尻を蹴飛ばしてやったもんだ。いっしょに来るのか、それとも、おれがひっつかんで運んでやらなきゃならんのか？」

「あんたと」テリーは言った。「あんたみたいなのがあと何百人いたらやれるのかね」

ヴェリーの顔が怒りの形相に変わった。革のような唇をなめ、いまにも飛びかからんばかりに身構えた。

「ちょっと待ってくれ」エラリーが深く息をついて言った。「本能をむき出しにするのはよそう」部長刑事が体勢をもどし、ばつの悪そうな顔をする。「父さん、怒りにまかせてわれを忘れていると思わないか？　ある意味でテリーは正しい——本部へ連れていったところで、二時間で放免されるだろう。それに、やられたらやり返すという態度に出たとしてもおかしくない。テリーみたいな新聞記事の常連はそうだ」

警視は怒りでひげを逆立てながら、おもしろがっている様子の褐色の男をにらみつけた。それから、嗅ぎ煙草の箱をぐいと取り出し、茶色いものを少しつまんで鼻孔に入れて、すさまじい勢いで吸いこむと、隻眼の巨人キュクロプス並みのくしゃみをしてから、怒鳴り声で言った。「来い、トマス。このことは忘れないからな、テリー」

テリアのあとを追うウルフハウンドのように、痩せた小柄な姿を追うヴェリー部長刑事を従えて、警視は勢いよく歩いて視界から消えていった。その直後、寝室のドアが勢いよく閉まる音が聞こえた。

「ふうっ」テリーは言って、煙草を取り出した。「まったく、偉大なる小男だよ、あんたの親父さんは」くすくす笑う。「おれはあの人が怒ってるのを見るのが好きでね。一服するか？」

　エラリーは煙草を一本受けとり、テリーはマッチの火を差し出した。「どうするつもりだったんだ」エラリーはささやくように言った。「あの人食い男がほんとうに跳びかかってきたら。ぼくはヴェリーが七人のごろつきを片手でひねりつぶすのを見たことがある。しかも、そいつらは甘ったれ坊やでもなかった」

「知ったこっちゃないな」テリーは頭を掻きながら言った。それから、残念そうに笑った。「あんたが止めたのは残念だとも言えるな。おれは前から、あのゴリラ野郎を叩きのめせるかどうか試したかったんだが、いい口実がなくてね」

「そうだ、いっしょに来てくれ」エラリーは言った。「きみたちみたいな男らしい連中には苦労させられるよ」

　階段をおりる途中で、ふたりはキヌメとすれちがった。老女は年寄りの女のご多分に漏れず、大儀そうに一段ずつのぼってきた。壁にぴったり張りついてふたりを通したとき、老いた目はずっと敷物に落としたままだった。エラリーが振り返ると、キヌメはまた一段ずつ重い足どりでのぼっていた。

「ばあさんがあの部屋で何か悪事を企んでるとしたら」テリーがそっけなく言った。「厄介なことになるだろうな。あの間抜けのリッターは自分のばあさんだって牢屋にほうりこみかねない」

エラリーは眉をひそめた。「キヌメなら……問題のひとつはとにかく解決できるんだがな。まったく、東洋人ってやつは！」

「あのばあさんに特に恨みでもあるのか」

「いや、尊敬の念しかないさ。ぼくが苛立っているのは、あの人種の気質に対してだよ。ほら、日本人ってのは、おそらく世界で最も劣等感の強い民族だからね。だからアジアでしじゅうあんな揉め事を起こしているんだ。白人のほうがすぐれているという心理の呪いだよ」

「そういう呪いはどうやって解くんだ」

「ふざけるなよ。つまり、キヌメは白い肌への崇拝の念にとらわれたままなんだ。カレン・リースに作りあげられた人物なんだよ。だから、キヌメはあの部屋で起こったことをすべて知っているにちがいないのに、カレンがだまっているように誓わせたせいで、表皮の色素欠乏に対する典型的な忠誠心から、老いた口を固く閉ざしているんだ——そう、きみのようにね」

「ほう」テリーは言って、それっきり口をつぐんだ。

庭へ出るには、裏手にある小さなサンルームを抜けていかなくてはならなかった。そこには鳥かごのなかにワイン色の琉球カケスがぶらさがっていて、ふたりが裏口へ向かう動きを、不吉に輝く冷酷な目でじっと追っていた。

「あの鳥にはぞっとするよ」エラリーが不愉快そうに言った。「しっ！」

カケスは頑丈なくちばしをあけて、耳ざわりな醜い鳴き声を発したので、エラリーのうなじの産毛が逆立った。エラリーはあわててテリーのあとを追い、庭園を見渡す裏手の小さなベランダに出た。

「思うに」エラリーはうなるように言った。「カレン・リースがあいつの派手な首をねじ折ってくれていたらな」

「そうだな」テリーはそう口にしながらも、何かほかのことを考えているように見えた。「あいつ、ひとりの女だけを愛する鳥なのかも」

ふたりは人気のない庭園で、背丈の低い木々と遅咲きの花の香りと姿の見えない鳥のさえずりに囲まれて、花壇のあいだをそぞろ歩いた。あまりに涼やかで心地よく、エラリーはプラウティ医師の保管所の安置台に横たわるほっそりとした遺体を思って、後ろめたさに体を震わせた。

「すわろう」エラリーは言った。「考える時間がずっとなかったんだ」

ふたりは家の裏手に面したベンチに腰をおろし、しばらくはどちらも口をきかなかった。テリーは煙草を吸いながら待っていた。エラリーのほうは、脊椎(せきつい)の尾骨に体重を預けて目を閉じている。テリーは一度、年老いた日本人の顔が下階の窓に張りついて、こちらを見ているのに気づいた。また、白人の女中ジェニーヴァ・オマラの不機嫌で間の抜けた顔も、別の窓からのぞいていた。けれども、なんの合図も送らずにいると、どちらの顔もしばらくして見えなくなった。

やがて、エラリーが目をあけて言った。「この方程式には不明な数値が多すぎて、答を推測することもできないよ。いくつか明らかにしなきゃいけない。ひとつはきみが鍵(かぎ)を握っている——重要な鍵をね」

「おれが？」

「そうさ。ぼくがだれのためにこんなことをしていると？」

「そんなこと、知るかよ。もしあんたがエヴァ・マクルーアのことを無実だと思ってるなら、はじめて他人のことばを真に受けることになるんだろうな」

エラリーは笑った。「きみだって似たようなものじゃないか」

褐色の男は小道の砂利を足でこすった。

「まあ、いいさ」エラリーは深く息をついた。「手がかりなしでどこまで推測できるか、ちょっとやってみよう。まず、電話の問題がある。月曜の午後にかかってきて、カレン・リースは出なかったが、電話が鳴ったときには死んでいたんだから、当然のことだ。父は電話のことを気にしているけど、ぼくはたいした問題じゃない気がしている。電話をかけたのはきみだろうとずっと思っているんだ」

「さあ、どうかな」

「おい、頼むよ、テリー！」エラリーはまた笑って抗議した。「子供じみた真似はやめてくれ。天才じゃなくたって、きみとカレン・リースが仕事がらみで結びついていたことぐらいわかるさ――つまり、きみは私立探偵の仕事を通してカレン・リースと知り合った。申しわけないが、あの人がきみの内面に興味を持ったとは考えられないからね」

「おれの内面のいったい何が悪いって？」テリーは憤然と言った。「お高くとまった連中みたいに内面は大学へ行ったことがないだけで――」

「いや、内面はすばらしいけど、そこにミス・リースが魅了されたとは思えないと言いたいだけだ。外見ならまだしも……。とにかく、ミス・リースはきみの仕事の範疇でつながっていた。なんらかの秘密があった――人は隠し事でもないかぎり、私立探偵のもとへ出向いたりしないからね。そう、なんらかの秘密――そして、あの屋根裏に女が何年も隠れていた痕跡。関係があるだろうか？　たぶんあるだろう。うん、まちがいない！」

「まあ、いい。で、それがどうした」テリーは無愛想に言った。

「正確なところ、どんな関係なんだ」

「あんたが推理してるんだろ」

「うーん。ミス・リースは急に、第二の関係を築くために必要な手立てを講じた――こんどは本職の警察とだ。理由はふたつ考えられる――きみが期待はずれだったので、型どおりの捜査をする機関に頼らざるをえなくなったか、きみが首尾よくやりとげたおかげで裏の仕事のけりがついたか」

「おい、あんた――」テリーは言って、立ちあがりかけた。

エラリーはテリーの腕にふれ、舌打ちをした。「たいした筋肉だな。すわれよ、ターザン」テリーはにらんだが、言われたとおりにする。「いずれにしても、きみは用ずみになったわけだ。そこで、ちょっとばかり想像してみよう。きみは腹を立てた。物事を探り出すのがきみの仕事だから、きみはミス・リースが本部の刑事を呼んだことをなんらかの方法で知った。本人から聞いたのかもしれない」テリーはだまったまま。「月曜の五時にギルフォイルと会う約束になっていると知り、きみは大急ぎでワシントン・スクエアへ向かい、その途中、そう、ユニバーシティ・プレイスあたりに立ち寄って、電話をかけた。応答はない。それはまさに問題の時刻で――一分かそこらできみはこの家に着き、ミス・リースが死んでいるのを発見した」

「あんた、いかれてるな」テリーが言った。「でも、証人がいないようだから、ひとつだけ教えてやるよ。その電話をかけたのはおれだ。それがどうした？　何が悪いんだ」

「そうか」エラリーは言い――ちょっとした勝利の喜びを感じたのち、すぐに後悔した。というのも、相手がまたむっつりと口をつぐんだからだ。「まあ、ぼくが推理するかぎり……テリー、われらが友である金髪の女が、先週末にこの家にいたとはとうてい思えない。それについてはどうだ？」

褐色の男は跳びあがらんばかりだった。「裏の情報をつかんでるのか！」大声で言う。「いったいどういうつもりなんだ――知ってるくせに、鎌をかけるなんて！」

「じゃあ、正解なんだな」

テリーの興奮がたちどころに消えた。エラリーをじっと見おろし、大げさなしぐさをして――自分の顎をこぶしで軽く殴り――肩をすくめた。「また一杯食わされたか。思ってた以上にずる賢いやつだな」

「お褒めのことばをありがとう」エラリーはにっこり笑った。「これで見えてきたぞ。金髪の女は屋根裏部屋から逃げた。女の逃亡にカレン・リースは震えあがったが――正直なところ、理由はわからない。それを考えないとな」

「考えるのが得意なんだろ、いいじゃないか」テリーが不機嫌そうに言った。

「ミス・リースは女の居所を突き止めるために、きみを私立探偵として雇った。きみは仕事を引き受けた。ミス・リースは待ちきれなくなった。なんとしても女を見つけ出したかったんだろう。きみが電話で成果がないと報告すると、彼女はきみを解雇して、正規の警察に頼むと言い、きみにその詳細を告げた。きみはそれに怒って、割りこもうと決めた」

「だいたいそんなところだ」テリーは認め、砂利を蹴った。

「ミス・リースは金髪の女の名前を言うか、その女が屋根裏に住んでいたことを話したのか」

「いや、それはおれが自分で探り出した。あの人は、自分が興味を持ってる人物だと言って、特徴を教えてきただけだ」

「名前は言わなかったのか」

「ああ。おそらく偽名を使ってるだろうと言ってた」

「屋根裏のことはどうやって探り出したんだ」

「なんだよ——おれの企業秘密を全部しゃべれってのか?」

「で、女は見つからなかったのか」

テリー・リングは立ちあがり、ゆっくりと小道を歩いていった。エラリーはそれを一心に見つめていた。テリーは身をかがめ、小道の端から石をひとつ拾いあげて、手のひらで重さを測った。それから、くるりと向きを変えてもどってきた。

「はっきり言ってやるよ、クイーン。おれはあんたを信用してない」

「なぜエヴァ・マクルーアを助けたんだ。あのドアの閂がおりたままで、警察がエヴァをカレン・リース殺しの唯一の容疑者として逮捕したところで、きみにはどうだっていいことじゃないのか？　どうなんだ」テリー・リングは手のなかの石へ目をやる。

「ひょっとして、そのあいだに、ほかのだれかとも取引していたのか？　金髪の女のことで、カレン・リースをひそかに欺いていたとか」

一瞬、エラリーは危険な空気が耳もとをかすめるのを感じた。石を握る褐色のこぶしに力がこめられ、エラリーはふと、その害のなさそうな大自然の産物で人ひとりの頭を叩き割ることなど造作もないと気づいて不安になった。つぎの瞬間、テリーはまた体の向きを変え、腕を振りかぶって石を投げた。石は野球のボールのように飛んでいくと、庭の横塀のてっぺんを越えて、隣家の庭の木から伸びている枝に命中し、鈍い音を何度かかすかに響かせながら見えなくなった。

「いくらでもほざいてろ」テリーは荒い息で言った。「くだらん質問に答える気はないからな」

だが、エラリーは目をまるくし、折れて木から悲しげにぶらさがった枝を見つめていた。「びっくりだな」口を開く。「わざとやったのか」

「何をわざとやったって？」

「枝を狙ったのか」

「ああ、あれか」テリーは肩をすくめた。「当然だ」

「それはすごいな、ゆうに四十フィートはあるぞ！」

「もっとうまくやれたよ」テリーは気のないていで言った。「いちばん上の葉を狙ったのに、三番目にしかあたらなかった」

「しかも楕円形の石でね」エラリーはつぶやくように言った。「おい、テリー、それで思いついたことがある」

「おれはレッズでピッチャーをしてたことも……何を思いついたって？」テリーはやにわに顔をあげた。

エラリーは上を見ていた。視線の先にあるのは、家の二階の鉄格子がはまった窓――月曜の午後に石で粉々に割られ、いまは枠だけがふたつ重なり合った窓だった。

テリーが苦々しげに言った。「そう、おれは月曜にあの窓が石で割られたとき、あの娘といっしょにあそこにいた。で、あんたはいったい何を――」

「なんであれ、きみを非難するつもりはないさ」エラリーはもどかしそうに言った。「テリー、あの窓を割った石と大きさも形も似た石を見つけてくれないか。できれば小さめの石を」

テリーは首を振り、庭をさがしまわりはじめた。「ほら！　ここに山ほどあるぞ」

エラリーはすばやく駆け寄った。たしかに、そこにいくつもあった——見たところ、どれもカレン・リースの寝室の床に転がっている石と同じ大きさの、なめらかな楕円形の石だ。石は小道の端を縫うように並んでいる。等間隔に置かれた石の列に一か所だけ隙間があり、柔らかい土に楕円形のくぼみが残っていた。

「じゃあ、あれはここにあった石だったのか」

「そのようだな」

エラリーは石をふたつ拾いあげた。「きみも何個か拾えよ」テリーがかがんでいるあいだにエラリーはベンチへもどり、鉄格子のはまった壊れた窓をまた見あげた。

「さてと」ひと息ついて言う。「やるぞ」腕をまわし、石を投げた。

石は格子窓から二フィート左の壁にあたり、跳ね返って庭に落ちた。

「そう簡単にはいかないもんだな」エラリーがぶつぶつ言うのを、テリーは眉をひそめてながめている。「重心がずれて、握りにくい。くそっ」

エラリーはふたつ目を投げた。こんどは窓の一フィート下にぶつかる。格子で守られた居間の窓から、ぎょっとした顔がのぞいた。

「おい！」リッター刑事が叫んだ。「おまえたち、そこでいったい何をやってるんだ」

そう言ってからエラリーに気づいた。「ああ、あなたでしたか、クイーンさん。どうしたんです」

「純粋科学に貢献するために、成功の見こみが少ない実験をしているんだ」エラリーは言った。「騒音は気にしないでくれ、リッター。おつむに気をつけろよ。奇跡が起こるかもしれないから」

刑事はあわてて頭を引っこめ、視界から消えた。下階の窓から、またキヌメとオマラが好奇心と恐怖の入り混じった目でのぞいていた。

「きみの番だ」エラリーはテリーに促した。「プロのピッチャーだったんだろう？四十フィート離れたところからでも、狙った木の葉にあてられるはずだ。あの上の窓を割れるかどうか、やってみてくれ――壊れた窓の隣だ」

「あの鉄格子の隙間に石を通せとでも？」テリーは出窓を見あげながら問いかけた。

「そのとおり。それがきみに与えられた課題だ。名人なんだから。さあ」

テリーは上着を脱ぐと、レモンイエローのネクタイをゆるめ、帽子をベンチに投げやってから、楕円形の石をひとつ持って重さをたしかめた。右側の出窓を横目で見あげ、立ち位置を変え、砂利の足場をしっかり固め、腕を振りかぶって、石を投げ放つ。石は二本の鉄の棒にあたって大きな音を立て、鈍い響きとともに庭に落ちた。

「もう一度」エラリーは裁きをくだすように言った。

テリーは再度挑戦した。こんどは石の握りを変えた。しかし、窓は無傷のままで、鉄の棒が異議を申し立てただけだった。

「悪くない」エラリーは言った。「もういっぺんだ、名人」

三度目も石は跳ね返って落ち、窓は無傷だった。四度目も、五度目も……。

「だめだ！」テリーが吐き捨てるように言った。「無理だよ、こんなの」

「にもかかわらず」エラリーは意味ありげな口調で言った。「たしかに寝室の窓は割られた」

テリーは上着を取りあげた。「だれかがあの格子の隙間を狙って石を投げたなんて、とうていありえない。おれだって、あんたにやれと言われなきゃ、やってみようとも思わなかったさ。石が二本の棒のあいだを通ったとしたら、両側の隙間は半インチもないだろうよ」

「ああ」エラリーは言った。「そのとおりだ」

「人間機関車（セネタースなどで活躍した名投手ウォルター・ジョンソン）だって無理だろうな」

「そうだな」エラリーは言った。「ジョンソン氏でもできたとは思えない」

「ディズでも無理だ」

「ディジー・ディーン氏（当時カージナルスに所属していた名投手）にもできないだろう。うん」エラリーは眉根（まゆね）を寄せて言った。「この実験で証明されたことがある」

「ああ」テリーが帽子をしっかりかぶり、嫌味たっぷりに言った。「あの石が殺人となんの関係もないことが証明されたよ。おれには月曜の午後からわかってたけどな」

14

ヴェニーシャがテーブルの支度を整え、浴槽に湯を張って、マクルーア父娘を待っていた。博士は黒人の家政婦が愛情たっぷりに詰め寄ってくるのを逃れ、湯気の立ちのぼる浴槽に飛びこんだ。玄関広間の電話台には、何ページにもわたってヴェニーシャのぎこちない文字が躍る伝言帳があり、電報や手紙、箱入りの花や花束が山と積まれていた。

「あら、まあ」エヴァがため息を漏らした。「この人たちみんなにお返事しなくちゃいけないのよね。カレンにこんなにたくさんお友達がいたなんて知らなかった」

「あのかたにじゃないです」ヴェニーシャは鼻を鳴らした。「ジョン先生にですよ。ほかのお医者さんたちがいっぱい！」

「スコット先生から電話はあった？」

「いえ、ないですよ、お嬢さん。おや、ひどいありさまだこと。さあ、さあ、服をお脱ぎんさって、お湯に浸かんなさいな」

「うん、わかった」エヴァはおとなしく従って自分の部屋へ向かった。ヴェニーシャは電話をじろりと見やり、ぶつぶつ言いながら台所へもどっていった。

湯に浸かっているあいだに電話が四回鳴ったが、エヴァは気にしなかった。もう何もかも、どうでもよかった。黒いタイル張りの浴室で、ボディパウダーを大きなパフではたきながら、姿見に映る自分を見つめ、死ぬのはどんな感じだろうと考えた。カレンのような死に方だとしたら、刺し傷、痛み、それから……何があるのだろうか。カレンは出窓の前の壇に横たわって、動くことも目をあけることもできず、死に瀕し、自分が死ぬと知りながら、何を思っていたのだろう――もしかしたら、テリーとエヴァが言ったことも全部聞こえていたのではないだろうか。ああ、自分に勇気さえあれば、とエヴァは思った。カレンの心臓の音をたしかめる勇気が！　カレンは口をきけたかもしれない。息を引きとる間際に何かを言えて、それですべてが解決したかもしれないのに……。裂けた喉から音が漏れ、まだ生きているとわかったとき、カレンの瞳に浮かんでいたあの輝き。褐色の男は、カレンが目でエヴァを非難していると思っていた――エヴァにはそう感じとれた。とはいえエヴァは、そんなことはありえないのもわかっていた。あの輝きは、いまわの際に放った最後の眼光にすぎない。カレンは光が消えるのを見て、自分の心臓が止まるのを感じたのだ……。

エヴァは怒ったように、目の上から勢いよくパフをはたきつけた。それから洗面台の前にすわり、顔にコールドクリームを塗った。

あの山のような電話の伝言、手紙、花。きっと、だれもが困惑して落ち着かないにちがいない。どうしたらいいか、わからないのだろう。まともな死に方なら、電話をかけたり、お悔やみのメッセージを書いたり、花を贈ったりして、深い悲しみと慈愛と美しさだけに包まれ、奥まった片隅の暗がりで死者と対面して嘆き悲しむ者ですら、みな自分が生きていることに喜びを感じる。だが、人が殺されたのだ！ そんなときのことは、行儀作法の指南書には書かれていない。とりわけ、殺された状況が謎に包まれていて、だれが殺したのか、だれにもわからない場合はどうにもならない。花を贈る相手が殺人犯かもしれないのだから！

あまりにも理不尽で悲しくて、エヴァは洗面台に突っ伏し、コールドクリームを塗った顔を涙で濡らした。もし、みんなが知ったら！ カレン・リースを殺すことができたのは自分だけ――エヴァ・マクルーア、この自分、この娘、この女だけだと、みんなが知ったら。ディックが知ったら……。

「エヴァ」スコット医師の声が浴室のドアの向こうから響いた。

来てくれた！

エヴァはコールドクリームをぬぐいとって顔を冷水で勢いよく洗ったあと、乾かして粉をはたき、新色の——爪の色と髪のつやによく合うコーラルピンクの——口紅を三回で塗ると、体をよじってトルコタオル地のバスローブをまとい、ドアを思いきりあけ放って、スコット医師の腕のなかに飛びこんだ。

寝室のドア口でうろうろしていたヴェニーシャは面食らった。

「エヴァさん！　あなた——はしたないです！」

「あっちへ行ってくれ」スコット医師が言った。

「ねえ、いいですか、先生！　あたしはいますぐ行って、ジョン博士に言いつけ——」

「ヴェニーシャ」エヴァが歯の隙間から言った。「あっちへ行って」

「でも、髪の毛が——なんもかもめっちゃくちゃだし、しかも裸足でしょ！」

「いいんだって」エヴァは言い、スコット医師に三度目のキスをした。医師は柔らかなタオル地で包まれたエヴァの体が震えているのを感じた。

「床に裸足じゃあ、ひどい風邪をひきますですよ！」

スコット医師はエヴァの腕を振りほどき、寝室のドアの前へ行って、すさまじい形相のヴェニーシャの鼻先で勢いよくドアを閉めた。それから引き返し、エヴァを抱きあげて、ケープコッド風の揺り椅子にそのまま腰かけた。

「ああ、ディック」エヴァは悲しげな声で言った。

「しゃべらないで、エヴァ」

スコット医師はエヴァを固く抱きしめ、エヴァはその腕のぬくもりとおのれの苦悩のなかで、ぼんやりとした不安を感じはじめていた。何かがこの人を悩ませている。そうだ。癒やしてくれながら、この人がほんとうに癒やそうとしているのは自分自身だ。話をしたがらないのは考えたくない、何も考えたくないからだ。ただそこにすわり、腕にこの自分を抱いて、近くに感じていたいのだ。

エヴァはスコット医師から体を引き離し、目にかかった髪を掻きあげた。「どうしたの、ディック」

「どうした？　なぜそんなことを訊くんだ。なんの問題もないよ」そして、またエヴァを抱き寄せようとする。「話さなくていいんだ、エヴァ。ただすわっていよう」

「でも、ぜったいに何かある。わたしにはわかるの」

スコット医師は笑顔を作ろうとした。「急にそんな直感が働くようになったのはなぜかな。ひどい一日だったってだけだよ」

「病院で？　かわいそうに」

「お産でひとり亡くなったんだ。帝王切開で。妊婦が自分の体を大切にしていれば助かったのに」

「まあ」エヴァは言い、また腕のなかにもぐりこんだ。

ところが、こんどは逆にスコット医師のほうが、まるで弁解の必要があるかのように熱心に話をつづけた。「妊婦が嘘をついていたんだ。ぼくはきびしい食事制限を課していた。でも、番犬みたいに見張っているわけにはいかないだろう？　いまになってわかったんだが、あの人はアイスクリームやらホイップクリームやら脂身の多い肉やら、ほかにもあれこれと、たんまり腹に詰めこんでいたんだ」忌々しそうに言う。「女が主治医にさえほんとうのことを話せないなら、ただの夫は何を話してもらえるんだろう」

そういうことか。エヴァはスコット医師の胸にじっともたれていた。ようやくわかった。これがこの人の尋ね方なのだ。エヴァには、スコット医師の鼓動がかすかに乱れているのが感じられた。月曜の夜以来、この人が何度も見せたあのとまどった表情！

「それに、あの記者どもに一日じゅうしつこく追いかけまわされてね」堰を切ったようにつぎつぎ出てくる、とエヴァは思った。「いったいなぜ、このぼくのところに来るんだ。ぼくは何もしていないのに！　ある薄汚い新聞なんて、きょうの夕刊にぼくの写真まで載せていたんだ。若き社交屋の医師が否認、だとさ。何を否認するって？

ふざけるな！　ぼくは何も知らないのに！」

「ディック」エヴァは体を起こしながら静かに言った。

「あいつらみんな、ぶちのめしてやりたかったよ！　先生、真相は？　だれがカレン・リースを殺したんですか？　あなたの見解は？　あなたはどうかかわっているんですか？　被害者が心臓病患者だったというのはほんとうですか？　あなたは婚約者に口止めをしたんですか？　なぜ？　どこで？　いつ？　どうやって？」スコット医師は苦々しい顔で奥歯を嚙みしめた。「あの連中ときたら、診療所に押しかけてきては、患者の心を乱し、ぼくを追いかけまわし、看護師を問いつめ――あげくの果てに、ぼくたちがいつ結婚するかまで知りたがるんだ！」

「ディック、お願い、聞いて」エヴァはスコット医師の紅潮した顔を両手で包んだ。「話したいことがあるの」

エヴァがこれまで何度もキスした形のよい鼻の先が、かすかに色を失った。「なんだい」かすれた声でスコット医師が言った。恐れている。この人は恐れている。全身からそれが感じとれた。何を恐れているのか、もう少しで尋ねそうになった。しかし、エヴァにはわかっていた。

「警察はカレンの死について、全部を知ってるわけじゃないの。あの人たちの知らないことで、大事なことがひとつあるのよ」

スコット医師は微動だにせず、エヴァに目を向けもしない。「なんだい」そう繰り返したが、こんどは自分がどれほど恐れているかを隠そうともしなかった。

「ああ、ディック！」エヴァは一気にまくし立てた。「あのドアはあいてなかったの。寝室側から閂がかかってたのよ！」

言った。言ってしまった。それだけで少し気が楽になった。ディックが恐れたければ恐れればいい、といささか強気になることにした。恐れているなら、これで恐れは驚愕に変わるだろう。

スコット医師はまさしく驚愕した。ケープコッド風の椅子から腰を浮かし、エヴァを床に落としそうになった。それから、また椅子に腰を沈めた。「エヴァ！　どのドアだって？」

「カレンの寝室から屋根裏への階段に通じるドアよ。わたしが部屋にはいったとき、あのドアには閂がおりてた。寝室の内側から施錠されてたのよ」

エヴァは相手を見定めるようにしながら、自分がずいぶん冷静なのを不思議に感じた。心にあるのは相手への同情だけだった。スコット医師は激しく動揺した様子で、口を二度開閉した。

「だけど、エヴァ」呆然とした口調で言った。「じゃあ、どうやって逃げ——だれも屋根裏部屋を通って逃げられたはずがないじゃないか！」

「そうよ」

「それに、寝室の窓は――」

「格子がはまってる」エヴァはまるで新調した帽子の飾りについて話すかのように言った。

「じゃあ、ほかに外へ出るには居間を通るしかないけど、居間ではきみが待ってた」スコット医師の目が輝いた。「エヴァ！　だれかが居間を通った。そうなんだね？　だれかが通ったのに、きみは――そう、警察に話さなかった」

「いいえ、ディック」エヴァは言った。「ネズミ一匹通らなかった」

「でも、そんなばかな！」

「わたし、その点では嘘をついてないのよ。あなたがそういう意味で言ってるなら」スコット医師はまた口を開閉したあと、エヴァを床におろし、列車へ急ぐ男のように、足早に行ったり来たりしはじめた。「だけど、エヴァ、きみは自分が何を言っているか、わかっていないんだ。きみが言っているのは、つまり、だれも――きみ以外はぜったいにだれも……」

「そう、つまり」エヴァは穏やかに言った。「わたし以外のだれもカレンを殺せたはずがない。そう言いなさいよ。こわがらないで言ってよ、ディック。あなたに言ってもらいたいの。あなたがどんなふうに言うかを聞きたいのよ」

スコット医師が立ちつくしたままエヴァを見つめると、エヴァはスコット医師を見つめ返し、ふたりは沈黙に包まれて、ただ居間でマクルーア博士がヴェニーシャに何やら文句を言う声だけが聞こえていた。

スコット医師の視線が揺らいだ。両手を乱暴にポケットに突っこみ、エヴァの足もとの敷物を力まかせに蹴飛ばすと、敷物が皺を作って抗議した。「ばかばかしい！」爆発したように言う。「ありえないよ！」

「何がありえないの？」

「いまの状況全部だ」

「いまの状況って――殺人の……それとも、わたし、わたしたちの？」

スコット医師はたまりかねたように髪を掻きむしった。エヴァは目をそむけたくなった。「頼むよ、エヴァ。考えなきゃならない。考える時間をくれよ。こんなふうに、いきなり話を持ち出されても――」

エヴァは白いバスローブをしっかりと掻き合わせた。「わたしを見て、ディック。わたしがカレンを殺したと思う？」

「まさか、とんでもない！」スコット医師は大声で言った。「どうやったらぼくにわかるんだ？　部屋があって――出口はひとつだけで――だれも通らなかった……それでどう思うかって？　無茶を言わないでくれよ、エヴァ。時間をくれ！」

スコット医師のことばは滑稽なほどしどろもどろで、苦悩と疑念にまみれ、それでいてあまりにも力強く、エヴァは胸に激痛を覚えて、自分の内側で突然何かが壊れたような気がした。一瞬、いまにも病に陥りそうな感覚に襲われたが、どうにか耐えた。けれども、まだ終わってはいなかった。もうひとつ、言うべきことがある。尋ねるべきことがある。それを果たせば、はっきりとわかるだろう、とエヴァは思った。エヴァは覚悟を決めた。

「月曜の午後、あなたはわたしに結婚しようと言った。わたしが待ってくれと頼んだのはね、ディック、門のおりたドアのことがあったからよ。わたしも時間が必要だったのよ、だって、わたし——あなたに話すなんてできなかったもの。だけど、それをあなたに話さずに結婚することもできない。わかってくれる？　だから、いま話したの」

エヴァは口をつぐんだ。このことをこれ以上あからさまに言う必要はなかったからだ。ふたりは子供ではない。ある種の事柄は、多くを語らなくても、大人同士なら意味が伝わるものだ。

スコット医師は唇をなめた。「結婚——するってことかい、いますぐに」

「あしたにでもね」エヴァは容赦なく言った。「あなたが結婚許可証をとれたらいつでも。市役所で。コネチカットで。どこででも」

自分の声とは思えない響きだった。もしかしたら、心臓が氷に覆われ、中を通る血液の一滴一滴が凍りついているせいかもしれない。ほんとうは、訊きたかったことの答はもうわかっていた。ディックは何も言わなくてもいい。月曜には結婚したがっていたのに、きょう、水曜には、時間をくれと言っているのだから。

そのとき、予想もしなかったことが起こった。スコット医師が手を握ってきたのだ。

「エヴァ！」声には新しい響きが混じっている。「いま思いついたんだ。月曜に警察が来る前、だれがあのドアの閂をはずしたんだ――きみなのか、あのリングってやつなのか」

「どっちでも大差ないのよ」エヴァは気のないていで言った。「リングさんよ。あの人が考えて、わたしを助けてくれた」

「ほかにはだれが知っている？」

「お父さん。あとはクイーンさん――若いほうの」

「ぼく以外みんなじゃないか！」スコット医師はきびしい声で言った。「それでぼくには期待を――」エヴァに向かって顔をしかめる。「あの警視が知ったらどうなるんだ」

「ああ、ディック」エヴァは小声で言った。「それはわからない」

「リングは何を企んでいるのか。あいつはなぜ、会ったこともなかった娘のためにこんなことをするんだ」スコット医師の目は血走っていた。「それとも、きみはあいつをよく知っているのか！　そうなのか？」

ばかばかしい。あまりにもむなしく、ばかばかしい。「いいえ、ディック。あの人はただ、あの人なりのやり方で親切にしてくれてるだけよ」

「あいつなりのやり方か」スコット医師は鼻で笑った。「あいつのやり方ならわかってる。あのロワー・イーストサイドのくず野郎！　あいつのことを調べたんだ。いろいろとわかってきたよ。街のごろつき連中は片っ端からあいつのお仲間さ。あいつの狙いなんて、ぼくにはお見通しだ。あの手の連中のことならわかってる！」

「ディック、あなたがそんなひどいことを言うの、はじめて聞いた」

「あいつをかばうのか！　ぼくはただ、自分の未来の妻がどんな泥沼にはまりこんでいるのかを知りたいんだ。それだけだよ！」

「わたしにそんな言い方はやめて！」

「穢らわしい殺人にかかわるなんて――」

エヴァはベッドに体を投げ出し、木綿の撚糸で刺繍されたベッドカバーに顔をうずめた。「もう、出ていって」すすり泣きながら言う。「あなたの顔なんて二度と見たくない。あなたはわたしがカレンを殺したと思ってる。何から何までわたしにひどい疑いをかけて――あのテリーって人とのことまで。出ていって！」

エヴァはベッドに倒れこんだままマットレスに体を沈め、ベッドカバーに顔を押しつけて泣きじゃくった。バスローブがねじれて、むき出しの脚が床へ垂れさがっている。だが、そんなことはどうでもよかった。何もかもおしまいだ。ディックは――もういない。もう終わりだ。ドアが閉まる音は聞こえなかったが、あの人が去ったいまとなっては、ただ信じてもらいたいなんて、自分がどれほど無茶な期待をしていたかがわかる。何も疑わず、何も尋ねずに信じろ、なんて。思いやりも何もない。どんな女だって、そんなことを男に期待するのは無理な話だ。そもそも、ディックは自分の何を知っていたというのか。何ひとつ、まったく何も知りはしない。男と女が恋に落ちて、キスをしたり、たわいないことをささやき合ったりしているうちは、互いのことを深く知ることなどできない。相手の顔の造作とか、息づかいやキスや吐息の癖はすべてわかるようになるが、ほかのことは何も、実のあることや内面は何もわからないままだ。それを知ることがいちばん大事なのに。だから、どうして相手を責めることができるというのか。そのうえ、医師の仕事がある。彼にとってはそれがすべてだ。婚約者が殺人事件に首まで浸かっていることを前ぶれもなく急に知ったいま、たとえ万事がうまくおさまったとしても、自分の将来を――世間でどんな陰口がささやかれるかを――考えずにいられようか。ディックは繊細な性格で、良家の出身だ。もしかしたら、裏で家族があの人から根掘り葉掘り聞き出して、言いくるめたのかもしれない。あのプロヴィデンス出身の頑な母親、意地悪な顔つきで銀行家然とした父親……。

エヴァはさらに激しく泣きじゃくった。自分がいかに身勝手でわからず屋の小娘だったか、いまではすっかりわかっていた。あの人には、自分の家族にせよ、こちらが陥った状況にせよ、どうすることもできない。あの人はただの男で――愛しい、愛しい人で……。いまではその人をすっかり遠ざけて、幸せになるチャンスも逃し、こちらを向いているのはあのいかめしくて恐ろしい小柄な警視だけだ。

すると、スコット医師が両手のこぶしをゆるめてベッドのエヴァのそばに腰を落とし、悔恨と熱望に顔をゆがめてエヴァに体を寄せてきた。

「愛しているよ。エヴァ、愛している。すまなかった。本気で言ったんじゃないんだ。キスしてくれ、エヴァ。愛している」

「ああ、ディック!」エヴァは涙をこぼしながら、体をねじって両腕をスコット医師の首に固く巻きつけた。「わたし、何もわかってなかった。悪いのはわたしよ、あなたに期待ばかり……」

「もう何も言わないで。乗りきれるさ、ふたりいっしょなら。いまはただ、しっかり抱いて――こんなふうに。キスしてくれ、エヴァ」

「ディック……」

「きみがあす結婚したいなら――」

「だめ！　まだ無理よ。何もかもが――何もかもが――」

「わかったよ、エヴァ。きみの言うとおりにしよう。もう心配しないで」

それから少しして、エヴァは静かにベッドに横たわり、スコット医師はその傍らにじっとすわっていた。動いているのは指だけで、医者らしいひんやりとした指がエヴァのこめかみをなでて脈打つ血管を落ち着かせ、穏やかな眠気を誘っていた。しかし、エヴァの乱れた髪を見おろすスコット医師の顔は引きつって苦悩に満ちていた。

15

「この事件のむずかしいところは」木曜の午後、エラリーはテリー・リングに愚痴をこぼしていた。「信じられないほど落ち着きなく様相を変えるところだ。花から花へ飛び移る蜜蜂だよ。まるで追いつけない」

「こんどはなんだよ」テリーは言い、ワインレッドのシャツにさがった藤色のネクタイから煙草の灰をはじき飛ばした。「くそっ、ネクタイが焦げちまった」

「ところで、そんなけばけばしいシャツを着る必要があるのか？」ふたりはカレン・リースの日本庭園にある小さな橋の上で立ち止まった。「近ごろのきみは、まるで鳥のオスが羽の色を見せびらかしているみたいだな。いまは九月だぞ、春じゃない」

「だまれよ」テリーは顔を紅潮させた。

「妙な映画俳優に憧(あこが)れているのか」

「だまれと言ったろ！　きょうは何を考えてるんだ」

エラリーは小さな池に玉石を蹴(け)り落とした。「ひとつ発見したんだが、そのせいで悩んでいる」

「というと？」

「少しかもしれないが、カレン・リースにはきみも会ったことがあるだろう。そして、きみは人間の本性を独自に研究した信頼できる男だ。きみなら、カレン・リースをどんな人物だと形容する？」

「新聞で読んだ程度のことしか知らないさ。有名な作家で、四十歳くらい。はかなげな女が好みなら、まあ、美人と言ってもいい。この上なく頭が切れて、そのうえ思慮深い。それがどうかしたか」

「おい、テリー、ぼくはきみ個人の印象を知りたいんだ」

テリーは池の金魚をにらみつけた。「ぺてん師だな」

「なんだって！」

「おれの意見が聞きたかったんだろ。あの女はぺてん師だ。あんな女にはうちのばあさんの入歯だって預けたくないね。性格は卑劣。安娼婦並みにふてぶてしくて、とんでもない野心家だ。ダッチ・ブレナー（短命な活躍で終わった一九一〇年代の大リーグ投手デルバート・ブレナーの愛称）のエージェント野郎程度の良心しかない女だよ」

エラリーはテリーをじっと見つめた。「わが好敵手よ！　みごとな性格描写だ。ああ、そのとおりだよ」顔から笑みが消える。「それがどれほど的確か、おそらくきみ自身もわかっていないだろう」

「マクルーアの先生は厄介払いができて運がよかったな。もしいっしょになってたら、三か月後にはあの女の鼻を殴りつけてたろうよ」

「大男とはいえ、マクルーア博士はヴィクター・マクラグレンよりレスリー・ハワードに近いがね（どちらも俳優。マクラグレンは屈強でハワードは長身痩軀）。だとしても、そのとおりになったかもな」

テリーは軽い調子で言った。「カレンが刺されたときに千マイル離れた海の上にいたんじゃなかったら、あの先生が犯人だとおれは言ってたよ」

「船のまわりで水上飛行機は見かけなかったよ、もし疑っているならね」エラリーは含み笑いをした。「いや、マクルーア博士が何を悩んでいるのかは、なんとなくわかる。それは死んだ婚約者よりもエヴァに深くかかわっていることなんだ」池をじっと見つめる。「正確なところがわかればいいんだが」

「おれもだよ」テリーはネクタイを指先でいじった。「なあ、吐いちまえって。どうした。何を見つけたんだ」

エラリーは思いに沈んでいた顔をあげ、煙草に火をつけた。「テリー、カレン・リースが実のところ何者だったのか、きみにはわかるか？　言ってやろう。寄生動物だ。きわめて特殊な種類のシラミの怪物だよ。神が造りたもうたスカートを穿いた生き物のなかでも、特筆すべき悪の器だった」

「話す気があるのか、ないのか、どっちだ」テリーはじれったそうに言った。

「驚くべきは、カレンが長年にわたってひとつの邪悪な目的に集中できたこと――絶え間なく襲われたにちがいない不安の苦しみを切り抜けたことだ。異常だよ。そんなことができるのは――カレンがそうだったような、平静さと激情を併せ持った女だけだ。その裏に何があったのかはわからないが、推測はできる。おそらく、はるか昔、カレンはフロイド・マクルーアを愛していたんだ」

「そりゃあ、想像のしすぎじゃないか」

「ひとつの恋が、生まれてすぐについえた……そう、そしてボールが転がりはじめたのかもしれない」

「ばかばかしい」テリーは言った。

だがエラリーはふたたび、池の深みにある自分の姿を見据えていた。「そして、今回の事件だ。カレンがどんな怪物だったのかがはっきりしたいまでも、この事件は謎のままだ」

テリーはうんざりして草の上へ体を投げ出し、パールグレーのフェルト帽を顔に載せた。「あんた、議員に立候補したほうがよかったな」

「ぼくは二階のふた部屋を、たとえて言えば聴診器と露光計を使ってくまなく調査したよ。出窓の鉄格子も調べた。頑丈な鉄の棒がコンクリートに埋めこまれていて、おかしなところは見あたらなかった。取りはずしはできない。偽の差しこみ口もなし。最近取り換えられた形跡もなし。そう、あの窓を通って人が出入りするのは不可能だよ、テリー」

「だから言ったろ」

「あのドアと閂(かんぬき)にも取り組んでみた。きみが見たとき、閂は寝室側からかけられていたが、それは偽装が可能だ。ドアの反対側から、何かのからくり仕掛けを使って閂を動かしたというのも考えたよ」

「へええ」帽子の下からテリーが声をあげた。「自分で書いたへっぽこ探偵小説の読みすぎだな」

「おい、冷やかすなよ。過去にそういう例があったんだから。ただ、あのドアでは無理だったな。ぼくの考えつくかぎりの方法を試してみたけど、どれもうまくいかなかった。だから、からくり仕掛け説は捨てる」

「だいぶ進展したじゃないか」

「窓もドアも除外され、つぎに考えたのが――笑わないで聞いてもらいたいが――」

「もう笑ってる」

「――隠し戸だ。そう、ありえなくはないだろう?」エラリーは弁明するように言った。「歳月はその魅力を朽ちさせず、慣れはその尽きせぬ彩りを褪せさせず（シェイクスピア『アントニーとクレオパトラ』第二幕第二場より）。長年生きてきたというだけの理由で、自分のひいばあさんに唾を吐きかけたりしまい?とはいえ、隠し戸はなかった。あの部屋は大ピラミッド並みに堅牢だ」

「クロゼットは?」

「ただのクロゼットだった。たぶんね」エラリーは顔をしかめた。「徒労感ばかりが残ったよ」

「言われなくてもわかる」テリーは不機嫌に返した。

「あらゆる可能性を考えたよ。たとえば、犯行は窓の鉄格子越しにおこなわれ、犯人はなんらかの方法で外にいた場合。しかし、それでは筋が通らない――あの凶器のことがあるからね。

凶器はカレンの首から引き抜かれ、ぬぐってあった。苦しい仮説だが、カレンは窓際に立っていたところを、鉄格子の隙間から刺されて倒れ、犯人は凶器の刃を拭いてから机の上へほうり投げた……などと考えてみても、やはり無理がある。死体のあった位置の説明がつかないからだ。それに、この殺害方法だと、窓枠やそのすぐ下の床に血痕が残るはずだ。しかし血痕は、死体があった壇のへりに沿って残っていた。あの場所にいたカレンが窓から刺されたというのはありえない。ゴリラのしわざでもないかぎり」

「ゴリラでもそんなに腕は長くないさ」

「ポーの小説を思い出すね。ばかげている。ありえないよ」

「ただし」テリーは眉をひそめた。「エヴァ・マクルーアが嘘をついてなければ、の話だ」

「ああ、エヴァ・マクルーアが嘘をついていなければね」

テリーは跳ね起きた。「だが、あの娘は嘘つきじゃないぞ。おれがそんなにたやすくだまされると思うのか？　あの娘は正直者だ。ほんとうのことを話してるさ。まちがいない。女の本性を見抜くことは、いやになるほど何度もやってきたよ」

「人間は保身のためならふだんとちがうことをするものだがね」

「じゃあ、おまえは、エヴァがあの女ぺてん師を殺したと本気で思ってんのか！」

エラリーはしばらく返事をしなかった。池の金魚が身をひるがえし、水面に輪を残してもぐっていく。「ほかにもうひとつ可能性がある」エラリーは唐突に言った。「でも、あまりにも突飛で、自分でも信じきれなくてね」

「なんだと？　なんだと？」テリーは褐色の顔を前へ突き出した。「あんたがどう感じようと知ったことか。いったいなんだよ」

「エヴァ自身に関することだ。その場合、エヴァは真実を語りながら、それでいて……」そこでかぶりを振る。

「言えよ、いらつく猿野郎だな！」

だがちょうどそのとき、リッター刑事が上階の居間の窓の鉄格子に赤ら顔を押しつけて叫んだ。「クイーンさん！　マクルーア家の人たちが見えて、お会いになりたいそうです。クイーンさん！」

「そう怒鳴るなよ」エラリーはテリーに向かってぞんざいにうなずいた。「いっしょに来てくれ。ぼくが呼んだんだ」そう言って、軽く身震いする。「さっさとすませよう」

しかし家にはいると、そこには三人いた――マクルーア博士、エヴァ、それにスコット医師だ。きょうのエヴァは夢に悩まされない穏やかな夜を過ごしたのか、ずいぶん落ち着いている。マクルーア博士も平静を取りもどして、目の充血はおさまっているが、どことなくあきらめて運命を受け入れたように見える。だが、スコット医師はよく眠れなかったようで、カレン・リースが隠していた怪しい金髪の住人の話のせいだと、エラリーは言われなくても察していた。とはいえ、なぜそのことを若きスコットが思い悩むのか、とも感じた。家族にまつわる秘密への昔ながらの嫌悪だろうか。

「こんにちは」エラリーはわざと明るく声をかけた。「きょうはみなさん、お元気そうですね」

「いったい何があったんだ」マクルーア博士が問いかけた。「きみの口ぶりは――」

「わかっています」エラリーは大きく息を吐いた。「大切なことなんですよ、博士」そこでことばを切り、キヌメが通り過ぎるのを待つ。それから、自分の指先を見ながら言う。「もしぼくが、その――とても重要で痛ましいことをこれからお話しするとして……スコット先生が同席なさることに問題はありませんか」

「どうして？」若い医者は憤然と言った。「この男の前で話すというのに――」人差し指をテリーに突きつける。「ぼくが同席することになぜ問題が？　ぼくにはこいつ以上に聞く権利がある。だって――」

「そんなえらそうに言わなくてもいいだろ」テリーは背を向けて出ていこうとした。

「おれは消える」

「待ってくれ」エラリーは言った。「きみにもいてもらいたいんだ、テリー。どうかみなさん、私情をはさまないようお願いしますよ。大事な話ですから、つまらない喧嘩をしている場合じゃない」

エヴァが静かに口を開いた。「ディックにはゆうべ話しました――何もかも」

「ああ、そうでしたか。それはあなたがたの問題です、ミス・マクルーア。あなたが決めることだ。さあ、二階へどうぞ」

エラリーは先頭に立って進み、階段をのぼりきったところでリッター刑事に何事かを伝えた。全員が居間にはいると、リッターが外からドアを閉めた。テリーはいつものようにいちばん後ろにいて、スコット医師は数歩進むたびに振り返ってテリーをにらんでいた。

「屋根裏部屋へ」エラリーは言った。「カレン・リースの出版社の社長が来る予定です。そこで待ちましょう」

「ビュッシャーが？」マクルーア博士は眉を寄せた。「あの男が何かかかわっているのかね」

「ぼくの導き出した結論を検証してもらいたいんです」そして、エラリーは無言で一同を連れて屋根裏への階段をあがっていった。

天井が斜めになった屋根裏部屋に全員がはいるや、階下からリッターの叫ぶ声が響いた。「クイーンさん！　ブ、ブーシャーさんがお見えです」

「あがってください、ビュッシャーさん」エラリーは呼んだ。「みなさん、どうぞお楽に……。ああ、ビュッシャーさん、マクルーア家のおふたりはもちろんご存じですね。こちらはスコット医師で、ミス・マクルーアの婚約者です。そして、このリング氏は私立探偵です」

出版社の社長は汗ばんだ手を若い男ふたりへ差し出したが、ことばはマクルーア博士に向けた。「博士、このたびは謹んでお悔やみ申しあげます。弔電はお送りいたしましたが……。むろん、大変なご心労でしょう。ひどい話ですよ。わたくしにできることがありましたら、なんでも――」

「だいじょうぶだよ、ビュッシャーさん。だいじょうぶだ」博士は落ち着いた声で返した。それから窓辺へ歩いていき、広い背中の後ろで両手を組み合わせた。

ビュッシャーは利口そうな顔を持つ子牛のような男だった――威勢がよく、どこかおどけたところもある。けれども、知り合いでその知性を認めない者はいなかった。夢と希望だけをもとに築きあげた出版社は、いまや七人の大作家と、それなりに名のある数十人の若手作家をかかえている。ビュッシャーは籐椅子のふちに注意深く腰かけ、細い膝に両手を載せた。大きくて邪気のない目が部屋にいるひとりひとりの顔に向けられ、最後にエラリーの顔を見つめた。

「どういったご用件でしょうか、クイーンさん」

「ビュッシャーさん、ご評判はかねがねうかがっています」エラリーは言った。「聡明なかたでいらっしゃる。しかし、口は堅いですか？」

社長は微笑んだ。「わたしのような立場の人間は口の閉じ方を心得ていますよ。もちろん、法にふれる場合は――」

「クイーン警視も承知しています。ぼくがきょうの午前中に話しました」

「そういうことでしたら……問題ありません」

「承知しているとは何をだね、クイーンくん」マクルーア博士が尋ねた。「いったい何を？」

「いま念を押したのは、出版社にとってこの情報に大きな魅力があってもおかしくないからです」エラリーは言った。「大変な宣伝効果がある」

ビュッシャーは両手を膝に置いたまま開いた。「おそらく」淡々と言う。「カレン・リースに関することでしたら、ここ数日は宣伝効果という点ではこの上ないものでしたよ」

「しかし、これはカレン・リースの死よりもさらに重大なニュースです」

「さらに重大というと……」マクルーア博士が言いかけて口を閉じた。

エラリーは大きく息をついた。「マクルーア博士、ぼくは自分自身で納得できるだけの確証を得て、この部屋に住んでいたのはエスター・リース・マクルーアだったと結論づけました」

マクルーア博士の背筋が揺れた。ビュッシャーは大きく目を見開いた。

「ミス・マクルーア、きのう、あなたがおっしゃったことはまちがいでした。エスター・リース・マクルーアは、あなたやぼくと同じく正常な精神の持ち主です。だとすると」エラリーは歯を強く嚙み合わせて言った。「だとすると、カレン・リースは一種の悪魔だったことになります」

「クイーンさん、何を見つけたんです」エヴァが悲鳴のように言った。

エラリーはチーク材の机の前へ行った。最上段の抽斗をあけて取り出したのは赤いリボンでくくられた古い手紙の束で、きのうクイーン警視がみなに見せたものだった。エラリーはそれを机に置いた。几帳面に重ねてある、タイプライターで打たれたその手紙の束に指先でふれる。

「ミス・リースの仕事のしかたについてはどれくらいご存じですか、ビュッシャーさん」

ビュッシャーは不安そうに答えた。「非常によく存じておりますよ、もちろん」

「ふだん、原稿はどんな形式で渡されていましたか」

「タイプ打ちでした」

「もとの原稿をあなたご自身がお読みになっていた?」

「当然です」

「では、もちろん、遺作となった『八雲立つ』のとき——あの受賞作のときもそうだったんですね」

『八雲立つ』については、まさしくそうでした。読んですぐ、これは傑作だと確信しましたよ。会社のみんなも夢中になっていました」

「お読みになったとき、原稿に訂正の書きこみがあったかどうか、覚えていらっしゃいますか。つまり——タイプされた字が線で消されていたり、鉛筆で修正文が挿入されていたり」

「何か所かあったと思います」

「これが『八雲立つ』のもとの原稿でしょうか」エラリーは薄い原稿の束を手渡した。

ビュッシャーは金縁の眼鏡を鼻に載せ、その紙をじっと見た。

「そうです」しばらくして答え、エラリーに原稿を返した。「クイーンさん、お尋ねしてもよろしいでしょうか。この——そう——尋常ではない質疑の目的が何なのか」

エラリーはその原稿を机にもどし、先ほど指でふれていた整然たる紙束を手にとった。

「ここにカレン・リースによるさまざまな手書きの文字があります——モレル氏によ

ると、まちがいなくカレンの直筆だとのことです。マクルーア博士、よかったらご覧いただいて、モレル弁護士が正しいかどうか確認してもらえますか」

背の高い男は窓際から歩いてきた。エラリーから紙を受けとろうとせず、その場に立ったまま両手を後ろで組み、いちばん上の紙へ目をやった。

「カレンの筆跡だよ、たしかに」そう言って、窓際へもどった。

「ビュッシャーさんのご意見は？」

社長のほうが慎重だった。重ねられた紙に一枚一枚目を通していく。「ええ、ええ。そのとおりです」汗を浮かべて言った。

「さて、それでは」エラリーは紙の束を机にもどし、また先ほどの原稿を手にとった。『八雲立つ』から何か所か抜粋して読みますよ」鼻眼鏡を直し、朗々と読みあげはじめた。

〝老いたサブロウは尻をつけてすわっているうち、おかしくもないのに笑いだしていたが、ときおり、ふたつの目を覆ううつろなベールの奥に、何かの考えが見てとれた〟

そこでことばを切った。「つづいて、鉛筆で訂正されたあとの文です」そしてゆっくりと読みあげた。

〝老いたサブロウは尻をつけてすわっているうち、おかしくもないのに笑いだしていたが、ときおり、顔にあるがらんとしたふたつの窓の奥に、何かの考えが揺らめいていた〟

「ああ」ビュッシャーはつぶやいた。「読んだ覚えがあります」エラリーは何枚か原稿をめくる。

〝ベランダにいるのに気づかれずに、オノ・ジョーンズは女が下の庭に立っているのに気づいた〟

そこで顔をあげた。「よく聞いてください。この個所が、つぎのとおり修正されています」そう言って、ふたたび原稿に目を落とした。

〝ベランダにいるのに気づかれずに、オノ・ジョーンズは女の黒い影が月を背に立っているのに気づいた〟

「いったいどういうことで――」ビュッシャーが口を開いた。

エラリーはさらに原稿をめくった。「ここには、日本の夏空が〝七宝（しっぽう）〟のようだと書かれていました。そこに線が引かれ、〝釉（ゆう）〟と直されています。同じ段落で、登場人物たちの頭上にひろがる大空が、はじめは〝逆さまになった優美な椀（わん）〟だと書かれていました。書き手は考えなおし、それが〝上下を逆にした色鮮やかな茶碗（ちゃわん）の下に立っていた〟と変えられています」エラリーは原稿を閉じた。「ビュッシャーさん、こういった訂正をどういう性質のものとお考えになりますか」

ビュッシャーはあからさまに当惑していた。「それはもちろん、創造性に基づくものですよ。ことばの並びを見たときの印象を考えて――ある表現と別の表現を比較する。どんな作家でもすることです」

「その作家本人だけのものですね？　他人の作品に対して勝手にこんな真似をする人間はいないでしょう？」

「それは、ご自身も作家ですからおわかりでしょう、クイーンさん」

「言い換えれば、これらの修正はカレン・リース本人がおこなったということですね――これ以外も含めて、小説になされた修正はすべて」

「もちろんですとも！」

エラリーは二束の紙を持ってビュッシャーに近寄った。「見比べてください。原稿に書きこまれた修正の字と」静かに言った。「カレンの直筆だと確認された字とを」

ビュッシャーはしばし目を大きく見開き、それから紙の束をつかんで、猛然とめくりはじめた。「なんてことだ」小声で言う。「別人の筆跡です！」

「お気の毒ですが、博士」エラリーは言った。「これをはじめとするいくつかの証拠から、事実は明らかです。カレン・リースは『八雲立つ』を書いていません。その前作の『太陽』も、『水の子たち』も、カレンの手によるとされてきたそれらの傑作を、実際にはどれひとつ書いていないんです。カレン・リースは、世界各国で高く評価されたそれらの作品に対して、ビュッシャーさんのもとで働くいちばん格下の校正係ほども貢献していません」

「何かのまちがいです」エヴァが大声で言った。「じゃあ、だれが書いたんですか。自分の書いた小説を別人の名前で発表させるなんて、そんなことをどこのだれが許すの？」

「ぼくは〝許した〟とは言いませんでした。そんなふうに呼ぶのは完全な欺瞞だからです。人をだます卑劣な計画を実行する方法などいくらでもあります」エラリーは唇をすぼめた。「それらの小説はすべて、カレン・リースの姉、エスターによって書かれたものです」

唐突に、マクルーア博士が窓のふちに腰をおろした。

「そのことについて疑問の余地はまったくありません」エラリーは言った。「可能なかぎりあらゆる角度から検証しましたが、結論は同じでした。原稿を推敲した手書きの文字はまちがいなくエスターのもので――筆跡の実例が見られる過去の手紙は大量にあり――最も古いものは一九一三年にまでさかのぼります。時期のちがいは多少ありますが、きょうの午前中に複数の専門家の筆跡鑑定を受けたところ、全員の意見が一致しました。そして、エスターが単に妹の秘書として仕事をしていたというようなこともありえません。先ほどビュッシャーさんがおっしゃったとおり、これらの修正は作家の創造性に基づくものだからです」

スコット医師が咳払いをした。「大げさに考えすぎじゃないですか。もしかしたらミス・リースが原稿を修正するとき、口述筆記を姉に頼んだだけかもしれない」

「では、これをどう説明しますか」そう言ってエラリーは分厚いノートを手にとった。「このノートには、エスター・リースの筆跡で『八雲立つ』の完全な筋書きが記されています。膨大な量のメモはどれも創造性に富んで個性が見られ、脇に書きこまれた注釈を見ても、『八雲立つ』の構想がエスターのものであることは明らかです」

「でも、あの人は亡くなってます」エヴァが言った。「父から聞きました。カレンも――カレンもそう言ってました」

「カレン・リースは故意にお父さんを欺いていたんですよ。あなたのこともね。エスターは生きています。〝自殺〟説によると、それは一九二四年のことでした。しかし、これらの小説はすべてそのあとに出版されていますね」

「だけど、小説もノートも、昔書いたものをあとから見つけたのかも――」

「それはちがいます、ミス・マクルーア。それらのほとんどが最近の出来事に――一九二四年よりもずっとあとの出来事に――ふれているのがその証拠です。エスターはたしかに生きていて、カレン・リースの小説を書き、まさにこの部屋で執筆をしていました」

「なんということだ」ビュッシャーが言った。いまでは立ちあがって、落ち着きなく歩きまわっている。「大変な醜聞だ！　出版界が上を下への大騒ぎになるぞ」

「われわれが望まなければ、そうはならない」マクルーア博士がしゃがれ声で言った。その目はまた赤く染まっている。「カレンは死んだ。なぜ死者を起こすような真似を――」

「それに、あの賞のこともあります」社長はうなり声をあげた。「もし詐欺行為が、つまり剽窃が発覚したら――」

「ビュッシャーさん」唐突にエラリーが声をかけた。「『八雲立つ』が、正気を失った女性によって書かれたということはありえますか」

「まさか！　ありえない！」ビュッシャーは叫び、髪を掻きむしった。「わけがわかりませんよ。もしかしたらこのエスター・リースという女性は自分の意思で――何か個人的な事情があってそうしたのかもしれない。あるいは――」

「さすがにぼくも」エラリーは言った。「カレン・リースが姉の横に立って拳銃を突きつけ、生ける屍になることを強要したとまでは考えていませんよ」

「あのときの――カレンの落ち着きぶりといったら！　五月の受賞パーティーで――」

「手立てはほかにもあります」エラリーはことばを切った。チーク材の机の前に腰かけて、じっと考えこんだ。

「だれも信じませんよ」ビュッシャーは嘆かわしげに言った。「わたしは笑い物になって――」

「で、その気の毒な女性はいまどこにいるの？」エヴァが大声で言った。「あまりに理不尽よ」父親へ駆け寄る。「つらいでしょう、お父さん。こんな――こんなことを暴き立てられて。もしカレンがそんなひどい仕打ちをしたのなら、エスターを見つけて償いをするのがわたしたちの責任よ」

「ああ」マクルーア博士はつぶやいた。「エスターをさがさなくては」

「とりあえず様子を見たらどうだ」テリー・リングが冷ややかに言った。「世間にはだまっておいて、エスターを見つけて話してから、どうするか決めりゃいい」

「テリーの言うとおりだ」エラリーは言った。「よし、それで行こう。もう父には相談してある。エスターを見つけ出すために倍の努力をするそうだ」

「きっとそうしてくださるはずよ」エヴァはまた大声で言った。「お父さん、よかったわね。エスターが生きてて、そして——」そこでことばを切った。マクルーア博士の顔には、どことなく深刻そうな表情が浮かんでいる。かつて父親がきまり悪そうに、きびしい顔で打ち明けたことをエヴァは思い出した。若いころ、自分は弟の妻を愛していた、と。

だが、マクルーア博士は深く息をついて言った。「ああ、そうだな。どうなることか」

そのとき、階下からリッターの声が聞こえた。「クイーンさん！　警視からお電話です！」

16

カレン・リースの寝室から屋根裏部屋にもどったとき、エラリーの顔は深刻そうだった。

「エスターが見つかったのね！」エヴァが言った。

「いや」エラリーは社長のほうを向いた。「ありがとうございました、ビュッシャーさん。ここまででけっこうです。約束を覚えていてくださいますね？」

「忘れはしませんよ」ビュッシャーは顔をぬぐった。「博士――お気の毒で、なんと申しあげたらいいか――」

「ごきげんよう、ビュッシャーさん」マクルーア博士は平然と言った。

ビュッシャーは首を左右に振り、唇を固く結んで出ていった。リッターが居間のドアを閉めた音が階段を通して下から聞こえると、エラリーは口を開いた。「父がみなさんに、いますぐセンター街に来てもらいたいとのことです」

「また警察本部ね」エヴァが沈んだ声で言った。

「早く行ったほうがいいでしょう。スコット先生、お望みでなければ同行なさらなくてもかまいませんよ。父は先生のことは特に言っていませんでした」

「いや、行くよ」スコット医師は短く答えた。顔を紅潮させてエヴァの肘(ひじ)をとり、その体を支えながら階段をおりていく。

「なんの用件だろうな」マクルーア博士が小声でエラリーに尋ねた。「警視は――何かを――」

「わかりません、博士。父は何も言いませんでした」エラリーは渋い顔をした。「でも、父のことはよくわかっています。自信ありげな口ぶりでしたよ。最悪の事態に備えたほうがいい」

マクルーア博士は無言でうなずき、若い男女ふたりを追って急な階段をおりていった。

「一巻の終わりだな」テリー・リングが口の端から声を漏らした。「あんたの親父のことはおれもよく知ってる。いつ指紋のことがばれるかと思ってたさ」

「おそらく指紋以上のものを父は見つけているよ、テリー」

「おれにも来いと言ってたのか」

「いや」

テリーはパールグレーのフェルト帽の前後をつかみ、しっかりとかぶりなおした。

「なら、ついていこう」

警察本部で、内勤の警官が一行をクィーン警視の執務室へ案内すると、警視は小柄で太ったモレル弁護士と熱心に話しこんでいた。

「ああ、どうぞ、はいって」警視は言って立ちあがった。鳥のような目が輝いている。

「みなさん、モレル弁護士のことはご存じですね――いや、それはどうでもいい。とにかく、世の為めに尽くしている人だ——そうでしょう？　モレルさん」

「はっはっは」モレルはそう言いながら大量の汗をかいていて、マクルーア家の人々と目を合わせづらそうにしていた。跳びあがるようにして椅子の向こうへ退いたその姿は、まるで精神的な支え以上のものを求めているかのようだった。

「おまえも来たのか」警視は太い声で言ってテリーをにらみつけた。「困ったやつだな。お呼びじゃないんだ。出ていけ」

「きっと必要になりますよ」テリーは言った。

「ふん」警視は不機嫌そうに言った。「では、みなさん、すわっていただこう」

「まったく！」エヴァが神経質そうな笑い声をあげた。「とんでもなく深刻な話がはじまるみたい」

「あなたもすわって、スコット先生、この部屋にいる以上はね。あなたにとっては愉快ではない話になるでしょうが」

スコットは声を震わせた。「愉快ではないというと——」顔の血の気が引き、エヴァを横目でちらりと見たが、すぐに目をそらした。

警視は腰をおろした。「さて、なぜおまえが必要になると思うんだ、テリー」

「きのう、おれが知ってることをえらく気にしてたじゃないですか」

「それとはちがう」警視は即座に答えた。「それはまったく別の件だよ。そのことを話す気になったのか？」そう言って何かのボタンを押した。「聞き分けのいい子だ。それでこそ、わたしがよく知るテリーだよ。まず最初に——」

「まず最初に言っときますが」テリーはそっけなく言った。「そっちが手の内を見せないかぎり、おれは何も話しませんよ、ご老体」

「ふむ、取引をしたいと？」

「ここにいていいんですか」

「いいだろう……。おい、マッシー」制服警官が部屋にはいってきた。「記録をとれ」警官は机の横に腰かけて、速記録のノートを開く。「さあ、それでは」警視は手をこすり合わせ、椅子に背を預けた。「ミス・マクルーア、あなたはなぜカレン・リースを殺害したのですか」

ついに来た、とエヴァは静かに受け止めた。ついに来た。運命の瞬間。もう少しで、声をあげて笑いそうになった。警視はまちがいなく指紋を見つけたのだろう。そして、こうなるとだれにも何もできない——花崗岩の塊のように坐するマクルーア博士も、両手をゆっくりとポケットに入れたテリーも、唇を嚙み、何かの教訓を思い出したかのようにエヴァの手をとったスコット医師も、窓辺で背を向けてじっと立ち、話を聞いてすらいないように見えるエラリー・クイーンも……。

監獄で暮らすのはさぞ愉快だろう、とエヴァは考えた。ざらついた下着と不恰好な囚人服を着せられて、床を掃除させられる……少なくとも映画ではそうだったし、専門家もそうだと言っている。自分がどうしてこんなにも冷静にすわって、こんなにも冷静に考えられるのかが不思議だった。耳のなかでは崩壊の音がとどろき、監獄の鉄の扉が自分の若く愚かで中途半端な人生からあらゆるものを掻き消そうとしているのに。もしかしたら、もっとひどいかもしれない。もしかしたら……。

けれども、そのことを考える気にはとうていなれなかった。目を閉じて、そのことばから逃れようとした。それでも、そのことばはひそかに自分を付けまわし、考えるように強いたので、しばらくするとエヴァは気分が悪くなり、まるで休みなしで一マイル走りつづけたかのように、脚が薄いシルクの内側で震えはじめた。

「ちょっと待ってくれ」エラリーが言った。

「だめだ」クイーン警視がにべもなく言った。

「だめじゃない。そっちが何をつかんでいるのかは知らないが――焦りは禁物だよ。ゆっくり時間をかけてもらいたい。ミス・マクルーアは逃げやしないんだ。ゆっくり頼むよ」

「時間はじゅうぶんかけた」警視は言い返した。「いつものようにな。わたしには責任がある」

「たったひとつのまちがいがミス・マクルーアにとってどれほど大きな意味を持つのか、わかるだろう?」

「噂、汚名、新聞」スコット医師が息を荒らげて言った。

「そういうことはカレン・リースを刺したときに考えておくべきだったな。それに、わたしは警察官であって判事じゃない。さあ、この件からはみんな手を引いてもらおう……。いや、待て。エラリー、エヴァ・マクルーアが刺したのではないという証拠を何かつかんでいるのか」

「まだだよ。ただ、おぼろげには――」

警視はエラリーに背を向けた。「さて、どうだね、ミス・マクルーア」

「あの……すみません」エヴァは口ごもりながら言った。「よく聞いていなくて」

「聞いていなかった、だと!」

「いいかげんにしろ!」マクルーア博士が叫んだ。「この子が倒れそうなのが見えんのか? エヴァ!」力強く怒りをみなぎらせて毛を逆立て、娘の上にかがみこむ。

「しっかりしろ。気をたしかに持つんだ、エヴァ。聞こえるか?」

「ええ、ええ」エヴァはかすかに答えた。懸命に目をあけようとしたが、不思議なことに、どうしても開かなかった。まぶたが張りついたかのようだった。

「このくそじじいが!」テリー・リングが吠えた。警視の机へ飛んでいき、にらみつける。「何さまのつもりだ、ひ弱な小娘をこんなふうに小突きまわすなんて。殺人だって？　この子はハエ一匹殺せないさ！　あんたらが無能で真犯人を捕まえられないからって、この子に罪を着せるのか！　くだらないにもほどが――」

「おい」警視は静かに言った。「立場をわきまえろよ、ウドの大木め。たいした連帯だな。おまえたちは忘れているようだが、わたしはだれ彼かまわず殺人犯呼ばわりするわけじゃない。証拠があるんだ」その目がらんらんと輝く。「テリー、おまえはミス・マクルーアのお遊びに首を突っこむのをやめて、自分のことを考えろ。こっちはおまえを従犯でしょっぴくこともできるんだぞ！」

テリーは口を閉じた。顔の赤みが消えていく。エヴァのいる椅子まで行き、その後ろに立った。モレルは怯えたイルカのように見守っていて、じっと立っていられないようだ。しきりにドアのほうへ目をやっている。

「わかったよ、父さん。証拠を拝見しよう」エラリーが言った。ここでようやく窓際から離れた。

警視は綿でていねいにくるまれた何かを机の最上段の抽斗から取り出した。「これがカレン・リースを殺害した凶器だ」顔を険しくする。「エヴァ・マクルーアの指紋が、刃と指穴と柄から検出された」

「ああ、そんな」スコット医師がかすれた声をあげた。エヴァはその声がどこか遠く離れた場所から聞こえたように感じた。

「刃からは血をぬぐいとっていたが、そのあとが軽率でしたね、ミス・マクルーア」警視はいまやエヴァの正面に立ち、はさみの片割れを振りかざした。はめこまれたいくつもの宝石が光を受けてきらめく。

「それについては説明できる」テリーが言った。「エヴァは――」

「わたしはミス・マクルーアに話しているんだ。答える必要はありませんよ、ミス・マクルーア。すでに警察の速記係がすべての発言を記録する用意ができています。しかし、あなたには黙秘する権利があり、先にお伝えしておきますが、発言した場合、その内容はあなたに不利な証拠として用いられることがあります」

エヴァは目を開いた。警視のことばがドアの鍵だったかのように、いまはたやすく開くことができた。

「エヴァ――だまっていなさい」マクルーア博士がうなるように言った。

「でも、何もかもばかげています」エヴァは自分でも驚くほどの声で言った。「わたしがはいっていくと、カレンが倒れているのが見え、机にもたれかかったとき、手が――それにふれました。なんなのかもわからずに拾いあげたんです。そこで、カレンを殺すのに使われたものだと気づいて、手を離しました。すると、ごみ箱に落ちたんです」

「なるほど」クィーン警視は鋭い目をエヴァから離さずに言った。「それがあなたの言い分というわけだ。拾いあげたとき、刃は拭いてありましたか」エヴァは目を大きく見開く。「刃に血はついていましたか」

「いいえ、クィーン警視」

「月曜の午後にこちらが尋ねたときには、なぜそのことを言わなかったんですか」

「こわかったんです」エヴァはささやくように言った。

「何が？」

「わかりません。ただ、こわくて」

「自分が疑われそうなのがこわかった？」

「ええ――はい。だと思います」

「だが、カレンを殺していないなら、恐れる必要はないはずだ。自分が無実なのはわかっていたでしょう？」

「もちろんです！　わたしはカレンを殺していません。殺してなんかいない！」

警視はだまってエヴァを観察していた。エヴァの目は伏せられ、涙がたまっていった。相手の目をしっかり見ることは、誠実で良心に曇りがない証拠とされるが、相手の目がこれほどまで無慈悲で敵意と疑念に満ちていたら、どうだろうか。まともな神経の持ち主なら、不快で残忍な視線から逃れようとするのが当然だろう……。

「ご老体、あんたの手の内にあるのがそれだけなら」テリー・リングがあざけるように言った。「うちに帰ってハーモニカでも吹いてるほうがましですよ」

クイーン警視はそれに応じず、ゆっくりと自分の机にもどった。最上段の抽斗をもう一度あけてはさみの片割れをしまい、代わりにマニラ紙の封筒を出した。それからゆっくりとエヴァのもとにもどった。

「犯行現場の隣にある居間の暖炉の火床で」警視は言った。「これが見つかったよ」

封筒から何かを取り出す。エヴァはなんとか視線を向け、吐き気を催した。ありえない。そんなはずはない。まさか運命がこれほど意地の悪い罠を仕掛けてくるなんて。しかし、これは現実だ。現実なのだ。そこには、白麻でできたエヴァのハンカチの角の部分があった。直角三角形の斜辺にあたる部分が波形に焼け焦げ、白い絹糸で刺繍された頭文字は、黒ずんだカレンの血でおぞましく染まっている。

背後でテリー・リングが息を呑むのがエヴァの耳に聞こえた。このような危険をテリーが予想していたはずがない。テリーからひとつだけ命じられたことがあり、それを実行したつもりだったが、しくじったことをテリーに知られてしまった。テリーの苦々しい思いと自分への軽蔑を、エヴァは背を向けていても感じとった。

「これはあなたのハンカチかね、ミス・マクルーア」

「エヴァ！　答えちゃだめだ！　何も言うんじゃない。その男には返答を強いる権利なんかないんだ」

　あのとき、ハンカチがすっかり燃えつきるのをたしかめずに暖炉から離れてしまった。そして言うまでもなく、火が消えたのだろう。そうだ。まちがいない。

「ここに〝E・M〟と頭文字がある」警視は冷ややかに言った。「マクルーア博士、ハンカチがお嬢さんのものだと証明できないなどと考えても無駄ですよ。実際には――」だがそこでしゃべりすぎたと思ったのか、口を閉じた。「それともう一点。この角に付着しているのは人間の血液です。うちの専門家が突き止めました。そして、カレンと同じ血液型であることも判明しています。かなり珍しい血液型なので、われわれにとっては好都合だったが、あなたにとっては災難だな、ミス・マクルーア」

「エヴァ、だまってろ」テリーが苦しげな声で言った。「口を閉じてるんだ」

「いやよ！」エヴァは椅子からどうにか立ちあがった。「こんなの、ばかげてる、ばかげてる！　ええ、そう、たしかにそれはわたしのハンカチで、その血はカレンので、わたしはそれを燃やそうとしました！」

「ほう」警視は言った。「いまのを記録したか、マッシー」

「ああ、そんな」スコット医師が先ほどと同じ口調で言った。ほかのことばは口にできないかのようだ。テリー・リングはエラリーに目をやって肩をすくめ、煙草に火をつけた。

「だけど、それは出窓のところでカレンの上にかがみこんで——そのときに床の血が手についたからで、それをハンカチで拭いたんです。血はゼリーみたいになってました」エヴァは身を震わせた。「わからないの？　だれだってそうします。だれだって自分の手に——血がつくのはいやですから。あなただってそうでしょ？」すすり泣きをはじめる。「それからハンカチを燃やしました。ええ、わたしが燃やしました！　そう、またこわくなったから！」エヴァは父親の腕のなかへ泣き崩れた。

「それが事の顛末というわけか」クイーン警視は言った。

「ご老体、聞いてください。警視」テリーが警視の腕をつかんだ。「白状しますよ。おれがやれと言ったんです。ハンカチを燃やせって」

「ほう、おまえが？」

「あの部屋にはいったら、エヴァから何があったかを聞かされたもので、その忌々しいものを燃やせと言ったんですよ。だから、エヴァのせいじゃない。証言したっていいです！」

「では訊くが」警視は悠然と言った。「なぜミス・マクルーアにハンカチを燃やせと言ったんだ、リング。おまえもこわくなったのか」

「脳みその代わりにキャッチャーミットが頭に詰まったデカがあれを見つけたらどう考えるか、わかりきってたからですよ。あたりまえだ！」

モレルが咳払いをした。「クイーン警視、わたくしは失礼してもよろしいでしょうか。ええ――その――依頼人を待たせていまして……」

「まだここにいるんだ！」警視は叫んだ。モレルは身をすくませ、椅子を強く握りしめる。「小ざかしい野郎の発言を記録したか、マッシー。よし！　さて、ミス・マクルーア、実際は何があったのか、わたしが聞かせてあげようじゃないか。

あなたは、あのはさみの片割れでカレン・リースを刺殺し、自分のハンカチで刃から血を拭きとってから、証拠隠滅のためにハンカチを燃やそうとした。こちらにはそれを証明できるふたつの証拠――どんな弁護士でも覆せない証拠がある。もしわれらが友リング氏が、ハンカチを燃やさせたのは自分だと言い張るつもりなら、従犯としてその首にも縄をかけるまでだ。

あの日本人が証言したとおり、あなたが居間でひとりになったとき、カレン・リースはまだ生きていた。現場であなた自身がした証言でも、あの居間にいたとみずから主張する三十分のあいだに、そこを通り抜けた人間はひとりもいないとのことだった。カレン・リース本人による手紙はモレルに宛てたもので、仕事に関するごくふつうのことが書かれていて、殺されたり死んだりということがそのとき頭になかったのは明らかだ。その手紙が書きはじめられたのはキヌメによって便箋が届けられたあとのことで、キヌメが便箋を持ってきたのはあなたがあの居間に着いたのとほぼ同時だ。カレンが手紙を書く手を止めたのは殺害されたからにちがいなく、われわれはそれを証明できる。テリー・リングが月曜に証言したところによると、テリーがあの寝室にはいったとき、あなたはまだ息のあるカレン・リースの上に身をかがめていて、部屋にはほかにだれもいなかったという」警視はそこで振り返った。「さて、モレルさん、あなたは法律家だ。これで証拠はじゅうぶんかな」

「け——刑事事件は専門外でして」モレルはぎこちなく答えた。

「そうか」クイーン警視はそっけなく言った。「ヘンリー・サンプソンはそちらが専門で——しかも、この街の歴史上最も腕の立つ地方検事だ。そのサンプソンは立件に足る事件だと考えている」

深い静寂が部屋に満ち、マクルーア博士の胸にもたれたエヴァの疲れ果てたすすり泣きが、静けさを破るどころかかえって際立たせていた。

「口をはさんですまないが」テリーがその静けさのなかで口を開いた。「屋根裏部屋にいた金髪の女はどうなるんですか」

クイーン警視は目をしばたたかせた。それから自分の机にもどり、椅子に腰かけた。

「ああ、金髪の女か。カレン・リースの姉だな」

「そう、姉です。どうなるんですか」

「どうなるとは？」

「かわいそうな娘に指を突き立てる前に、そっちの件をはっきりさせたほうがいいのでは？　カレン・リースがその女を囚人同然の扱いで九年間もあの部屋に閉じこめてたのはご存じでしょう。逃げ出したこともね。その女がカレンの厚かましさを恨む理由はいくらでもある――少なくとも、自分の作品を盗んで名声をひとり占めしてたんだから。屋根裏部屋からおりて逃げ出す経路があったこともわかってます。凶器のはさみが屋根裏の、その女が住んでた部屋にあったこともね」

「カレン・リースの姉か」警視はつぶやいた。「たしかにそうだな。マクルーア博士、われわれは自殺の件を洗ってみましたよ」

「おれの話を聞いてくれ！」テリーは叫んだ。

「死体は海からあがりませんでした。姿を消してしまったんです。また、カレン・リースが日本から帰国したとき、同行者がふたりいたことも判明しました――あのキヌメのほかに金髪の女性がいて、そちらは船旅のあいだずっと客室にこもりきりで、乗船名簿にあった名は明らかに偽名でした。だから、エスターが帰国しようとしていることをカレンはあなたに知らせなかった――カレンは日本での日々を知るだれかに気づかれないうちに、住まいをしっかり決めて姉を隠したかったんでしょう」

「じゃあ、あのことはほんとうだったのか」突然、スコット医師が小声で言った。

「その人が――マクルーア博士の弟を殺害して――」

「そんなのは嘘っぱちだ！」マクルーア博士が怒鳴った。水色の目で危険な炎が燃えさかっていたので、スコット医師の顔がさらに青ざめた。

「どうやら」窓際のエラリーが冷ややかに言った。「話が脇にそれはじめているんじゃないか。父さんは事件のことをいくらか話していたが」父と子は視線を交わした。「動機については、ぼくはまだひとことも聞いていない」

「検察側は動機を証明しなくてもいいんだ」警視はそっけなく返した。

「でも、世間での評判も申し分なく、前科もない無垢な若い女性が殺意をいだいて父親の婚約者を刺殺した、なんてことを陪審に納得させるには、動機も証明できていたほうが好都合だよ」

「おかしな話だが」警視は椅子を揺らしながら言った。「わたしも最初は動機がわからなくて困ったものだ。ミス・マクルーアのように育ちがよく家族もしっかりした若い女性がなぜ殺人を犯さなくてはならないのか、見当もつかなかったよ。逮捕に踏みきれなかった理由のひとつはそれだ。しかし突然、動機が見つかった――どんな陪審員でも納得できて、共感すら覚える動機がね」警視は肩をすくめた。「とはいえ、それはわたしの仕事ではない」

「動機ですって？」エヴァは椅子の肘掛けから顔をあげた。「わたしにカレンを殺す動機があるって？」大声をあげて笑う。

「モレルさん」警視は椅子をまわした。「きょう話してくださったことを聞かせてください」

全員の視線が自分に向けられるのを感じ、モレルは身悶えした。この場から逃れられるなら、大喜びでそうしたにちがいない。すでに湿っているハンカチを額に押しあてて言った。「あの――どうかご理解ください、マクルーア博士。ただの偶然だったんです。意図して穿鑿をしたわけではありません。けれども、見つけてしまった以上、わたくしには法に従う義務が――」

「さっさと本題にはいれよ」テリーが怒鳴った。

弁護士は手にしたハンカチのやり場に困っているようだった。「何年か前、ミス・リースは、とある――ええ、大きな封筒をわたくしに預けて――その、自分が死んだら開封するよう指示なさいました。そのことを――ええ、けさになって急に思い出しましてね。開封しましたところ、中の書類はすべてエスター・リース・マクルーアに関するものでして――マクルーア博士とカレン・リースが一九一九年に交わした古い手紙や、カレン・リースが書いた自分の姉の処遇に関する指示書でした。自分が死亡したときは、姉を日本へひそかに送り返すように――」

「書類はすべてここにある」クイーン警視は言って、机を軽く叩いた。そして、マクルーア博士を見つめたとき、目には憐れみが宿っていた。「よく秘密を守っていらっしゃいましたね、博士。理由はわかります。ただ、申しわけないが——明かさざるをえません」

「エヴァには言わないでくれ。どうか——あのこと——だけは」マクルーア博士はささやいた。手を震わせながら、警視のほうへ身を乗り出す。

「すみません。うまく隠していらっしゃるとはいえ、博士、お嬢さんはとうに知っていますよ。感づかれていないとお思いでも、本人は知っているんです」警視は机上の書類かごから仰々しい文書を手にとり、エヴァの目をじっと見つめた。咳払いをする。

「ミス・マクルーア、これは令状です。カレン・リース殺害の容疑であなたを逮捕します」

「わたしは」エヴァは何か言おうとしたが、よろめいた。「わたしは——」

「だめだ、待ってください、警視」テリー・リングが机の前に立ち、一気にまくし立てた。「さっき話した取引。わかりましたよ。この子にチャンスをやってください。ふつうの犯罪者とはちがうんだ。猶予がほしい。エスターが行方不明なんて、そんな中途半端なままで逮捕なんかできるものか」警視は何も言わない。「エスターが殺した可能性だってある！　動機はふたつ。ひとつは妹からひどい仕打ちを食らったこと。もうひとつは金——カレン・リースの大おばの遺産ですよ」

「というと？」警視は尋ねた。

「モレルから聞いてください！　カレン・リースは四十になる前に死んだ。この場合、大おばの遺産はカレンに最も近い血縁者のものになる。もしエスターが生きてるなら、エスターこそがその血縁者だ。カレンの姉なんだから！　エスターが金をせしめるんだ！　おい、モレル」

「は、はい」

「その金はいくらだ」

「およそ百二十五万ドルです」

「ほら！　さあ、警視。大金でしょう？　エスターは金に目がくらんだんだ」テリーの灰色の瞳（ひとみ）がぎらついた。「で、あんたが考えてるこの娘の動機はなんですか。なんにせよ、百二十五万ドルにかなうはずがない！」

クイーン警視が言った。「どう取引するんだ、テリー」

テリーは背筋を伸ばした。「どうしてもってことなら」冷ややかに言う。「エスターの居所を見つけられると思いますよ」

警視は微笑んだ。「おことわりだよ、テリー。ひとつ忘れていることがあるらしいな。モレルさん、もしカレン・リースがあと一か月長く生きていたら、大おばの金はどうなるところでしたか」

「カレンが相続するはずでした」モレルはぎこちなく答えた。「カレンの財産となったでしょう」

「そして、カレンは全財産をいくつかの慈善事業や団体に寄付しようとしていましたね」

「はい」

「つまりな、テリー、もしあの日、エヴァ・マクルーアがカレン・リースを殺害していなければ、エヴァの手にこの金が渡ることはけっしてなかったんだ——エヴァにも、エスターにも」テリーはとまどった様子で眉を寄せる。「そして、凶器についた指紋はエヴァのものだった。あのハンカチもエヴァのものだ。一方エスターは、犯行がおこなわれたときあの家にいたという証拠すらない。あきらめろ、テリー」そこでことばを切った。「だが——エスターの居場所を知っているとおまえは言ったな。それは忘れないぞ」

「エヴァの手に金が渡らないだって？」テリーはあざけるように言った。「どういうことですか、ご老体——頭が変になったとでも？　エヴァがどうやってその金を手に入れられるって？　相続できるのはカレンの血縁者だけで——」

スコット医師がにわかに口を開いた。不安混じりの声で言う。「クイーン警視。それが動機なんですか——つまり、ぼくの婚約者は金のために人を殺したと？」

「金のため」警視は令状を振ってみせた。「そして、復讐のためです」

「お父さん」エヴァが言った。「聞いた？　復讐ですって！」

「芝居はやめろ！」警視はきびしく言った。「マクルーア博士はあなたの父親じゃない。わたしがあなたの父親じゃないのと同じように」

「エヴァの――父親じゃ――ない――」スコット医師が愕然として言った。

「復讐ですって？」エヴァは繰り返し、また少しふらついた。

「カレン・リースがエスターにしたことに対する復讐だよ――九年も部屋に監禁し、作品も、人生も、家族も、幸福も奪いとったことへの」

「なんだか」エヴァは弱々しく言った。「気が変になりそう。だれか――どういう――ことなのか――説明してくれないと……」

「カレンが姉のエスターにした仕打ちが」テリーは声を荒らげて尋ねた。「エ、エヴァにどうかかわるって？　何を言ってるんだ！」

警視は言った。「どうかかわる？　さあ、どうかね。おまえだって少しは腹を立てるんじゃないか？　仮にカレン・リースのような人間がおまえの母親にあんな仕打ちをしたら」

「母――親――」スコット医師が息を呑んだ。

「そう、スコット先生。エスター・リース・マクルーアは、あなたの婚約者の母親なんです」

エヴァが口を大きくあけた。それから、聞き分けられないほどの金切り声をあげた。

「わたしの母親！」

エヴァがよろめいた瞬間、テリー・リングとエラリー・クイーンが同時に飛び出したが、先に着いたのは褐色の男だった。

第4部

17

「だいじょうぶ」エヴァはテリーを押しのけた。「ほうっておいて。お願い」椅子の背へ手を伸ばす。

「エヴァは知らなかったんだよ」マクルーア博士はクイーン警視を見た。「この子には秘密にしていたんだって……」だが警視の表情は信じているように見えず、博士はあきらめのしぐさをした。「エヴァ。おい、エヴァ」

「わたしの母親とおっしゃいましたね」そう言いながら、エヴァは異様な目で警視を見た。取り乱してはいなかった。

しかし、エヴァの目を見ていたマクルーア博士は、呆然と立ちつくすスコット医師を押しのけて、エヴァの肘をとり、子供を扱うように警視の革張りの長椅子へ連れていった。「だれか水をくれ」

テリーが部屋を飛び出し、外の冷水機から水のあふれそうな紙コップを持ってすばやくもどってきた。博士はエヴァの腕と脚をさすり、唇に紙コップをあてがってやった。やがて、エヴァの両目に自覚と苦痛の色がひろがった。

「ごめんなさい」エヴァは涙混じりに言い、博士の上着に顔をうずめた。

「だいじょうぶだよ、エヴァ。だまっていて悪かった。思いっきり泣いて――」

「警視さんがあんな……。じゃあ、カレンはわたしのおばさんなのね。お父さんはおじさん。エスターが――エスターがお母さん！」

「おまえに知られることになるとは思わなかったよ。エスターが死んだと聞かされて――わたしには知りようがなかろう？――おまえには教えないほうがいいと思ったんだ」

「お父さん！　わたしの母親のことなのに！」

エラリーにはマクルーア博士が、月曜の午後に〈パンシア〉の甲板で出会ってからいままでで最も落ち着いて見えた。そして、両肩の力が抜けたさまは、背負っていた重荷をおろしたかのようだった。

「水を飲みなさい、エヴァ」

クイーン警視が口を開いた。「実にうるわしい。しかし、お尋ねしたいことが――」

博士がにらみつけてきたので、警視は口ひげの端を噛んで腰をおろした。

「あの人のことが知りたいだろうな、エヴァ」博士はエヴァの髪をなでながら言った。「そう、エスターはおまえのほんとうの母親だ——美しく、聡明な人だった。わたしの知るだれよりもすてきな女性だった」

「会いたい。お母さんに会いたい」エヴァはすすり泣いた。

「きっと見つかるさ。横になるんだ、エヴァ」博士はエヴァを長椅子に寝かせてから、立ちあがって部屋のなかを行きつもどりつした。「あの電報を忘れられないよ——おまえが生まれたときのだ。フロイドからの電報で、あいつは有頂天だった。一九一六年——おまえの祖父が……ヒュー・リースが亡くなった年のことだ。その二年後、フロイドのあの事故が起こり、おまえの母はすっかりまいってしまった。カレンから——」顔を曇らせる。「カレンから手紙が届き、わたしは何もかもほうり出してすぐに日本へ行った。一九一八年の終わりで、先の大戦の休戦協定が結ばれたすぐあとのことだった」

エヴァは長椅子に横になったまま、天井に母の姿を描いていた。よりによってこんなときに、こんなことを思うなんて……。母は背が高く、堂々として、髪は銀色に近いきれいな金髪だ。もちろん美人だが、脚を痛ましく引きずり、一方だけで地面を踏んで歩いている。その姿はあまりにも鮮明で……。

「エスターは療養所にはいっていた。フロイドの死とそのいきさつのせいで、神経をすっかりやられたんだ。しばらくは正気を失っていたが、その後回復したよ。その過程で、エスターの身に何かが起こった。人間として不可欠なものを失ったんだ――正確にはなんだったのかはわからないが」

「事故のことは思い出したんですか」エラリーが尋ねた。

「事故のことしか考えられない状態だったよ。自分がフロイドを殺したのだという恐怖に最後まで苛まれていたのが見てとれた。エスターは感受性が強く、繊細な神経が束になってできていた――当時、詩人として将来を期待されていてね」

「しかし、なぜエスターはひとつの強迫観念に固執したんでしょうか、博士。実際に罪の意識に悩まされていたんですか」

「わたしはしっかり調べたが、フロイドが死んだのは完全に事故だったよ。だが、はっきりは指摘できないが、どこか違和感があった。それがなんだったのかはわからない。ただ、それがエスターを押しとどめていた」

「どういうことですか」

「わたしはエスターに何もしてやれなかったんだ。まるで――まるでまったく別の敵意を持った力が外から働いてエスターを傷つけ、回復を遅らせたり安らぎを奪ったりしているようだった」

かわいそうなお母さん、とエヴァは思った。ほんとうにかわいそう。友達にはみな母親がいるのを、いつもひそかにうらやましく思っていた。たとえ卑しくて、愚かで、中身のない母親だったとしても。どんな母親も自分の娘に何か貴重なものを与えることができるから、それだけで卑しさも愚かさも中身のなさも、すべて打ち消されたものだ……。エヴァの目にまた涙があふれた。そしていま、ようやく母を取りもどしかけたというのに、目の前にあるのは醜聞と逮捕だ。そしておそらく――

「わたしは日本にできるだけ長くとどまることにした。カレンは――力になってくれたよ。父親が死んだから自分で仕事をはじめたし、エスターの面倒も見なくてはいけないと言っていた。エスターは生きる目的を失っていて、だれかに手助けしてもらう必要があり、とうてい自分で子供を育てられる状態ではなかった。そのときにはもう」マクルーア博士はこぶしを掲げて声を張りあげた。「カレンは悪魔の計略を練りあげていたはずだ！」声が沈む。「だが、当時のわたしには知りようがあるまい？」

クイーン警視は居心地が悪そうに身をよじった。気がつくと、モレルは混乱に乗じていつの間にか立ち去っていた。何もかもうまくいかない、と警視は思い、唇を嚙みしめた。

マクルーア博士がエヴァにやさしく話しかけた。「おまえを連れ帰るよう提案したのはカレンだった――わたしの養子としてね。そのころ、おまえはまだ三歳にもなっていない、巻き毛の髪を長く伸ばした痩せっぽちの女の子だった。もちろん、大人になればそのころのことを忘れてしまうのはわかっていたよ。そして、わたしは養子に迎えることにした。そのためには法律上、エスターの署名が必要だった。エスターが同意したのには驚いたよ。むしろ引きとってくれと求めたくらいで、やがてわたしはおまえを連れて帰国した」いったんことばを切る。「そして、いまに至るというわけだ」

――そして、いまに至る。エヴァは天井を見つめた。そのときはじめて、恥辱の思いが胸のなかで燃えあがってきた。殺人犯エヴァ・マクルーア！　しかも、その母親は……。世間はきっと遺伝だと言うだろう。殺人犯の血、復讐者(ふくしゅうしゃ)の血が体に流れている。エスターの血はエヴァの血でもある。どうやって世間に顔向けできるだろう。そして、どうやって――ディックに。

エヴァは頭をゆっくり動かした。スコット医師はドアの横に立って、体を左右に揺らし、口のなかにある苦いものをなんとか飲みこもうとしているように見える。エヴァは突然、自分の婚約者がまったく何もしてくれなかったことに気づいた。だまってつらそうにしていただけだ。この危機から自分が逃れることしか考えていない。

「ディック、家に帰ったらどう？　お仕事が――病院が――」

麻酔を打たれて悶(もだ)えるモルモットを見守っていたときのマクルーア博士のような目で、エヴァはスコット医師を見つめた。

けれども、スコットはぎこちなく言った。「ばかを言うんじゃない、エヴァ。こんなばかげたやり方で罪を着せられて――」エヴァに歩み寄り、立ち止まってキスをする。冷たい唇がエヴァの頬にふれた。

そして、いまに至るのね、とエヴァは思った。いまここで、解剖台の上の動物のように体を伸ばして、男たちの目にさらされて……。突然身を起こし、両脚を大きく振って床を叩く音を響かせた。

「あなたなんかちっともこわくない」だまっている警視に、エヴァは怒りをこめて言い放った。「わたしはずっと、怯えた小さな女の子みたいだった。でも、もうこわくない！　わたしはカレン・リースを殺していない！　母が生きてたことすら知らなかった！　だれが母なのかすら知らなかった！　はさみの指紋とあのハンカチにも、しっかり筋の通った説明をした。どうしてそれを公正に判断できないの？」

「よく言った、嬢ちゃん！」テリー・リングがにやりと笑った。「この老いぼれ猿に見当ちがいだと言ってやれ！」

「あなたもよ」エヴァは蔑むように言った。「母の居場所を知ってるなら話せばいいじゃない。いますぐそこへ連れていきなさいよ」

テリーはまばたきをした。「なあ、嬢ちゃん、落ち着けよ。はっきり知ってるとは言ってない。おれはただ――」

「テリーに吐かせないの？」エヴァは警視に向かって叫んだ。「女をこわがらせるのはずいぶん得意なくせに、男を目の前にしたら――」

テリーはエヴァの腕をつかんだ。「まあ、聞けって――」

エヴァはそれを振り払い、警視をにらみつけた。「お母さんを見つけてよ！　いまごろどんな目に遭ってることか――わかりゃしない。九年も屋根裏に閉じこめられてた人が、生まれてはじめて、たったひとりでニューヨークをさまよってるんだから」

クイーン警視は速記係の警官にうなずいた。「もういい、マッシー」ため息をつく。「トマス・ヴェリーを呼べ。エヴァ・マクルーアを勾留する」

エヴァの全身からゆっくりと力が抜けていった。ゆっくりと周囲を見まわす――マクルーア博士は歩きまわっている。スコット医師は――この人はだれ？　会ったこともない人のようで、爪を噛んで窓から空を見つめている。テリー・リングは、つぎからつぎへと煙草に火をつけては眉間に深い皺を寄せている。エラリー・クイーンは、警視の机に置かれた黒曜石の像のように微動だにせず、無力だった。

速記係の警官が「はい、警視」と立ちあがった。

だが、その警官が出ていく前にドアが勢いよく開き、背が高くひょろりとした、黒い顎ひげを生やして古風な山高帽をかぶった男が、黒い葉巻を吹かしながら背をまるめてはいってきた。

「おや、ずいぶん人が多いな」ニューヨーク郡の検死官補サミュエル・プラウティは顔をしかめた。「やあ、クイーン。おや、マクルーア博士、このたびはまことに……。聞いてくれ、Q。きみに悪い知らせがある」

「わたしに？」警視は訊き返した。

「あのはさみの片割れは知っているな——きみの机にはいっているやつだ」

「ああ、もちろんだとも」

「あれはカレン・リースを殺害した凶器じゃない」

　異様な静寂のなか、テリー・リングがゆっくりと尋ねた。「で、あれについて、何がわかったって？」

「年寄りをからかうものじゃないぞ、なあ、サム」クイーン警視は言い、笑みを作ろうとした。

「説明しよう」プラウティはもどかしそうに言った。「さあ、二十分後には遺体安置所にもどらなきゃならんから、無駄話をしている暇はない。だが、火曜に出したあの検死報告書の第一報について、説明する義務があると思ってな」

「そうだろうな」警視は不機嫌そうな声で言った。

テリーがプラウティのもとへ駆け寄り、プラウティのくたびれた手を握って上下に振り動かした。「海兵隊のお出ましだ！」それからエヴァに近づき、くすくす笑いながら長椅子へ連れていった。「すわれよ、嬢ちゃん。こいつは見ものだぞ」

エヴァは混乱したまま腰をおろした。これまでの人生で、こんなに心が高ぶったことはない。たぶんアドレナリンのせいだ、となんとなく知っていたが、何が起こっているのかはさっぱりわからない。あのはさみの片割れ……あの指紋……。

「わたしのミスだ」プラウティは言った。「あのときは忙しかったから、検死をあいつにまかせて──いや、そんなことはいい。あいつは新人で、経験が浅かった。それに、わたしもいつもどおりだと高をくくっていたんだ。死因に疑いの余地はまったくなかったしな」

エラリーはプラウティに走り寄り、服の襟をつかんだ。「プラウティ先生、ぼくが絞め殺す前に与太話をやめてください。あのはさみの片割れが凶器じゃなかったのなら、いったい何が？」

「それとは別の……とにかく説明を──」

エラリーは父親の机を叩いた。「まさか、刃物による傷は最初の傷、もっと小さな傷の上から──その傷を隠すために──つけられたとでも言うんですか？」

ひげが伸び放題の黒い顎が落ち、口が大きく開いた。

「そんな！　考えもしなかった……。判別する方法はありますか、先生。その毒物は検出可能でしょうか」

「毒物？」プラウティはぼんやりした顔で訊き返した。

「きのうになってようやく、この事件について――新たな角度から考えていたんです。そこでキヌメのことに思い至りました」エラリーは興奮気味に言った。「春のパーティーで、あの日本人女性が琉球諸島の出身だとカレン・リースが言っていたことを思い出したんです。すぐに『ブリタニカ百科事典』を引いてみたら、見つかりましたよ――まあ、ただの思いつきでしたけどね。琉球諸島の大部分、そして奄美大島には、〝ハブ〟という名の毒ヘビが生息しているんです」

「ハ――なんだって？」プラウティは凝然とエラリーを見た。

「〝トリメレスルス〟――ぼくの記憶が正しければ、そんな学名だったと思います（一九八〇年代以降に学名はProtobothropsに変更）。ガラガラ鳴る器官がなく、頭が鱗に覆われ、体長は六フィートから七フィートあり、ひと咬みで即死をもたらす」エラリーは大きく息を吸った。「プラウティ先生、刺し傷の下に毒牙による傷があったでしょう？」

プラウティは口からぶらさげていた葉巻を手にとった。「エラリーに何があったんだ、Q――頭が変になったのか？」

エラリーの顔から笑みが消えた。「じゃあ、毒ヘビに咬まれたんじゃないと？」

「ちがう！」

「でも、ぼくの考えでは——」エラリーは弱々しく言った。

「それに、刃物による刺し傷で別のもっと小さい傷を隠蔽したなんて、だれが言ったんだ」

「しかし、さっきぼくが訊いたときは——」

プラウティは両手を振りあげた。「おい、Q。とりあえずマッタワン精神科病院に電話して、すんだらあのはさみの片割れを出してくれ」

クイーン警視は綿にくるまれたはさみの片割れを抽斗から出した。プラウティが綿を開く。「ふむ、思ったとおりだ」プラウティはそれを机に置き、ポケットから小さなボール紙の箱を出した。中には羊毛が詰まっていて、その上に小さなとがった三角の鉄片が宝石のように載せられていた。

「きょうの午後、カレンの喉からわたし自身が剔出した。火曜に助手が見逃していたんだ」プラウティが箱をクイーン警視に渡す、みなが群がった。

「はさみの刃の先だな」警視はゆっくりと言った。「刺した衝撃で折れたんだな。しかし、こちらの刃は——」机の上にあるはさみの片割れに目をやる。「——どこも欠けていない」

「同じ形の刃ですよね」テリーがささやいた。

「どう思う、エル」

「まちがいないね。この鉄片は、なくなったもうひとつの片割れの先っぽだ」

「では、あんたの言うとおりだ、サム」警視は重苦しい声で言った。「はさみのこちら側はカレン・リースを刺してはいない。凶器になったのはもうひとつの片割れだ」

「やったな、嬢ちゃん！」テリーはエヴァに駆け寄った。「今夜は自分ちのベッドで寝られるぞ！」

「もう片方は見つかったのか」プラウティがドアへ向かいながら尋ねた。

「まだだ！」

「わかった、わかった。わたしの首を嚙みちぎるなよ」プラウティは顎を搔いた。

「その――マクルーア博士、こんな失態がよくあるとは思わんでください。やつは新人でして、その――」

マクルーア博士は気のないていで手を振った。「ところで」エラリーが口を開いた。「ほかには何か見つかりましたか、プラウティ先生。検死報告書を読んでいないんです」

「いや、たいしたものはない。冠状動脈血栓症の跡が――ご存じでしたか、博士。カレンの主治医をなさっていたんでしょう」

「疑ってはいたよ」博士は小さく答えた。

「冠状動脈血栓症？」エラリーはそのまま言い返した。「男性固有の心臓病だとばかり思っていましたよ」

「たしかに男性のほうが多いが」プラウティは言った。「女性の患者も多くいる。カレン・リースの場合はみごとな血栓があった。そのせいで早く絶命したんだ」

「早くですって？　少なくとも十五分は苦しんでいたはずですが」

「通常、咽喉部に傷を負ったときは、数時間はもつ。出血多量で死亡するには時間がかかるんだ。ただし、心臓の働きが弱っている場合は、ときに何分かで死に至ることもある」

「ほかには？」

「特に興味深いものはないな。貧血——あとは胃弱。それで全部だ。うちの若造のへまがわかったあと、わたしが念入りに検死をやりなおしたからな……。なあ、いいか、もう行かなくてはならん。では博士、失礼しますよ」そしてプラウティは出ていった。

「カレンには血栓症のことは伝えていなかった」マクルーア博士はため息をついた。「言っても気に病ませただけだろうし、さほど進行してもいなかったからな。ふだんどおり暮らして——激しい運動や興奮状態を避けて、じゅうぶん用心していれば——ずっと問題なく生きられたはずだ」

「ぼくの印象では」エラリーが言った。「心気症のたぐいではないかと感じました」

「わたし以外の医者にかかることはなかった——理想の患者だったよ」博士は硬い表

情で言った。「こちらの指示や忠告にしっかり従っていたよ。たくさんの生きがいがあるんだろうと思っていた」苦々しげな声だった。

「ところで、カレンはどんな結婚生活を思い描いていたんでしょうか。というのも、結婚後に姉のエスターの存在をどうやって隠しとおすつもりだったのか、見当がつかないんですよ」

「〝現代的な〟夫婦生活を望んでいたよ。住む家は別、仕事も別、苗字(みょうじ)はそのまま――などなどだ。聞いたときは、ルーシー・ストーナー式のフェミニズムにかぶれたんだろうと思ったよ。だが、いまなら――」マクルーア博士は顔をしかめた。「いまなら理由がわかる。そうすればエスターのことを秘密にしておけるからだ」そこで突然声を荒らげた。「女が男を欺く手際にはうんざりだ！」

その逆もね、とエヴァは思った。そして静かに言う。「仕事にもどってもいいんじゃない、ディック。きょうはもうだいじょうぶ――ですよね、警視さん」

クイーン警視は逮捕令状を手にとり、ゆっくりと真ん中でふたつに破った。「すまなかった」と言ったが、すまなそうには聞こえなかった。声に怒りがにじんでいた。

「じゃあ、ぼくは……」スコット医師がためらいがちに言った。「じゃあ、ぼくはもう行くよ、エヴァ……。今夜電話する」

「ええ」エヴァは言い、医師が体を寄せてキスをしようとすると、顔をそむけた。スコット医師は姿勢をもどして、やや間の抜けた笑みを浮かべた。唇のまわりが青ざめている。それから無言で部屋を出ていった。

「みなさんも、もう行ってかまいませんよ」警視は言った。「いや。ちょっと待ってください。このはさみのもうひとつの片割れを、月曜の午後にどこかで見かけませんでしたか、ミス・マクルーア」

「いいえ、見ませんでした」エヴァはほとんど聞いていなかった。スクエアカットされた二カラットのダイヤモンドが左の薬指で燃えていた。

「おまえはどうだ、リング」

「おれですか?」テリーは答えた。「おれも見てませんよ」

「きみたちどちらかのポケットにはいっていたりしなかったかな? 月曜の午後にわたしと別れたときに」警視は苦々しげにそう尋ねた。「教えてくれないか、今後のために――」しかし最後まで言えなかった。

「行こう、エヴァ」テリーは笑顔で言ってエヴァの腕をつかんだ。「さっさと出てかないと、この老いぼれイノシシが自分の皮を剝(は)いだとか言って捕まえにくるぞ!」

18

「めしをおごろう」センター街の警察本部前の歩道で、テリーは一同に呼びかけた。陽気に言う。「行こう、ファンの店に連れてってやる。うまい春巻を作る中国人がいるんだ」

「どこへだって行く」エヴァは答えた。深く息を吸いこんで、めったにない解放感を味わう。ニューヨークの街なかでも自由の空気がこんなにもおいしいことを、はじめて知った気がした。

「博士はどうしますか」

「そういうのは食べられそうもないな」マクルーア博士がぼんやり答えた。

「じゃあ、どこか別の――」

「遠慮するよ」博士はエヴァにキスをした。「行ってきなさい、エヴァ。何もかも忘れるんだ。いいな？」

「ええ」エヴァはそう返事をしたが、忘れられないとわかっていたし、博士がそのことに気づいているのもわかっていた。「いっしょに行きましょうよ、お父さん！　わたしたち——」

「少し散歩をすれば気分がよくなると思う」博士はことばを切ったが、だしぬけに言った。「もう二度とほかの呼び方をしないでくれよ、エヴァ」そしてくるりと背を向け、道を去っていった。残された三人は無言のまま、長身でがっしりしたその姿が隣のブロックにある警察学校のほうへ消えていくのを見送った。

「立派な人だ」テリーが言った。「あんたはどうだ、クイーン。どこかへ行かなくてもいいのか？　あんたも疲れてるだろ」

「ぼくは腹が減った」エラリーは言った。

一瞬、テリーは落胆した表情を見せた。それから「おい、タクシー！」と叫ぶ。自分がいつの間にか微笑んでいることにエヴァは気づいた。

テリーは車に揺られてチャイナタウンへ向かうわずかなあいだには絶え間なくしゃべりつづけ、支払いのときは運転手に札を渡して「釣りはとっときな」と言い、それからふたりを案内して細いペル・ストリートの歩道を進んで、やがて地下室の入口らしき場所にたどり着いた。

「店の見てくれは気にすんな。ここは本物の中華を食わせてくれる。ここいらの中国人はみんなここで食ってるさ。よう、ファン」地下の中華料理店にはいると、頰の張った中国人が笑みを見せてお辞儀をした。店内は閑散として、客は黒い帽子をかぶった年配の中国人三人だけで、米で作った酒をビール瓶に似たものから飲んでいた。

「気にしないでくれ、ファン。テーブルはこっちで決める。ここならゴキブリは来ないな」

テリーはふたりを隅の席へ導き、慇懃な態度でエヴァのために椅子を引いた。「ゴキブリってのは冗談だよ」エヴァはまた笑顔になる。「壁は毒々しい緑で、ひどく汚いけど、厨房は染みひとつないんだ。見たいか？」

「いえ、けっこうよ」

「いいぞ、その顔だ！　もっとえくぼを見せて笑ったほうがいい。おい、クイーン、元気出せよ。まだ毒ヘビのことを考えてんのか？」テリーは喉の奥で笑った。

「うるさいな」エラリーは苛立たしげに返した。「こういう店では、いったいどんなものが食べられるのか」

「オスカーおじさんにまかせときな。ウェイ！」腰にエプロンを巻いたネクタイをしていない小柄な中国人が、急いでやってきた。

「雲呑の特大、春巻三人前、エビの雑砕、広東風炒麺、ライスの大盛り、ワイン、お茶。さあ、行け！」

「とんでもない量に聞こえたけど」エヴァは言った。「炒麺とお茶だけいただく」

「おれのお勧めを味わってくれ」テリーが帽子を背後へぞんざいに投げると、奇跡のように壁の釘に引っかかった。「暑かったら上着を脱げよ、クイーン。ファンは気にしないから」

「ミス・マクルーアが気にするかもね」

「いえ、かまわないけど」

「もうすっかり平気みたいだな、嬢ちゃん。気分はましになったか」

「あなたのせいで何も感じる暇がなかった。テリー、わたしの母はどこにいるの？」

テリーは目をそらした。厨房のドアが揺れて開き、天球を支える神アトラスのように、ウェイが巨大な盆を持って現れる。「おれは知らないよ」

「でも、さっきは――」

「たしかにああ言ったが」テリーは視線をもどしてエヴァの手をとり、ぼんやりした顔で指をなでた。「とっさの思いつきだよ。あの場で何か言わなきゃならなかった。ご老体が引っかかりそうなことをね。時間稼ぎだよ、ただの」

「じゃあ、知らないのね！」エヴァは叫んだ。「だれも何も知らないなんて！」

「落ち着け、エヴァ。考えすぎるな。親父さんも言ってたろ。そのとおりだよ。忘れるんだ。いずれきっとはっきりする」

ウェイが席に来て、乱暴な音とともに巨大な碗を三人の前に置いた。「雲呑」とだけ言って、去っていった。

澄んだ中華スープには、パン生地のような白くて柔らかそうなものと、分厚い豚肉の塊がいくつも、川面に浮かぶ木片のようにはいっていた。いい香りが漂う。「おっと」テリーが両手をこすり合わせた。「ほら、嬢ちゃん、皿を出しな。中華風のクニッシュだよ、こいつは。クニッシュって知ってるか？　新聞配達してたガキのころ、チェリー通りの先にあるフィンケルシュタインじいさんの店で、ツケでよく買ったもんだ。じいさんは小さな屋台を引いてて——」

やりとりを聞いているエラリーにとっては、何もかもが空虚に感じられた。テリーはしゃべりつづけてエヴァに考える隙を与えず、笑わせて話を引き出している。雲呑スープを飲みながらエラリーが気づいたのは、騒がしく品がなさそうに見えるテレンス・リングが際立って神経の細やかな男だということだった。ほんとうは何を考えているのかわからないやつだ、と思った。

「うまいスープだ」エラリーは言った。「一代記の腰を折ってすまないがね、テリー、ぼくにはどうも、きみが無理に粋がっている気がしてならない」

「ちゃんと話を聞いてるのか？」テリーは不満げに言った。

「で、わたしはどうすればいいの？」エヴァは暗い顔で言った。「おっしゃるとおりよ、クイーンさん。無理につくろってもだめ」

「この春巻でも食えよ」テリーは言った。

「やさしいのね、テリー。でも、こんなことしても意味がない。わたしはもうこの事件に耳まで浸かってるんだもの。わかってるでしょう」

テリーはエラリーをにらみつけた。「自分の父親のことはよく知ってるだろ。いまごろ何してる？」

「行方の知れないはさみの片割れをさがしているだろうね。ほんとうにどこにもなかったのか、エヴァ」

「まちがいない」

「あそこにはなかった」テリーは強く言った。「殺ったのがだれだろうと、そいつが持ってったのさ。あんたの親父だって、それはわかってる。部下たちが掃除機を持って敷地じゅうさがしたんだ。地下も地上も、家のなかも外も――」

エラリーは首を左右に振った。「何か思いつけばいいんだが、だめだ――完全にお手あげだよ。一見甘そうなのに、実際にかぶりついてみたらなんの味もしない、こんな事件ははじめてだよ」

「ひとつだけよかったことがある」エヴァは春巻をつつきながら言った。「お母さんが――無実だってこと。ドアの閂がカレンの部屋の側からかかってたんだもの」

「そうだな、とりあえずこっちはひと息つける。父があの寝室のドアのことに気づくまでは安全だ」

「どうやって気づけるっていうんだ？　ありうるとしたら、おれたちのだれかが漏らす場合だけだ」テリーは憤然と言った。「そんなことをやりそうなのはひとりしかいない」

「だれ？」しかし、エヴァは答に気づいて顔を赤くした。

「あんたにそのダイヤモンドをくれてやった野郎だよ。あのスコットだ。いったいなんだってあんなやつのことが好きになったんだ？　この雑砕でも食えよ」

「ディックのことをそんなふうに言わないで！　さっきは気が動転してたのよ――無理もないでしょ？　つらいはずよ、婚約者が殺人の容疑で逮捕されそうになったんだもの」

「しかし、あんたはもっとつらいだろ。いいか、嬢ちゃん、あいつはろくでなしだ。絶縁状を叩きつけてやれ」

「やめて！」

「ロマンチックな幕間劇を邪魔してすまないが」エラリーが口を開き、小エビをつかまえようと悪戦苦闘していた箸をおろして、フォークに手を伸ばした。「思いついたかもしれない」

ふたりは同時に声をあげた「何を？」

エラリーは紙ナプキンを唇に押しつけた。「エヴァ、テリーが寝室のドアへ——つまり、屋根裏部屋へ通じるドアへ——歩いていって、閂がかかっていると言ったとき、きみはどこに立っていた？」

テリーは目を鋭くした。「そんなことが重要なのか」

「おそらく、きわめて重要だ。エヴァはエラリーからテリーへ視線を移し、またエラリーを見た。「カレンの書き物机に寄りかかってたと思うけど。そこでテリーのほうを見てた。なぜそんなことを？」

「まったくだ」テリーが言う。「なぜそんなことを？」

「テリーがそのドアへ行く前に閂を見たかい」

「いえ、見てない。屏風（びょうぶ）で隠れてたもの。ドアの場所をテリーに教えたら、テリーが屏風を横にどけたの」

「すると、こんどはテリーの体でドアが隠れたんじゃないか。テリーがどくまで、閂は見えなかったはずだ」

「そのときはぜんぜん見えなかった。テリーが言うのを聞いて——」

「おい、ちょっと待て」テリーが口をはさんだ。「いったい何が言いたいんだ、クイーン」

エラリーは椅子の背にもたれかかった。「知ってのとおり、ぼくは不可能な状況をぜったい受け入れない人間だ。慢性的な懐疑屋なんだよ、テリー」

「もったいぶった言い方はやめろ！」

「複数の事実に基づいて考えると、ひとつの答しかありえない状況なんだよ。理屈の上では、カレン・リースの寝室からは三か所の脱出経路がある。ひとつは窓――だが、鉄格子がはまっている。もうひとつは屋根裏へのドア――だが、寝室の側から閂がかけられていた。三つ目は居間――だが、エヴァの証言では、通った者はひとりもなく、エヴァは片時もその場を離れなかったという。答――エヴァがおばを殺害した。エヴァこそがこの殺人を実行できた唯一の人間だった。もし前提となる事実が正しければそうなる」

「でも、エヴァはやってない」テリーは嚙みつきそうな勢いで言った。「それで？」

「まあ、待ってくれ。もちろん、ぼくはエヴァが無実だという仮定のもとで主張している」

「それはどうも」エヴァは皮肉をこめて言った。

「さて、いま明らかな事実はなんだろうか。窓については――ぼくがこの目でたしかめた。あの窓は脱出経路としてはとうてい使えない。あの居間は――もしエヴァが無実だと考えるなら――実際にそう考えているわけだが――エヴァが真実を語っていて、だれも居間を通らなかったと考えるしかない。となると、残るのは屋根裏へ通じる閂つきのドアだけだ」エラリーは体を起こした。「そして奇妙なことだが、テリー、あのドアに閂がかかっていた証拠はどこにもないんだ」

「何が言いたいのか、わからんな」テリーはゆっくりと言った。

「わかっているはずだ。エヴァがあの部屋にはいって、いまわの際のおばを見つけたとき、ドアに閂がかかっていたと言いきれるだろうか？　エヴァが見たのか？　いや、ドアは屏風で隠されていた。そこにきみが部屋に現れ、やがて屏風を脇へどけて、閂がかかっているとエヴァに告げた。そのとき、エヴァはドアを見ただろうか。いや、見ていない！　その直後、エヴァは気を失った。たしかに、意識を取りもどしたあとでは閂を見たが——きみがその閂と格闘をはじめ、なかなか動かないのがわかったんだが——しかしそれは、エヴァがしばらく気絶していたあとの出来事だ」

「からかってんのか？」テリーの褐色の顔がふたたび赤みを帯びた。「エヴァが気絶してたのはほんの数秒だ。それに、あの閂はたしかにかかってたさ！」

「きみがそう言っているだけだ」エラリーはささやくように言った。「きみのそのことばしかない」

いまやエヴァは恐ろしい疑いの目で褐色の男を見つめていた。テリーの怒りがあまりにも激しく、いまにもエラリーを部屋の端まで突き飛ばすのではないかと思えた。

しかしテリーは自制し、押し殺した声で言った。「いいだろう。議論を進めるために、おれがエヴァをだましたとしよう。閂はおれが見たときにはかかってなくて、おれがそう信じさせただけだとしよう。その理由はなんだ。おれにどんな計略があったんだ」

エラリーはフォークいっぱいの炒麺を口に入れた。「閂がかかっていなかったなら、不可能が可能になるんだ。それがこの仮説のいいところだ。だれかが屋根裏部屋を通って侵入し、カレンを殺害して、同じ経路で出ていった可能性が生じる」

「でも、なんでおれがそんな嘘をつかなきゃならないんだ」

「もしきみが」エラリーは炒麺のせいでくぐもった声で言った。「もしきみがカレン・リースを殺害していたら、その必要がある」

「ふざけるな——ばか野郎！」テリーは絶叫した。

ファンが揉み手をしながら飛んできた。「ティー！　大きな声だめ。うるさいのだめ。それいけない！」

「地獄へ落ちろ！」テリーはなおも叫ぶ。「おれが殺した？　いったいあんたは——」

「おい、おい、テリー。きみには沈思黙考の精神がないようだな。ぼくは〝もし〟としか言っていないよ。落ち着いて考えてくれないか。もし屋根裏へのドアが実際は開いたままだったなら、きみは屋根裏部屋から侵入し、エヴァが居間で待っているあいだにカレンを殺害し、屋根裏部屋を通って脱出し、そのあとで、寝室側から閂をかけるために、正面玄関からあらためて家にはいることも可能だったんだよ」

「でも、なんのために？」

「ああ、それはきわめて単純なことだよ。エヴァに濡れ衣を着せるためだ。エヴァだけに犯行が可能だったように見せかけるためさ」

「はあ？」テリーはあざけりの声をあげた。「頭のねじがはずれたのか、クイーン。閂がかかってたようにおれが見せかけたなら、なんでいきなり気が変わって、閂をまたはずして、エヴァを助けたりするんだ」

「そうよ」あえぐようにエヴァが言った。「それじゃ筋が通らないのよ、クイーンさん」

「理由はわからない。ううん、これは陳腐きわまりない話か……。そう、一度罠にはめた相手をきみが救うことにしたのは、この世で最も単純な理由かもしれない。幼稚な物語でよくある展開だよ。《シズリング・ロマンス》誌に載っているみたいなね。ひと目惚れむらむら。一瞬にして燃えあがった情熱。きみはエヴァに恋い焦がれた。ひと目惚れというやつさ。ウェイ！　この呪わしいワインをもう一杯ついでもらえないか」

　エヴァは頰をさくらんぼ色に染めて、フォークをぎこちなく動かした。ひと目惚れなんて！　とても信じられなかった……。自己満足の塊みたいな人なのに。大柄で、力強く、物おじせず、自信たっぷり。テリー・リングがだれかにひと目惚れするとは思えない。ありえないことだ。泰然として、注意深く、警戒心が強い男。確たる根拠がなければ行動しない男……。エヴァが横目で見ると、驚いたことに、テリーは憤然と皿をにらみつけて荒々しく箸(はし)を操りながらも、その小さく繊細な褐色の耳の端が、選挙の夜に打ちあげられる花火のように赤く燃えていた。

「わかるだろう」エラリーはグラスを置いた。「それがすべての理由だ」

「もう言うな」テリーはとげとげしい声で言った。「おれはあの女を殺しちゃいない。門はたしかにかかってた。そして、おれはどんな女にも惚(ほ)れたりしない。わかったか」

「そんなにむきになって否定するなよ」エラリーは立ちあがって言った。「若い女性に失礼じゃないか。ちょっと席をはずすよ。ウェイ、もしあれば電話を使わせてくれないか」

ウェイは手ぶりで示し、エラリーはアーチをくぐって、この店の付属棟へのんびり歩いていった。残されたふたりは無言で食事をつづけた。テリーは中国式に勢いよく、エヴァは上品に集中して。黒い帽子をかぶった年配の中国人三人がそんなふたりを遠くからながめていて、突然、口々に何やらしゃべりはじめた。テリーは広東語が少しわかるので、それを聞いて耳がますます燃えあがるように感じた。三人はこんなことを話しているようだった――褐色の白人男が怒りだしたのは可憐(かれん)な花が男につれない態度をとったからにちがいない、耐えがたい女に耐えるくらいなら〝千斬りの刑〟に耐えるほうがましだ、と。

「ねえ」唐突にエヴァが口を開いた。「ふたりきりになるのは、はじめてね。つまり――月曜以来ってことだけど」

「そのライスをとってくれ」テリーは炒麺を口へ押しこみながら言った。

「まだ、ちゃんとお礼を言ってなかったけど、テリー、ほんとうにありがとう。クイーンさんが言ったことは気にしないで。ふざけてただけよ。わたしだって、そんなの、ばかげてるって――」

「何がばかげてるんだ」テリーは尋ね、箸を置いた。

エヴァはまた頬を赤らめた。「ひと目惚れとかなんとかのこと。どうして助けてくれたかはわかってる。わたしを憐れんで――」

テリーは唾を飲んだ。「聞いてくれ、嬢ちゃん。やつが言ったとおりだよ」エヴァの手をつかむ。「おれは生まれてはじめて女に惚れたんだ！　これまでずっと、女はおれにとっちゃ毒だった。でも、あんたにはすっかりまいっちまったよ。いまじゃ眠ることも何もできない。あんたがずっと目に浮かんだままなんだ！」

「テリー！」エヴァは手をすばやく引いて、あたりを見まわした。例の三人の中国人がかぶりを振っている。あの白人がやることは謎だらけだ、と。

「あんたみたいな女に自分が惚れるなんて、思ってもみなかったよ。これまでおれは、でかい子が好みだったんだ。つまり――なんていうか――出るとこがたっぷり出てる子がさ。あんたはがりがりに痩せてるし――」

「そんなことない」エヴァは叫んだ。「体重だって――」

「そうだな、がりがりってのは言い方が悪かった」テリーは非を認めて言い、エヴァを見やった。「でも、もっと肉をつけたほうがいい。それからその鼻。高々としてきれいだ――そう言いたかったんだ。マーナ・ロイ（当時のハリウッド女優）みたいだって。それに、そのえくぼ」テリーは眉を寄せた。「おれはえくぼに弱いんだ！」

エヴァは吹き出しそうになり、それから泣きそうになった。この数日というもの、思いがけないことが立てつづけに起こった。テリー・リング。大男で、品がなくて……。エヴァはとたんに自分を恥じた。そんなふうに思うのはよくない。テリーはまちがいなく生き生きとして、いっしょにいるとわくわくする。つぎに何をしでかすか、何を言いだすか、予想もつかない。もしいっしょに暮らしたら……。だが、そこで想像するのをやめた。ばかげてる。この人の何を知ってるっていうの？　そもそも、自分は別の人と婚約してるのに！

「自分が間抜けか、惚れっぽいメキシコ野郎みたいなのはわかってるさ」テリーはぼそりと言った。「学もないし、知ってるのは街を飛びまわってるうちに教わったことだけで、礼儀作法も何もあったもんじゃない。自分より何マイルも上の世界で暮らしてる女に惚れるなんて、とんでもないめぐり合わせだと思うさ」

「そんなことを言うあなたは好きになれない。品がないとか、学がないとか、育ちがどうとか、どうだっていいのよ」そしてエヴァは苦々しく付け足した。「カレン・リースのおかげで、それがよくわかった」

「そういうことじゃないんだ」テリーは苛立たしげに言った。「おれはだいじょうぶだ。うまくやってるさ。キャビアにどのスプーンを使うのかだって、覚えようと思えば——そう、もっとむずかしいことだって覚えてきたんだ」

「でしょうね」エヴァは小声で言った。

「あんたを釣りあげたあのもったいぶった野郎は、おれにない何を持ってるって言うんだ？　あんたを見捨てたんだぞ！　肝っ玉のかけらもない。腑抜けの腰抜け野郎——それがあいつさ！」

「お願い、テリー」エヴァは懸命に言った。「ディックのことをそんなふうに言わないで」

「そうか、やつはまともな家族も持ってたな。おれは——おれのほうは、七歳のころにパン屋からロールパンをくすねて波止場で眠ってたよ。ああ、やつはどっかのお高い大学に行って、医学博士になって、いまじゃ金も持ってるし、なんでもご存じだし、パーク・アベニューで自分を追っかけてくるあほうどもにも事欠かなくて――」

「もうやめて、テリー」エヴァは冷ややかに言った。

「ああ、そうだな、嬢ちゃん、忘れてくれ」テリーは両の目をこすった。「ばかなことを言っちまったみたいだ。忘れてくれ」

エヴァは急に微笑んだ。「喧嘩（けんか）したくないの、テリー。あなたはずっと親切にしてくれた……だれよりも」テリーの腕にふれる。「それはぜったいに忘れない」

「ごめん」ファンが来てテリーに耳打ちした。「テイー、来て」

「はあ？　あとにしろ、ファン。いま取りこみ中だ」

しかし、ファンは食いさがった。「来て、テイー。来て」

テリーはファンから顔をそらし、また顔をあげた。それから、ネクタイの結び目をいじりながら立ちあがる。「ちょっと行ってくるよ、エヴァ。どうせだれかから電話だろう」

テリーはその中国人についていき、エヴァはふたりがアーチをくぐって隣の部屋へ消えていくのを見送った。

コンパクトを出そうとハンドバッグをあけたところで、エヴァは不思議に思った。なぜエラリー・クイーンはテリー・リングと話をするために、わざわざこんな手のこんだことをしたのだろう。一瞬、周囲の世界が縮まり、またひとりきりになったような気がした。

ゆっくりと口紅をまわして出し、コンパクトの内蓋（うちぶた）を持ちあげた。鏡には、アーチのすぐ先で熱心に話し合う男ふたりが映っている。テリーの顔は心配そうだ。それから、エラリーがテリーに何か小さなものを渡し、テリーがそれをポケットにしまうのが見えた。

謎。新しい謎だ。口紅を軽くあてた――上唇に二度、下唇の真ん中に一度。小指で塗りひろげ、唇の曲線に沿って形を整えながら、エヴァは心臓を締めつけられる思いで、こんなことがいつ終わるのかと考えた。口紅をしまい、白粉（おしろい）をはたいてから、テリー・リングが絶賛していた鼻を鏡で見た。それから試しに――もちろん、すばやくこっそりと、少しの後ろめたさを感じながら――口の左側にえくぼを浮かべた。

帰ってきたふたりは、深刻さを笑顔で隠そうとして隠しきれていなかった。信じられないことにテリーが勘定をして、一ドル札一枚と硬貨数枚を支払い、五十セント玉を指ではじいてウェイに飛ばすと、ウェイは巧みに受け止めた。それからテリーはエヴァの腕をとり、ぎこちないものの力強く肘（ひじ）をつかんで、ペル・ストリートへと出ていった。

エラリー・クイーン氏はそのあとを追いながら、大きく息を吐いた。

19

金曜の朝、テリーが両腕をエヴァの体にまわしてえくぼにキスをしようとしたまさにその瞬間、二番街のアパートメントに毎日掃除と食事の用意のために来ている老未亡人、ラビノウィッツ夫人がテリーを叩き起こした。

「ふあ？　なんだ？」テリーはぼそぼそ言いながらベッドの上で体を起こした。

「お電話ですよ」ラビノウィッツ夫人はテリーの褐色の肩を強く揺すった。「起きなさいよ、寝坊助。恥ずかしくないの、すっ裸で寝るなんて」

「わかった、わかった。出てってくれ、グウェンドリン」テリーはうなり、布団を払いのけようとした。

ラビノウィッツ夫人は悲鳴をあげたが、それからくすくす笑いだし、急いで部屋から退散した。テリーはローブを羽織り、悪態をついた。朝の七時に電話をかけてくるようなやつは首を斬り落とされればいい。ところが、受話器を持ちあげるとしかめ面は一瞬で消え、すっかり平静な顔つきになった。

「ああ、あんたか。ちょっと待ってくれ」居間のドアまで駆けていって閉める。「いいぞ。どんな悪い知らせだ」

「もう気を抜いてもかまわないよ、テリー」エラリーが言った。「見つかったんだ」

「ああ、ああ」テリーは言った。しばらくして訊き返す。「どういう意味だ」

「おい、いいか」エラリーは言った。「きみの言いわけを聞き流すために朝の六時半に起きたわけじゃないぞ。わかっているんだろ。エスター・リース・マクルーアが見つかった。もし、ぼくの予想どおりきみが興味を持っているなら、いますぐズボンを穿いたほうがいい」

「フィラデルフィアでか？」

「じゃあ、やっぱり知っていたんだな。そうだ。ゆうべ遅くに知らせが来た」

テリーは電話機を見つめた。「ほかには？」

「わかっているのは、いまのところそれだけだ。父はヴェリー部長刑事を十時の列車でそこへ行かせるつもりだよ。急げばこっちが――少しだけ先まわりできるかもしれない」

「なんのために？」

「わからない。いっしょに来るか」

「エヴァは知ってるのか」

「まだだ。マクルーア博士もね。こっそり博士だけ呼び出して、いっしょに来てもらってもいいかもな」

「どこで落ち合う」

「マクルーア家のアパートメントにしよう。三十分で来られるかな」

「二十分で行く」

テリーは浴室に駆けこんで、シャワーを浴びた。ひげ剃りは省いた。着替えをすませ、八分後には玄関にいた。しかし、そこでふと眉をひそめて立ち止まり、寝室へ引き返すと、飾り棚の抽斗から三八口径の拳銃を取り出してコートのポケットに滑りこませ、ラビノウィッツ夫人の三重顎を軽く叩いてから部屋を飛び出した。

マクルーア博士がトマトジュースを飲もうとしたとき、家の電話が鳴った。口をつけずにグラスを置く。

ヴェニーシャが呼んだ。「ジョン博士にですよ。クイーンさんとおっしゃる男のかた。下にいらしてます」

博士は受話器へ飛んでいった。話を聞いているうちに、顔が少しずつ曇っていく。

「わかった」何度かうなずく。「いや、エヴァは寝ている。すぐ下に行くよ」

博士はエヴァの寝室のドアまで行って耳を澄ました。しかし、エヴァは眠ってはいなかった。すすり泣きが聞こえる。ノックをすると泣き声がやんだ。

「どうぞ」くぐもった声が答えた。

博士が部屋にはいると、エヴァはベッドの上でドアに背を向けていた。「少しばかり出かけてこなくてはいかん。研究所へな……。どうかしたのか」

「なんでもありません」エヴァは答えた。「ただ、あまり——よく眠れなくて」

「ディックのことか」

返事はなかった。肩が上下しているのが見える。キスをしようとエヴァのほうへ体をかがめながら、マクルーア博士は憂い顔で、スコット医師が昨夜はすっかり沈黙して姿を見せなかったことを思い出した。なぜ現れなかったのかはよくわかっていた。そして、もう二度と来なくてもおかしくないとも思った。若いスコット医師にはいまの状況がいささか耐えがたくなったのだろう。スコットがほしいのは婚約者であって被害者ではなく、将来の妻であって将来の見出しではない。

博士はエヴァのほつれた髪をなでた。書き物机の上に、閉じた封筒に載ったダイヤモンドの指輪が見えた……。

万が一クイーン警視から電話がかかったときのことを考え、あいまいな伝言をヴェニーシャに残して、博士はエレベーターで玄関のロビーへおりた。三人の男たちは握手もせず、ことばも交わさなかった。テリーの待たせていたタクシーに全員が乗りこむと、運転手が尋ねた。「ペンシルヴェニア駅でしたね」

八時発の列車を十分の差で逃し、つぎの列車まで五十分待つことになった。時間をつぶすために駅のレストランで朝食をとった。みな無言だった。マクルーア博士は無表情で、皿から顔をあげなかった。

列車に乗ったあと、博士はずっと窓の外を見ていた。その横でエラリーは座席に背を預け、目を閉じていた。テリー・リングは向かいの席で、新聞三紙と後方の喫煙車のあいだを行き来していた。

十時四十五分に列車がノース・フィラデルフィア駅を出ると、テリーが帽子に手を伸ばして「行くぞ」と言った。博士が立ちあがり、エラリーが目をあけ、三人は一列で乗降口へ向かった。ウェスト・フィラデルフィア駅でおり、停まっていたブロード・ストリートのシャトルバスへ向かった。乗りこもうとしたところでエラリーが立ち止まった。

「彼女はずっとどこにいたんだ、テリー」

テリーはしぶしぶ答えた。「ウェスト・フィラデルフィアだ」

マクルーア博士が目を険しくした。「知っていたのか！」

「もちろん知ってましたよ、博士。ずっと前から」テリーは小声で言った。「でも、どうしろって言うんですか。おれに何ができた？」

そのあと、マクルーア博士は褐色の男をずっと横目で見つづけていた——市街を進むあいだも、タクシーを拾うときも、テリーが運転手に行き先を告げるときも。

「なんでそっちへ先に行くんだ」テリーは座席にもたれて尋ねた。

「時間はたっぷりあるさ」エラリーはささやいた。

細く曲がりくねった薄汚い通りにある赤黒い煉瓦の建物の前でタクシーは停まった。表の看板には〝貸部屋〟とある。三人はタクシーをおり、安物のカーテンのさがった窓を博士がもどかしそうに見あげる横で、エラリーは運転手に「ここで待っていてくれ」と伝えた。それから三人は段差のあるみすぼらしい玄関ポーチへあがった。

白髪交じりの薄い髪をした女が不機嫌な顔でドアをあけた。「つぎからつぎへと、いいかげんにしてくれないかね。さあ、早くはいって、さっさとすませてくれ」

女は荒い息をつきながら、三人を連れて二階へのぼり、茶色いニスの塗られたそっくり同じ五つのドアのひとつへ案内した。女は長い鉄の鍵でドアをあけ、垂れた腰に両手をあててその場で待った。「部屋はそのままにしとけって言われてるよ」憎々しげに言う。「なんでか知らんけどね。だからそのままだよ。きのう、つぎの人に部屋を貸せるはずだったのに、まったく」

そこは陰気な薄汚れた小部屋で、ベッドのマットレスは中央がへこみ、鏡台は脚がひとつ壊れて手前にだらしなく傾いていた。ベッドは乱れたままで、毛布がまるめられている。床には一足の黒いパンプスが置かれ、片方のヒールと靴底には奇妙な形にあげ底がしてあった。貧弱な揺り椅子には、灰色のウールのワンピース、絹のストッキング、スリップが掛かっている。

マクルーア博士が鏡台に歩み寄り、そこにあるインク瓶とペンに手をふれた。それから振り返って視線を動かし、ベッド、揺り椅子、床の靴、ベッドの上に張り出した金色のガスの火口、窓を覆う壊れたブラインドへと目をやっていく。

「警察のかたは、いまちょっと外に出てますよ」静寂に気圧されたのか、女は少し態度を和らげて言った。「お待ちになるんなら――」

「いや、いいよ」エラリーがさえぎって言った。「行きましょう、博士。ここからわかることは何もありません」

エラリーは博士の腕をとり、盲人を導くようにその手を引いていかなくてはならなかった。

タクシーで警察本部まで行き、三十分に及ぶ不快で無意味な質問を浴びたあと、ようやくエラリーのさがしていた担当者と会うことができた。

「エスター・リース・マクルーアと対面したいんですが」エラリーは言った。

「だれだね、あんたら」大きな鼻と黒ずんだ歯を持つその男は、三人を順繰りに胡散くさそうにながめた。

エラリーは男に名刺を渡した。

「あんたらのどれかがニューヨーク市警のヴェリー部長刑事かね?」

「いや、でも問題ありません。ぼくはクイーン警視の息子で――」

「あんたがクイーン警視本人だとしても、知ったことじゃない。わたしはヴェリー部長刑事以外のだれにも何も教えるなと命じられているんだ。その人は失踪人課の者とここに来ることになっている」

「わかりますが、ぼくたちがニューヨークから来たのは、ただ――」

「だめだ、何も言えない」大きな鼻の男はにべもなく言った。「命令だからな」

「おい」テリーが口を開いた。「ここにいるジミー・オデルなら知ってる。さがしてくるよ、クイーン。そうすれば――」

「おや、見た顔だ」男は目を凝らした。「ニューヨークの私立探偵だな。行っても無駄だよ。オデルも同じ命令を受けてるから」

マクルーア博士は硬い声で言った。「頼むよ、もう出よう。ここで押し問答をしたって――」

「でも、ぼくたちがエスターに会えないはずがない」エラリーは食いさがった。「身元確認のためですよ。こちらはニューヨークのジョン・マクルーア博士です。エスターの顔が確実にわかるのはこの人だけなんです」

男は頭を掻(か)いた。「まあ、そういうことならいいだろう。それについては何も言われてないから」

男がペンをとって何やら書きこんだ通行証は、フィラデルフィア市遺体安置所のものだった。

三人は霊安室で石の安置台を囲んで静かに立っていた。係員は無関心な様子で近くをぶらついている。死体に慣れたマクルーア博士は、死に直面しても動じていないようだった。むくんで青黒くなった顔も、硬直した首の筋肉も、ひろがった鼻孔も、この男には見えていないとエラリーは察した。博士の目に映っているのは、整った顔立ち、金色の長い睫毛(まつげ)、いまなお美しい髪、ゆるやかな曲線を描く頬、小さな耳だった。何度も見返しながら、驚きの表情をやつれた顔に浮かべるさまは、奇跡が訪れて死者の復活を目にしているかのようだった。

「博士」エラリーはそっと声をかけた。「エスター・リース・マクルーアですか」

「ああ。ああ。わたしの愛した人だ」

テリーは顔をそらし、エラリーは咳払(せきばら)いをした。最後のひとことはつぶやきに近かったので、周囲に聞こえたと思っていないらしい、とエラリーは悟った。そのことばはエラリーのいだく礼儀作法の観念をおびやかした。はしたないというほどでもないが、あまりにも――そう、生々しい。これまでこの男のことをほんとうには理解していなかったのだと急に思い至った。

テリーのとまどった視線に気づき、エラリーは遠くのドアを顎で示した。

三人が鉄のゲートを抜けてペンシルヴェニア駅の下の階にある待合室にはいると、驚いたことに、エヴァがベンチに腰かけて時計を見つめていた。時計は二時を指している。改札口で待っていたわけではないので、実際には時計など見ていたはずがないとエラリーは確信した。三人は歩み寄ってエヴァの肩を揺すってやらなくてはならなかった。

「まあ」エヴァは声をあげ、すわったまま両手を組み合わせた。

マクルーア博士がエヴァにキスをして隣に腰をおろし、黒い手袋をはめたエヴァの手をとった。若いふたりは何も言わなかったが、テリーは気まずそうに煙草に火をつけた。エヴァは黒ずくめのいでたちだった――黒い服、黒い帽子、黒い手袋。

知っているのだ。

「クイーン警視から聞いたの」エヴァはそっけなく言った。白粉で隠されているが、目のまわりが腫れている。

「エスターは死んだよ、エヴァ」博士は言った。「死んだ」

「ええ、お父さん。お気の毒に、つらいでしょう」

エラリーは近くの新聞売場へゆっくり歩いていき、そこにいる身なりの整った白髪交じりの小柄な男に話しかけた。「どういうつもりなんだ」

「知られずにすむとはおまえも思っていなかったはずだ」クイーン警視は静かに言った。「マクルーアの娘とテリーには月曜から尾行をつけていた。けさフィラデルフィアへ行くことも、おまえたちが列車に乗る前からわかっていたさ」

エラリーは気色ばんだ。「少しでも父さんの体面が保たれるなら言うけど、こっちは何も見つけられなかったよ」

「それも知っている。いっしょに来い」

エラリーはやるせなく腹立たしい気分で父親についていった。謎はきらいだ。以前からずっときらいだった。謎は知性の均衡を乱す。だからこそ、これまでずっと自分は犯罪の解決に関心を持ってきた……。ここにはあまりにも多くの謎がひしめいている。整理されるどころか、何もかもが複雑に積み重なっている。明らかになったことはほとんどない。マクルーア博士はエスター・リース・マクルーアが生きて見つかることを待ち望んでいたが、胸に秘めていた最後の希望もエスターの死の報でついえた。

テリー・リングの場合は、予想どおりのこと――エスター・リース・マクルーアがみずからの手で命を絶ったこと――がわかっただけだった。テリーはエスターの自殺を前から知っていた。しかも、それを長く明かさずにいた理由すらエラリーには見当がついていた。とはいえ、それだけではまだじゅうぶんではない。まだじゅうぶんでは……。

「これでようやくまともな話ができます」警視はベンチの前で立ち止まって言った。「真実が明らかになったんですから」

「恐ろしい真実がな」マクルーア博士は微笑んだ。恐ろしい笑顔だった。

「お悔やみ申しあげます、マクルーア博士。大変な打撃を受けていらっしゃるはずだ」警視は腰をおろし、嗅ぎ煙草をひとつまみ手にとった。「けさ、身元の確認をなさいましたか」

「エスターだ。顔を見るのは十七年ぶりだが、あれはエスターだった。エスターのことならわかる――どんな状態だろうと」

「その点に疑いがあるとは考えていません。やあ、テリー。発見当初、フィラデルフィア市警は遺体の身元を特定できなかったんだよ。月曜の夜に、青酸カリ中毒で死亡しているのが確認されたときは――」

「月曜の夜」エヴァはかすかな声で繰り返した。

「――身元を直接示す手がかりは見つかりませんでした。下宿のおかみには偽の名前と住所を伝えていたからです。警察はその名前と住所の知り合いをさがしましたが、すぐにどちらもでたらめなのがわかりました。地元の――フィラデルフィアの――通りの名を伝えていたんですが、そんな名前の通りはそもそも存在しなくてね」

「月曜の夜、何時ごろだろう」エラリーが眉間に皺を寄せて言った。「フィラデルフィアの連中の忌々しい官僚主義のせいで、情報がまったく入手できなかったんだ」

「零時を過ぎていた。下宿のおかみが不審に思ったか何かで――詳細はよく知らない。その後、ニューヨーク市警がエスターの特徴を公開すると――白人、金髪、四十七歳前後、身長五フィート七ないし八インチ、体重百三十から百四十ポンド、右足が不自由といったところだが――連中はようやく遺体安置所の記録と照合して、こちらの情報とその自殺した下宿人が結びついたというわけだ。ゆうべ遅く、連絡が来た」警視は深く息をついた。「うちのヴェリーに命じて、いまフィラデルフィア市警まで遺書の原本を取りにいかせています」

「遺書だと！」マクルーア博士が叫んだ。

エラリーは背筋を伸ばした。「どんな遺書かな」

「布団の下で、手に持った紙が皺くちゃになっているのが見つかったそうだ」

「遺書を書いたって？」テリーが疑り深そうにつぶやいた。エラリーの耳だけに聞こえた。

クイーン警視は当惑気味に口ひげをなでた。「ミス・マクルーア、なんと申しあげたらいいか。どれほどおつらいか、よくわかります」エヴァがゆっくりと振り返る。「すべての悪い物事はよい面も具えています。この場合のよい面とは——あなたにとっては——カレン・リース殺害事件が解決したことです」

マクルーア博士がベンチから跳ねあがった。「カレン・リース殺害事件が——」

「お気の毒です、博士。自殺する前に記した遺書で、エスター・マクルーアは妹を殺害したことを告白しています」

「そんなの信じない！」エヴァが叫んだ。

警視は折りたたまれた紙をポケットから出してひろげた。「昨夜、電話で遺書の内容を聞いてこちらで記録しました。ご覧になりますか」

エヴァが手を出してひったくった。その指が徐々に力を失ってゆるむと、マクルーア博士が娘の手から紙を抜きとった。ふたりは顔色を失って黙したまま、いっしょに読んだ。それから博士はエラリーに力なく紙を渡した。

テリー・リングはエラリーの肩越しに遺書をじっと見た。

警察本部の用紙と、クイーン警視の秘書による機械的に整った文字によってすら、もとの書き手の深い心労と後悔の一端が感じとれた。

わたしを見つけてくださったかたへ

ひとことも残さずにこの世を去ることはできません。

これまでずっと、わたしはわたし自身の裁判官でした。そしていまは、わたし自身の死刑執行人です。わたしはひとつの命を奪いました。だから、わたし自身の命も奪います。

大切な娘へ。どうか許してください。どうか信じてください。あなたはわたしにひそやかな幸せを与えてくれました。それはわたしがあなたに与えた以上のものでした。あなたの母は怪物です。さいわい、その怪物にも、恥ずべき秘密をあなたから隠し抜く人間らしさがありました。わが最愛の娘に、どうか神さまの祝福がありますように。

大切なジョン、わたしはあなたの人生を穢しました。その昔、あなたがわたしを愛していたことはわかっていました。そしていまはわたしの妹を愛することとなり、運命の稲妻がふたたびわたしたちを襲ったのです。そのことを予想はしていましたが、なす術がありませんでした。だからわたしは、怪物なりに絶望しつつ、自分のすべきことをいたしました。あのとき、あなたが離れずにいてくれたら！　あのとき、あなたが妹を連れていってくれたら！　というのも、あなたは妹の命を救えたかもしれない世界でただひとりの人間なのですから。だけど、あなたが去ってしまったとき、わたしたちの残酷な運命を守る最後の砦も、最後の希望も、いっしょに去ってしまいました。

どうか神さまが、わたしたちふたりの魂を——妹とわたしの魂を——憐れんでくださいますように。さようなら、ジョン。わたしのかわいい娘をどうぞよろしくお願いします。

わたしを見つけてくださったかたへ。この紙をわたしといっしょに埋めてください。


テリーが腕をつかんできたのにエラリーは気づいた。「ちょっと来てくれ」ふたりでその場を離れる。「おい」テリーは乱暴に言った。「どうも変だぞ！」

「というと？」

「エスターがあれを書いたのはまちがいない。だが、妹を殺してなんかいない！」

「なぜわかるんだ」エラリーは遺書を読み返した。

「わかるものはわかる！　とにかくエスターがやれたはずがない。もしエスターが殺したなら、どうやってカレンの寝室を出たんだ。仮にフィラデルフィアからもどってカレンを殺し、それからウェスト・フィラデルフィアのあの下宿屋へもどって毒を飲んだとしてもだ」

「しかし」エラリーは静かに言った。「だれかがカレン・リースを殺害した。つまり、だれかがあの部屋から出たわけだ。そのだれかがエスターじゃなかったと、なぜ言える？」

テリーはエラリーをにらみつけた。「あんたはどっちの味方なんだよ。あんたの親父は事件が解決したと思ってる。あんた、あの閂のかかったドアのことを親父にばらすつもりなのか」

エラリーは答えず、遺書をはじめから終わりまであらためて読み返していた。テリーは計算ずくの冷ややかさを見せながらエラリーをにらみつづけていた。

そこに警視が背後から声をかけた。「そこの変人ふたり、何をしゃべっている」

「ああ、この遺書について話し合っていたんだよ」エラリーはとっさに答えた。その紙をポケットに滑りこませる。

「おかしな話だ」警視は思案するように言った。「これまでずっとカレンにされるがままで、九年間も囚人のように監禁されていたのに、突然凶悪な行動に走るとはな。なぜこんなにも長く待っていたのか。完全に正気を失ってしまったんだろうか」

「そうでしょうよ」テリーが言った。「何かのきっかけで切れちまったわけだ。そうでしょうよ、ご老体」

「ところで」警視は眉をひそめて言った。「この事件のことをずっと考えてきたんだがね。奇妙なことがあるんだ。あのキヌメという日本人が便箋を一階からカレン・リースのもとへわざわざ届けたのはなぜだろうか。カレンは屋根裏へ行けばよかったはずだ――原稿用紙ならそこに山ほどあるんだから」

褐色の男が、固まっていく漆喰のように顔をこわばらせた。しかし、笑いながら軽快に言う。「おかしなことに頭を使うのはご老体にまかせますよ。どうだっていいでしょう、そんなこと。意外な犯人が見つかった――それでじゅうぶんじゃないですか」

「どうかな」警視はとまどった様子で言った。「前から気になっていたのを思い出したところでね……。まあ、調べるのは簡単だな。キヌメに尋ねよう」

「父さん――」エラリーが口を開きかけた。

だが、警視はすでにベンチへ引き返していた。テリーがすばやく言った。「おれは行く」

「どこへ?」

「カレン・リースの家だ。先にあの日本人に会う。行かせてくれ」

「そんなことはやめたほうがいい」エラリーは言った。「テリー、ばかな真似はよせ。藪をつついて蛇を出すのが落ちだ」

「行かせてくれって!」

「だめだ」ふたりはにらみ合った。

「おまえたち、どうかしたのか」警視が尋ねた。ふたりが振り返ると、警視、エヴァ、マクルーア博士の三人が並んでいた。

「あんたのばか息子の鼻を殴りつけてやりたいよ」テリーは冷然と言ったが、エラリーには渋面を見せつけた。「こいつ、おれに向かって――」

「いいかげんにしろ」警視はいらついた声で言った。「おまえたちには、まったくうんざりだ。行くぞ、エラリー。博士とエヴァもいっしょだ」

「行かないと言うんだ、エヴァ」とっさにテリーは行く手をさえぎった。「きょうはもういいじゃないか。家に帰ってゆっくり――」

「だめよ」エヴァは悲しげに言った。「とりにいきたいの――わたしのお母さんのものを」

「あすでもいいだろ」

「リングくん」マクルーア博士が言った。

「でも――」

「お願い、通して」エヴァは冷たく言った。

テリーは腕をおろし、肩をすくめた。

20

白人の女中オマラがワシントン・スクエアの家で一同を迎えた。いつもどおりの不機嫌な表情で、愚鈍な目は荒々しさを帯びている。

「で、いつまでここにいなくちゃいけないんですか」オマラは警視をにらんできびしく言った。「あたしをここに閉じこめとく権利なんて、そっちはないでしょ。彼氏から聞いたんだから――弁護士のところで働いてる人よ。それに、だれがあたしのお給金を払ってくれるんですか――え？　ちゃんと答えて！」

「口のきき方には気をつけたほうがいい」警視がやんわりと言った。「たいして長くはかからんよ。きみが行儀よくしていればな」

「給料はわたしがお支払いします」マクルーア博士が言った。

「あら、ならいいんですよ」オマラはすかさず言い、博士に笑顔を向けた。

「キヌメはどこだ」警視は尋ねた。

「そのへんにいるでしょ」

みなが無言で二階へあがると、居間のソファーでリッター刑事が居眠りをしていた。

「あの日本人の女はどこにいる、リッター」

「はあ？　いや、自分は見ておりません、警視」

「なら、さがしてこい」

リッターはあくびをしながら居間を出ていき、エヴァはためらいがちに寝室へ近づいた。警視がやさしく声をかけた。「かまいませんよ、ミス・マクルーア。お望みなら上へもどうぞ」

「おれもついてく」テリーが言った。

「ひとりで行きたいの、テリー」エヴァは屋根裏への階段に通じるドアの奥に消えた。足音がゆっくりと、だがたしかな歩みで階段をあがっていくのが聞こえた。

「かわいそうに」警視が言った。「あの娘はつらいでしょうね、博士。もしわれわれにできることがあれば――」

マクルーア博士は窓辺へ歩み寄り、庭園を見やった。「警視さん。エスターの遺体の扱いは今後どうなりますか」

「法律上は、これ以上のことは求められませんよ、博士」

「葬儀をしてやりたいんです。エスターの」そこでことばを切った。「それから、もちろんカレンのも」

「わかりました……。ああ、はいってくれ、キヌメ」

日本人の女はドアロに怯（おび）えた様子で立ち、吊（つ）りあがった目は不安げに輝いていた。

背後にリッター刑事の大きな体が現れ、退路をふさいだ。

「ちょっと失礼、警視」マクルーア博士が振り返ってキヌメのもとへ歩いていき、皺だらけの黄色い手をとった。「キヌメ」

キヌメはぼそぼそとつぶやいた。「こんちは、マクルー先生」

「カレンのことはもう全部わかっているんだ、キヌメ」博士は穏やかに言った。「それに、エスターのことも」

キヌメは怯えた顔で博士を見あげた。「エスター死にます。エスターずっと昔に、大きな水のなか死にます」

「いや、キヌメ。そうじゃないことは知っているはずだ。エスターが上の小部屋で暮らしていたことを知っているね。嘘をついても何もよいことにはならないよ、キヌメ」

「エスター死にます」キヌメは強情に繰り返した。

「そうだ、キヌメ。エスターは死んだ。しかし、それはほんの数日前のことだ。警察の人たちが、ここから遠くない別の町で遺体を見つけたんだ。わかるかい」

一瞬、キヌメは恐怖におののいて博士を見あげ、それから激しく泣きはじめた。

「もう、だれかのために嘘をつく必要はないんだよ、キヌメ」博士は小声でそう言い聞かせた。キヌメは泣きやまない。「残っているのはエヴァだ、キヌメ。エヴァだけ。わかるかい、キヌメ。エヴァだけなんだ」

だが老いた女中は悲しみに深く沈み、西洋流の遠まわしなことばの機微を察することができなかった。ただ声をあげて泣くばかりだ。「お嬢さま死ぬ。いまエスター死ぬ。キヌメどうなります」

テリーがエラリーにささやいた。「だめだな。話が通じない」

警視が賛同の表情を示した。それを見たマクルーア博士がキヌメをソファーへ連れていって、すわらせると、キヌメは悲しげに体を前後に揺らしはじめた。

「自分がどうなるかを心配しなくてもいいんだ、キヌメ」博士は辛抱強く言い聞かせた。「エヴァの世話をしてくれるか」

涙をこぼしながら、キヌメは唐突にうなずいた。「キヌメ、エヴァのお母さまお世話します。こんどキヌメ、エヴァお世話します」

「エヴァを守ってやってくれるね」博士はささやいた。「そう、エヴァが危ない目に遭わないように。そうだな、キヌメ」

「エヴァ大切にお世話します、マクルー博士」

博士は体を起こし、窓辺にもどった。全力を尽くしていた。

「キヌメ」エラリーが声をかけた。「エスターが生きてこの家にいることをだれにも話すなときみに言ったのはカレンだね」

「お嬢さま話すな言って、わたし話しません。いまお嬢さま死にます。エスターも」

「きみのご主人を殺したのがだれなのか知っているか、キヌメ」警視がそっと尋ねた。

キヌメは涙のあとが残る顔を怪訝(けげん)そうにあげた。「殺す？　だれがお嬢さま殺す？」

「エスターだ」

キヌメは口をかすかにあけて、ひとりひとりの顔を順に見ていった。いまのことばを受け止めきれていないらしい。また泣きはじめた。

ドア口でエヴァが弱々しく言った。「どうしても——どうしても上の部屋のものに手をふれられないの。あまりにも——ひっそりしてて。わたし、どうかしたのかしら」

「こっちへ来いよ、嬢ちゃん」テリーが言いかけた。「何も——」

だが、エヴァは落ち着いた足どりでキヌメに歩み寄り、隣に腰をおろして、泣いているキヌメを抱きしめた。「心配しなくていいのよ、キヌメ。わたしたちが面倒を見るから」

「いいかね」警視が言って、キヌメの逆側の隣に腰かけた。「月曜の午後のことを覚えているかな、キヌメ。カレンがきみに、下の階から物を書く紙を持ってくるよう言ったときのことだ。覚えているか」

白髪交じりの頭がうなずいた。顔はエヴァの胸に隠れて見えない。

「なぜカレンが紙を取りにいかせたのか、理由はわかるだろうか。紙なら屋根裏部屋に山ほどあるのを、カレンは知っていたはずだ。思い出せるかな、キヌメ。カレンは何か言っていたのか」

キヌメは体を起こし、顔を見せた。表情がなく、年を重ねてやつれた顔だ。三人の男たちは立ったまま息を殺していた。すべてはキヌメにかかっている。すべては……。

「お嬢さま、エスターの部屋行けません」キヌメは言った。

こうなると失敗だ。すべてが無駄になった。ソファーの上でエヴァは体を硬くし、死刑宣告を待つ囚人のように両手を組み合わせて待った。

「部屋へ行けなかったというのは――」困惑した様子で警視は言い、それから口を閉じた。一同を見まわす。全員が動けずにいた。テリー・リングは――文字どおり呼吸を止めている。マクルーア博士は――まるで死人だ。エラリーは何も言わず、体をこわばらせている。そしてエヴァ・マクルーアは……すっかりあきらめている。

警視はいきなり、キヌメの腕を乱暴に揺さぶった。「カレンがエスターの部屋へ行けなかったとはどういう意味だ？　言うんだ、キヌメ！　なぜ行けなかったんだ。ドアは開いていたんだろう？」

哀れなキヌメはその質問の真に意味するところを汲みとれなかった。空中に響く声なき声――〝そうだ、開いていたと言うんだ。開いていたと言うんだ〟――はキヌメには届かなかった。体をかすかに揺すって、キヌメは口を開いた。「ドア動きませんでした。あけられません」

「どのドアだ？　教えてくれ！」

自分がどれだけ協力的かを示したいのか、キヌメは少し勢いよく立ちあがると、それからゆっくりと寝室にはいり、屋根裏部屋へ通じる開いたドアまで歩いていった。皺だらけの指先をその鏡板に押しつける。ソファーに根が生えたように立ちあがれないエヴァには、まるでその指が電気椅子のボタンにかけられているかのように見えた。こんどこそ逃れられない、とぼんやり思った。こんどこそ終わりだ。

クイーン警視はゆっくりと胸を空気で満たした。「動きませんでした？　この小さな閂が――これが動かなかったのか？」

「動かない」キヌメはうなずく。「お嬢さま、あけようとして――できない。キヌメ、あけようとして、できない。何度も何度もやって、力が弱い。お嬢さま、怒る。お嬢さま、キヌメに、下へ行って、書く紙持ってこいと言う――手紙書きたいから。キヌメ行く」

「エヴァが来る直前のことだな」

「そのあと、エヴァ来る。キヌメが書く紙持っていく、それと同じころ」

「なるほど」警視はそう言って、大きく息を吐いた。

なるほど、とエヴァは思った。とうとう警視に真実を知られた。こうなっては、母が何を書き残していようと関係なく、結局すべてが自分のもとに返ってきた。警視に見抜かれ――エヴァはまるで千の目に見つめられているように感じた。それらはかつてと同じように鋭く冷酷で、寝室のドア口からこちらをじっと観察していた。

「すると、つまるところ、きみはわたしを回転木馬に乗せて振りまわしてきたのか、お嬢さん」警視は言った。「だが、乗るのはこれが最後だ。わたしもきみも」

「聞いてくださいよ、警視」テリーが必死になって言った。「何かのまちがいが――」

「ああ、たしかにまちがい――ひどいまちがいだよ。あなたのお母さんはカレン・リースを殺害できたはずがないんだよ、ミス・マクルーア。殺害の直前、屋根裏部屋へのドアは開かなかった。だから、そのドアから出入りすることはだれにもできたはずがない――カレン・リースがそのドアから寝室にだれかを入れることもできなかったわけだ。窓には鉄格子がある――だから、窓から出入りすることもできない。そして、あなた自身の証言によると、この居間を通った人間もいない。だとしたら、お母さんはどうやって寝室にはいることができたのか？　できたはずがない。できたのはあなただけだ。あなたがカレン・リースを殺したんだ」

「何度も言ったから、もう言っても無駄でしょうけど」エヴァはかろうじて聞こえるほどの声で言った。「でも、最後にもう一度言います――いいえ。わたしはカレンを殺していません」

「いや、殺した」クイーン警視は言った。テリーにちらりと目をやる。「それから、いまになってようやく思い至ったよ、小ざかしいリング。おまえがどこに一枚嚙んでいたのかにな。犯行がおこなわれてからギルフォイルが到着するまでのあいだに、おまえがあのドアの閂をあけたんだな。ほかの女ふたりがあけられなかったなら、ミス・マクルーアにもできたはずはない——だから、おまえが閂をあけて上の階への逃走経路を作り、いもしない殺人犯がそこから逃げたように見せかけたんだ。おまえはずっと、この娘にしかカレン・リースを殺せたはずがないのを知っていたんだな！」

エヴァが言った。「お願いします。ああ、お願い。どうか——」

「何も話すな、エヴァ」テリーが早口で言った。「口を閉じてるんだ。こいつに吠えさせとけ」

「このエスターという女性について、どこで判断をまちがったのか、いまならわかる。動くな、リング！　リッター、見張っとけ。エスターは娘をかばって——その罪をかぶろうとしたんだ。エスターが真実を述べたはずがない。物理的に犯行が不可能だったんだから」

凍りついた空気のなか、電話のベルが隣室にあるカレンの書き物机で鳴った。もう一度鳴る。ついに警視が「見張ってろよ、リッター」と言い、隣室へ消えた。

「もしもし……。ああ、トマスか！　いまどこだ……。そうか、わたしをさがしていたのか。なんの用だ」警視は耳を傾け、さらにしばらく聞き入った。やがて、そのまま何も言わずに受話器を置いて、居間にもどった。

「部下のヴェリー部長刑事だったよ」ゆっくりと言う。「フィラデルフィアからもどったところらしい。いまの知らせで最後の謎も解けた。ヴェリーの話から判断すると、どうやらわたしは、エスターが犯してもいない罪について自白した動機を見誤ったらしい。解明すべき点がひとつ増えたわけだ。エスターが娘をかばったということはありえない。というのも、そのためには、カレンが死んだことを知っていなくてはならないからだ。しかし、エスターがカレンの死を知っていたはずはない。だから、遺書にあった〝妹の命を救えた〟というのは、何か別の意味だったにちがいない」

「ヴェリーは何を報告してきたんだ」エラリーがきびしい声で尋ねた。

「エスター・リース・マクルーアの死亡時刻は、遺体発見の四十八時間前だとわかった。自殺したのは先週の土曜の夜だった。そして、カレン・リースが殺害されたのはそれよりあとの月曜の午後だ。つまり、ミス・マクルーア、あなたの母親は二重にシロで――あなたは真っ黒ということだ！」

エヴァは目を見開き、荒々しい叫びをあげてソファーから跳びあがると、リッター刑事の横をすり抜けて廊下へ走りだした。階段を駆けおりる足音が響き、それから玄関のドアが勢いよく閉じる音が泣き声と混ざり合って聞こえた。そのあいだ、だれも微動だにできなかった。

「エヴァ」マクルーア博士が悲痛な声をあげ、ソファーに体を沈めた。しかし、ドア口を通り抜けようとしたところで、テリー・リングが立ちはだかった。体がぶつかり合って、リッターは床へ崩れ落ち、驚きの声をあげた。

「おれが捕まえますよ、ご老体」テリー・リングが硬く抑揚のない声で言った。クイーン警視はテリーの手にある三八口径の拳銃を見据えたまま、じっと動かなかった。床に倒れこんだリッターも動かない。「おれがエヴァを見つける。サツになりたいって、ずっと思ってたんだ」テリーはきびしい声で言い、目にも留まらぬ速さでエヴァを追って消えた。居間の側に鍵が刺さったまま、ドアがみなの目の前で閉じた。

そのとき、最も驚くべきことが起こった。だれもがキヌメの存在を忘れていたが、そのキヌメが静かにドアへ近づき――あまりに静かだったので、だれもが口を大きくあけて見守るばかりだった――鍵をまわして施錠すると、足音を立てて部屋を横切り、クイーン警視の鼻先で、居間の窓から鉄格子の隙間を通して鍵を庭へほうり投げた。

「何をする！」クイーン警視がわれに返って叫んだ。地団駄を踏みながら、ぐったり伸びたリッターの首の上でこぶしを振りまわす。「ぜったいに許さん！　間抜け！　目に物を見せてやる！　これは共謀だぞ！　おい――この……でくの坊！　役立たず！」リッターの襟をつかみあげる。「ドアを破れ！」

　リッターはよろよろと立ちあがり、頑丈な鏡板にむなしく体あたりをはじめた。

「逃げるつもりか？　姿をくらますつもりか？　自殺行為だぞ！」警視は寝室のドアへ駆けていく。

「何をするんだ」マクルーア博士が目を大きく見開いて尋ねた。

「逮捕状をとります」警視は叫んだ。「殺人罪とその従犯で召し捕ってやる――当然だ！」

21

　エラリー・クイーン氏は自宅のアパートメントの呼び鈴を鳴らした。ややあってジューナがドアをあけ、驚いた顔を見せた。

「だいじょうぶだ」言いながらエラリーは早足で居間にはいった。しかし、そこにはだれもいない。「ジューナ、玄関に鍵をかけろ。おい」いらついた様子で呼びかける。

「だいじょうぶだぞ、変人たち」

テリー・リングがエラリーの寝室から顔を出した。「予備隊を呼んだりするなよ。さあ、来い、嬢ちゃん」

エヴァが忍び足で寝室から出てきて、クッションの利いた椅子に腰を落とした。その隅に両腕を組んでうずくまるさまは、寒さに震えるかのようだ。テリーは手のなかの銃を見て顔を赤らめ、ポケットにしまった。

「さて」エラリーは言って、帽子を脇にほうった。「いったいぜんたい、この輝かしい妙案はどういうことだ、エヴァ。頭が変になったのか?」エヴァはみじめな様子だ。

「まさか逃げ出すとはね！ きみもだ、テリー。もう少し分別のある男だと思っていたよ」エラリーは憤然と煙草に火をつけた。

「おれもだよ」テリーは苦々しく言った。「少なくとも、前は分別があったさ。煙草を一本くれないか。面倒を見るんで疲れちまった」

エラリーは煙草ケースを差し出した。「ぼくの父に銃を向けたな」

「向けてはいないさ。ポケットから銃が飛び出して、リッターの間抜けがおれの行く手をふさいだだけだ。なあ、おれに何ができたよ。あのときのエヴァは、どう考えてもおれがこれまでに見ただれよりも哀れな女だった。エヴァはほんとうに何も知らないんだ。ほっとけないだろ。あのままだったら、すぐ先の角でとっつかまってたぜ」

「とんでもないことをしてしまった」エヴァはうつろな声で言った。「お父さんはだいじょうぶ？　あのとき——逃げ出したとき、お父さんのことなんて、まるで考えてなかった」

「家まで送ったよ。どんな様子だったと思う？」エラリーはエヴァに眉を寄せてみせた。「当然だけど、打ちひしがれていたさ。キヌメもいっしょに帰った。ほかのだれよりも気強い感じだったよ」

エヴァは見つめ返した。「どうすればいいの？」

「もしぼくにきみたちより少しでも分別があれば、自首しろと言うね」エラリーはにべもなく言った。「だが、ぼくもきみたちと同じ心の病に冒されているらしい。もちろんわかっていると思うが、いつまでもこんなことはつづけられない。遅かれ早かれ、きみたちは見つかる」

「エヴァがいるのはニューヨーク一安全な場所だ」テリーはゆっくりと言い、長椅子に体を投げ出して、天井へ煙を吐いた。「居場所を知ったときのご老体の顔を想像してみろよ」

「きみのユーモアのセンスはこの上なく倒錯しているよ。ぼくがだまっていたと知ったときの父の顔を想像してみてくれ」

「テリーから聞いたんだけど」エヴァが弱々しく言った。「ファンの店で、この部屋の鍵をテリーに渡してくれたのね。どうしてふたりとも、そんなに親切にしてくれるの？」

「まったくだ」テリーは言った。「何を弱気になってんだよ。エヴァをここにかくまうってのは、あんたのアイディアだろ」

「まあ、そうだとしてもだ。あまりの愚策だよ、これは！」エラリーは煙草をにらみつけた。「エヴァが殺人事件のいちばんの容疑者となるのは考えるまでもない。こんなことをしてはいけなかった。自分に嫌気が差すよ」

「だから言ったろ。エヴァは摩訶不思議にも、まともな男をいかれさせてしまうってな。おれ自身、説明をつけられないんだが」

「ときどき思うんだけど――」エヴァはふたりから顔をそむけた。「自分がほんとうにカレンを殺したんじゃないかって――悪夢を見ながら、自分でも知らずに、そして――」

エラリーは落ち着きなく部屋を歩いた。「そんなことを言ってもどうにもならない。現実を受け入れるしかないんだ。ぼくたちはようやくいま、現実と正面から向き合っている。きみが自由でいられるのはせいぜいもう数時間で――あとは鉄格子のなかだ」

「自首する覚悟ならできてる」エヴァが静かに言った。「警視さんから――ああ言われたとき、逃げ出したくなったの。だれだってこわいものから逃げたくなるでしょ？警視さんを呼んでよ、クイーンさん」

「何を言ってる」長椅子でテリーが不満げに言った。「いまさらあともどりなんかできない――最後までやりとおすしかないんだ。何かが起こるかもしれない」

「奇跡とか？」エヴァはおかしくもなさそうに微笑んだ。「わたしは何もかも台なしにした。わたしがかかわった人はみんな……。お母さんのように。お母さんがそうだったように」そこでことばを切り、それから唐突に言った。「まるで呪いね。ばかみたいに聞こえる？　でも、わたしはあなたまで巻きこんだのよ、テリー。お父さんにとっても頭痛の種になっただけで、クィーンさんには自分の父親に嘘をつかせてしまったし、それに――」

「もういい！」テリーが叫んだ。長椅子から立ちあがり、エラリーのあとについて部屋を歩きまわりはじめる。台所のドアの隙間から、ジューナが当惑顔でこちらをのぞき見ていた。ふたりの男はやみくもに部屋をまわりつづけ、霧のなかをさまよっているかのようだった。

「もうだまってる意味はないな」テリーは口ごもりながら言った。「エヴァはあんたの手のなかにあるさ、クィーン。その意味じゃ、おれも同じだ。八方ふさがりだよ。どうも栄光に包まれてたとは言えないさ。こうなったら……」

エヴァは目を閉じ、椅子に背を預けた。

「聞いてくれ」テリーは言った。「カレン・リースが連絡してきたのは一週間前の木曜だった。そのとき、エヴァの母親のことをおれに話したんだ——もっとも、そうは呼ばなかったけどな。ただ、いっしょに暮らしてる頭に軽い病気のある友達が、〝発作〟を起こして急に逃げ出してしまったとだけ言ってたよ。それで、何か悪いことが起こってないか心配だから、だれにも知られずにこっそり連れもどしてくれないかって、おれに依頼してきたんだ。くわしい話を聞いてみて、どうもおかしいと思った——その金髪女は夜に逃げ出して、だれにも姿を見られなかったというわけだ。おれはあたりを嗅ぎまわってみた——怪しいと思ったからな。おかしな依頼は好きじゃないんだ。カレンに内緒であの屋根裏部屋へもあがってみた。どうも胡散くさいと感じさせるものが山ほどあったよ。それでも依頼は引き受けて——警察にはかかわらせたくないってカレンが言い張ったんだ——おれは仕事に取りかかった」

エラリーは足を止めた。腰をおろし、煙草を吸う。エヴァは大きな椅子に横たわったまま、褐色の男の一挙一動を見つめている。

「まあ、むずかしい仕事じゃなかった」テリーは煙草の吸い殻を火の消えた暖炉へほうり投げた。「消えた女の足どりを追って——ペンシルヴェニア鉄道に乗り——すぐフィラデルフィアへ行った。そこで警察本部のオデルに尋ねてみたんだが、警察はなんの情報もつかんでいなかった。ともかく、あとは些細なことだ——タクシー運転手さ——やり方は知ってるだろ。カレンには電話で報告をつづけたが、こっちがどれほど深入りしてるかはだまってたよ。隅々まで突き止めたくてな。そのときにはもう、この件の全貌(ぜんぼう)を明らかにしてやるつもりだった——カレン・リースとは何者なのか。マクルーア博士のこと、エヴァのこと——だけど、どれもはっきりしなかった。月曜の朝、エスターを見つけた。あの下宿屋でな。雌イタチのおかみに見つからないように部屋にはいったよ。すると、毒を飲んで死んでるのがわかったんだ」テリーはエヴァに目を向け、それからそらした。「気の毒にな、嬢ちゃん」

エヴァは、自分にもう二度と感情がもどらないのではないかと感じていた。心のなかは乾ききって空っぽで、日に干した瓢箪(ひょうたん)のようだった。

「服毒自殺だってことも、死んでから二、三日経ってることもすぐにわかった。何も手をふれないようにしたから、あの遺書は見つけられなかったけどな。おれは考えた。カレンに知らせるべきか。警察に通報するべきか。結局、ニューヨークへもどってカレンに相談することにした——向こうがどう言うかをたしかめるためにな。何もかもがひどく不自然だったよ。だから、エスターが死んだことはだれにも言わずにもどったんだ。あのおかみは、月曜の夜遅くにでも偶然エスターを見つけたんだろうな。もう一本くれ」

エラリーはだまって煙草を差し出した。

「ニューヨークに帰ったのは月曜の午後遅くだった。五時にカレンが警察本部の刑事と会う約束をしてるのは知ってたよ。日曜にくびにされたとき、電話で本人から聞いたからな。だから、警察には知られたくないと言ってたくせに、あとで自分から知らせる気になったなら、あの金髪女のことをカレンはそうとう恐れているにちがいないと思ったよ。ユニバーシティ・プレイスのドラッグストアからカレンに電話をかけたけど、出なかった。ほかのだれも知らないことをおれだけが知ってるわけだから、いい火種があるなら、おれもうまいこと分け前にあずかりたいと思ったんだ」そこでばつが悪そうに小さな声になる。「おれの仕事がどんなものかは知ってるだろ」

「しかし、電話にはだれも出なかった」エラリーは考えながら言った。「となると、カレン・リースは姉の死を知らずに死んだということか」

「だと思う。で、おれがカレンの家へ直接行ったら、そこにエヴァがいたってわけだ」テリーはそこでまた顔をしかめた。「嬢ちゃんを助けたあとで、おれは困った立場になった。おれはエスターがカレンを殺せたはずがないと知ってる。だって、エスターのほうがカレンより先に死んだんだからな。その一方で、エヴァにはできるかぎり時間を与えてやりたいと思った。おれにとっての切り札は、フィラデルフィアにある死体だった。もし嬢ちゃんが危ない立場に追いこまれたら、死体のしかるべき身元確認がされるように事を運ぶつもりだったよ……。とにかくおれは時間稼ぎをしてきたが、ついに万策尽きたというわけだ。あんたの親父が屋根裏へのドアのことに気づいたんで、何もかも台なしになったよ」

「それで全部なのか、テリー？　まちがいないか」

テリーはエラリーの目をじっと見た。「いまは清らかな身だよ、クイーン。知っていることは全部言ったから、助けてくれ」

「ああ、テリー」エヴァが言うと、テリーは歩み寄って見おろし、エヴァは見あげた。それからテリーは身をかがめて、ためらいがちにぎこちなくエヴァの体に腕をまわし、エヴァもそちらへ身を寄せた。

　エラリーはその場で猛然と煙草を吹かした。

　十五分後、エラリーは顔をあげた。「エヴァ」テリーに抱かれたまま、エヴァがぼんやりとした顔で振り向く。エラリーは勢いよく立ちあがった。「きみがあの居間でソファーに横になっていたとき――カレンの死体を見つける前だが――寝室から何か物音は聞こえたかな」

「月曜に警視さんからも同じことを訊かれたのよ。いえ、何も聞こえなかった」

「ほんとうに？」エラリーは無意識のうちに言った。「考えてくれ、エヴァ。何かが動く音とか、人が争っている物音とか、叫び声とか、小さな話し声とか」

　エヴァは眉を寄せた。何かが動く音、人が争っている物音……。

「そこに手がかりがあるかもしれない」エラリーは小声で言った。「欠けたピースだよ。それに手が届けば……。考えてくれ、エヴァ」

なんとも奇妙な音がエヴァの脳裏に浮かんだ――どう呼んだらいいのかわからない、ざらついた音。記憶の片隅で震えている、不思議な響き。あれは何？　あれは何？　たしか、本を読んでいたとき……。

「わかった！」エヴァは叫んだ。「あの鳥よ！」

テリーがつぶやいた。「鳥？」

「あの鳥よ！　鳥が鳴いてた！」

「そうか」エラリーは言った。口もとで煙草を支えている指がかすかに震えている。「あの琉球カケスか！」

「たったいま思い出したの。なんてひどい鳴き声なんだろうって思ったことも覚えてる。不気味で、耳ざわりで」

「あの琉球カケスか」驚きに満ちた声でエラリーは繰り返した。「なら、やっぱりそうなんだな」

「何が？」テリーが尋ねた。「何がやっぱりなんだ」エヴァもテリーも体を起こしてエラリーを見つめた。

「この事件のすべてを解く鍵さ」エラリーは正気を失ったかのように、煙草を吹かしながら部屋を歩きまわった。「そういうことなら、そうか！　言わなかったかな——きみたちどっちかが。どっちだったか忘れたが、犯行の直後に部屋にはいったとき、鳥かごは空だったって」

「ああ、たしかに空だったが」テリーが言いかけ、そこでことばを切って迷い顔になった。「おい、あの変な鳥があそこにいなかったなら、なぜエヴァが鳴き声を聞いたんだ？」エヴァの肩をつかむ。「それともあそこにいたのか？　きみがはいったときにはいたのか？　おれが着いたときはいなかったぞ！」

エヴァは額に皺(しわ)を寄せた。「いいえ、いなかった。飛びまわってたり、部屋から飛び出したりしてたら、覚えてるはずだもの。いま考えてみても、ぜったいに鳥かごにはいなかった。ええ、そうよ」

「そんなばかな！」

「もちろん」エラリーは聞こえるかどうかの声で言った。「ほんとうにその鳥が寝室にいなかった可能性もある。外にいて、エヴァはその鳴き声を……。待てよ」

エラリーは寝室へ走っていった。「エヴァ、きみの家の電話番号は？」エヴァは答える。エラリーが受話器を取りあげてその番号を伝えるのをふたりは聞いていた。

「もしもし……。ああ。すみません、マクルーア博士と話したいんですが」

エヴァとテリーはドア口でいぶかしげに見守っていたが、不たしかなものを押しつぶして希望を絞り出すかのような、張りつめた空気には気づいていた。

「マクルーア博士。エラリー・クイーンです」

「エヴァを見つけたのか、クイーンくん」博士がしゃがれた声で尋ねた。

「いま、おひとりですか」

「ヴェニーシャと——うちの黒人の家政婦といっしょだ。キヌメもいる。それで？」

「はい。お嬢さんはぼくのアパートメントにいます。いまのところ安全です」

「よかった！」

エラリーは真剣な声で言った。「お話ししたいことが——」

だが、そこで博士は動揺した声で言った。「ちょっと待ってくれ。呼び鈴が鳴った。しばらく経ってももどらなかったら電話を切ってくれ。きみのお父さんか部下のだれかかもしれない。クイーンくん——エヴァを頼む」

エラリーは電話台を軽く叩きながら待った。ドアロでテリーとエヴァが体を寄せ合った。

「だいじょうぶだ」博士の安堵した声が聞こえた。「例のオマラという娘だったよ。警視に解放されたから、約束の給料を受けとりに来たんだ」

エラリーの顔が明るくなった。「まったく運がいい！　その人を引き止めておいてください、博士。そうだ、キヌメに替わってもらえませんか」待っているあいだ、すばやく振り向いてテリーとエヴァに言った。「ふたりとも祈っていてくれ。ぼくの予感では——」

キヌメがかぼそい声で言った。「もし？　もし？　エヴァ見つけましたか」

「ああ。聞いてくれ、キヌメ。エヴァを助けたいだろう？」

「助けます」キヌメはきっぱりと言った。

「よし。なら質問に答えてくれ」

「答えます」

「よく聞いて、よく考えてくれ」エラリーはことばを区切りながらゆっくりと伝えた。「月曜の午後、きみがカレンに便箋を届けにいったとき、つまりエヴァが現れる直前だが、あの琉球カケスは寝室の鳥かごにいただろうか。そう——琉球カシドリだ。かごのなかにいた？」

「カシドリ、かごのなかにいます。はい」

まるで、エラリーへの褒美として、天国へ行けることをキヌメが約束してくれたかのようだった。エラリーは歓喜の笑みで顔を輝かせた。「キヌメ、もうひとつ教えてくれ。カレンが死んでいるのが見つかったとき、どんな服装だったか覚えているかな」

「キモノ。お嬢さま、たまにキモノ着ます」

「ああ。だけど、ぼくが知りたいのはこうだ——便箋を持ってきみが寝室にはいったときは、カレンはどんな服装だった？」

「同じ。キモノです」

エラリーの顔が曇った。「じゃあ、きみに便箋を取りにいかせる前の、あのドアがあかなかったときはどうだった？」

「あああ！　そのときワンピースです。アメリカの服着てます」

「よし。そうだと思った」エラリーはつぶやくように言った。「その少し前でもある。たった数分前だ……」受話器に向かって早口で話す。「よくやったな、キヌメ。エヴァも感謝している。マクルーア博士に替わってくれないか……。もしもし、博士」

「ああ、ああ。どうしたんだ、クイーンくん。何がわかったのかね」

「すばらしいことですよ。キヌメのおかげです。さて、よく聞いてください。電話越しではできないことがありましてね。キヌメと、あの女中のジェニーヴァ・オマラを連れて、うちのアパートメントに来ていただきたいんです。いいでしょうか」

「もちろんだとも。いますぐかな」

「いますぐお願いします。気をつけてください、博士。だれにも見られないように。ご自宅からこっそり外へ出られそうですか」

「裏に配達人用の出入口がある」博士は言った。「それに非常階段もだ。なんとか抜け出せるだろう。警察が張りこんでいると思うか」

「ありえます。警察はお嬢さんが先生に連絡すると考えているはずです。だから用心してください」

「わかった」博士は重々しく言って電話を切った。

エラリーは待っているふたりのほうを見た。「どうやら」明るくつづける。「ぼくたちは、専門用語で大団円（デニューマン）と呼ばれる、きわめて重要な局面に足を踏み入れつつある。元気を出すんだ、エヴァ」そう言ってエヴァの頰をなでる。「さあ、ぼくは居間で少し考えることがあるから、そのあいだ、ここでのんびりしていてくれ」

エラリーは寝室を出て、ドアを閉めた。

二十分後、エヴァが寝室のドアをあけ、エラリーが目をあけ、ジューナが玄関のドアをあけた。エヴァの顔には赤みがもどり、ここ数日とはちがって目は正気を取りもどして澄んで見えた。テリーがその後ろから、自信のない少年のように間の抜けた顔で部屋を出てきた。

「お父さん！」エヴァがマクルーア博士に駆け寄った。エラリーは待っている女ふたりを居間に招き入れた。

「ドアを閉めてくれ、ジューナ」エラリーはすばやく言った。「さあ、こわがらなくていいんだ、キヌメ。それからきみもね、ミス・オマラ。きみたちふたりと話がしたかったんだ」

「で、なんの用なんですか」そのアイルランド系の女は不機嫌に尋ねた。「博士が有無を言わせず連れてきて、まるであたしが――」

「もう心配ないよ。博士、尾行はされませんでしたか」

「だいじょうぶだと思う。クイーンくん、いったいどういうことだ。この三十分できみがくれた希望の大きさは――」

「このおしゃべり鳥が話しだす前に」テリー・リングがさえぎって、ぎこちなく前へ歩み出た。「博士、おれから言いたいことが――」

「言いたいことがあるのは」玄関でクイーン警視が声をあげた。「だれよりもこのわたしだよ」

その場が凍りつき、そして静寂が訪れた。非合法活動を共謀していたところを取り押さえられたかのように、全員が体を縮こまらせた。

やがて、エラリーが煙草を投げ捨てた。

「父さんはいつも間が悪いときに登場するな」腹立たしげに言う。

「おまえにはあとで話がある」クイーン警視は、とっさに身を寄せ合ったテリーとエヴァから目を離さずに言った。「トマス、こんどはぜったいに逃げられないようにしろよ」

「逃がしやしませんよ」ヴェリー部長刑事が玄関広間で言った。アパートメントのドアを閉め、そこにもたれかかる。

マクルーア博士は奇妙に縮んだようになって、肘掛け椅子に身を沈めた。「では、結局のところ、尾けられていたのか」

「だいじょうぶよ、お父さん。かえってこのほうがいい」エヴァがしっかりした口調で言った。

「われわれはいつも裏口を見張っているんですよ、博士。トマス！」

「はい」

「逮捕状はどこにある」

「これです」部長刑事は巨体を前へ押し出し、警視の手に一枚の紙を落として、またさがった。

「エヴァ・マクルーア」その紙をひろげながら、警視は冷ややかな声で言いはじめた。

「あなたを逮捕――」

「父さん」

「あなたを逮――」

「父さん。その前に、マクルーア博士から聞きたいことがあるんだ」

警視の顔は青ざめていた。「それから、おまえは」苦々しく言う。「父親に対してこんな真似をするとはな！　犯罪者をこのわたしの自宅にかくまうとは。ぜったいに許さんぞ、エラリー」

「マクルーア博士にひとつ尋ねたいんだ」エラリーは穏やかに言った。「だめかな？」警視は息子をにらみつけた。そして、口ひげの端を憎々しげに嚙みながら、半ばそっぽを向いた。

「博士」エラリーは大男の耳もとでささやいた。「残されたチャンスは一度だけ――切羽詰まった状況だと申しあげておきます。もしぼくがまちがっていたら、ぼくたちは終わりです」

「まちがっているのか？」

「それは神のおぼし召ししだいです。エヴァにとっての最後のチャンスを、ぼくに賭けてくれますか」

マクルーア博士は、自分の手に包まれた小さな動かない手を握りしめた。テリー・リングは、クイーン警視とその背後にそびえる山のような巨軀を、コブラを思わせる険しい目でにらんでいたが、それも追いつめられた高揚感の表れにすぎなかった。博士がどちらを見ても、エラリーのいる場所以外は、あきらめが抵抗心を打ち負かしていた。

「もしエヴァを救えるなら、やってくれ。最後まできみにまかせるよ」

エラリーはうなずき、父親のもとに歩いていって言った。「この人をカレン・リース殺害の容疑で逮捕するつもりなのか」

「おまえだろうと地獄の悪魔どもだろうと」警視は鋭く応じた。「わたしを止めることはできん」

「たぶん」エラリーはささやくように言った。「大魔王の助けなしでもそんなことはできるよ。その逮捕状を破り捨ててくれたら、エヴァも、そして父さん自身も悲しまずにすむ」

「本人が法廷で申し立てればいい！」

「父さんは前に一度、過ちを犯す前に踏みとどまったじゃないか。同じ過ちを繰り返さないでくれ」

クイーン警視はこの上なく腹立たしげに顎をさすった。「この娘がカレン・リースを殺していないというのか？　これだけの証拠があるのに」

「エヴァはカレン・リースを殺していない」

「なら」警視はあざけるように言った。「だれが殺したのか、おまえは知っているのか」

すると、エラリーは答えた。「ああ」

第5部

22

「まだ時期尚早ではあるけれど」エラリーは言った。「そっちがあくまでもいますぐ逮捕すると言うなら、こっちも手の内を見せるしかない。論理的に考えれば、この事件の正しい答はひとつしかない。父さんは急いでいるようだから、まずは論理的に証明して、法的な裏づけは少しあとまわしにせざるをえないだろう」

「もしあんたがこのジグソーパズルの正解を知ってるなら」テリー・リングが憤然と言った。「おれは探偵の免許を返上して野球選手にもどってやるさ。エヴァ、隣にすわっててくれ。このおしゃべり鳥を見てると頭がくらくらする」

クイーン警視はヴェリー部長刑事を見て、何やら小さく合図をした。それから警視もまた腰をおろし、ヴェリーのほうは居間にはいってくると、ドア口の柱にもたれかかって耳を傾けた。

「たしかにこれまで」エラリーは新しい煙草に火をつけて話しはじめた。「ぼくが突拍子もない説ばかり考えていたことは否定しない。これはなんとも厄介な事件だった。数多くの細かな事実がどれも興味深く、謎めいていて、互いに相容れないようにも感じられる。そういった事実が散在しているせいで、その中心にある状況が、表面的にはとうていありえないものに見えるんだ」

一同はだまって坐していた。

「この事件では、問題の部屋にふたつの出口がある——屋根裏部屋へ通じるドアと、居間へ通じるドアだ。鉄格子のはまった窓から出ることは不可能であり、部屋の構造から見て、隠し通路はない。だが、屋根裏へ通じるドアのほうは、閂が寝室の内側からかけられていることが事件後に確認され、この経路からはだれも脱出できないとわかった。もう一方のドアについては、その向こうにある居間に、犯行のあいだずっとミス・マクルーアがいた。そして、ミス・マクルーアは一貫して、だれも居間を通らなかったと主張している。いま言ったとおり、この状況での犯行は不可能だ。しかし、ミス・マクルーアが居間ですわっていたときにはカレン・リースはまだ生きていて、ミス・マクルーアが寝室にはいったときには、むごたらしく絶命していた」

エラリーはきびしい顔をした。「ひねくれた仮説ならいくらでも思いつける。たとえば、屋根裏へ通じるドアの閂が実はかかっていなくて、テリーがただそう見せかけていただけ、というものだ。この説についてはきのう、テリーにぶつけてみた。でも、これはまったく筋が通らない考えだし、そのうえキヌメが、ドア板がゆがんで門が動かなくなっていたという意味のことを言っていた。もうひとつの説は、エヴァ、きみがどう言い張ろうと、ほんとうはだれかがきみのいた居間を通って出入りしていたというものだ」

「でも、そんなことはありえない!」エヴァは叫んだ。「だれも通らなかったって断言できる。居眠りもぜったいにしてない!」

「だが、もしも」エラリーはささやいた。「催眠術にかけられていたとしたら?」

エラリーはそこでことばを切り、一同の呆然としたさまを楽しげにながめた。それから笑いだした。「催眠術なんかを持ち出したといって、ぼくを責めないでくれよ。もしきみが無実なら、なんらかの合理的な説明が必要なんだ。催眠術なら一連の出来事の説明がつく。問題は、その説があまりにも荒唐無稽で、証明することなどとうてい不可能で、それに――どう考えても正しくないということだ」

マクルーア博士が安堵の息を吐き、また椅子にもたれかかった。「それがきみの結論じゃなくて何よりだよ」

エラリーは手に持った煙草をじっと見た。「というのも、もしエヴァがおばを殺していないという仮定のもとに推理するなら、ただひとつまともで理にかなった、そのうえ刺激的な、すべてを説明できる説があるとわかったからなんだ。この説なら突拍子もない思いつきに頼る必要もないし、あまりにも単純で、だれも考えつかなかったのが不思議に思えるほどだ。

事実を見てくれ。エヴァ・マクルーアはカレン・リースを殺害しうる——物理的に可能な——ただひとりの人間だった。事実はそう物語っているように思える。だがここで、仮に——あくまで仮定としてだが——エヴァ・マクルーアはカレン・リースを殺害していないとしよう。それでもなお、エヴァだけが物理的に可能だったと言いきれるだろうか？　それでもなお、エヴァが無実ならこの事件は起こりえなかったと言いきれるだろうか？　言いきれないんだ。カレン・リースを刺して死に至らしめることができた人物が、もうひとりいる」

全員がエラリーを見つめた。それからテリー・リングが乱暴に、失望を隠しきれない様子で言った。「ばかを言うな」

「おや、そうかな」エラリーは言った。「カレン・リース自身が自分を刺し殺したというこ、こ、こ、ことはありえないだろうか、いいか」

車のクラクションが西八十七丁目通りから苛立（いらだ）たしげに響いた。しかし、クイーン家の居間では驚愕（きょうがく）のあまり時間が停止していた。

やがてクイーン警視が立ちあがり、顔を真っ赤にして言い返した。「だが、それは殺人じゃない――自殺だ！」

「そのとおりだよ」エラリーは同意した。

「だが、あの凶器」警視は大声で言った。「見つかっていない、先端の欠けたはさみの片割れはどうなったんだ。自殺のはずがない」

「なぜ人はいつも、自分の気づかなかった真実に対して腹を立てるんだろうな。凶器が部屋に残されていなかった、したがってこれは自殺ではなく他殺だ、と父さんは言う。ぼくに言わせれば、複数の事実が疑いようもなく自殺だと指し示しているが――みなさんはそれらの事実を見落としてきたんだ。凶器が消えた現象については、しかるべきときにあらためて考えようじゃないか」

警視は椅子にまた腰をおろし、しばらくのあいだ口ひげを引っ張っていた。それから落ち着いた声で尋ねた。「どんな事実だ」

「そう来なくちゃな」エラリーは微笑んだ。「どんな事実か？　そこから出発しよう。どんな事実が自殺が正解だと示しているだろうか。全部で五つある――小さなものが三つと、大きなものがふたつ、そして最後のものには、木になった果実のように、事実の細かな粒がいくつもぶらさがっている」

テリー・リングは口を大きくあけてエラリーを見た。腕をエヴァの体にまわし、自分の耳が信じられないかのように頭を左右に振る。マクルーア博士はわずかに身を乗り出し、熱心に耳を傾けていた。

「小さな三つの事実は、証拠としては比較的弱い——とはいえ、あくまでほかと比べての話だ。この三つも、大きなふたつの事実から力を得ている。まずはこの小さい子たちからはじめよう。

その一。われわれの知るかぎり、カレン・リースが死ぬ前にみずからの意志で最後におこなったことはなんだっただろうか。それはモレルに手紙を書くことだった。モレルとは何者か。カレンの弁護士であり、著作権の代理人である人物だ。手紙の内容は？　海外における印税を——〝ただちに、隅々まで、徹底的に確認し……すみやかに支払われるよう〟モレルに依頼する内容だった。そこには、これが最後の依頼だという断固たる意志が感じられ、まるで〝モレル、わたしの仕事のすべてを清算するときが来たのよ〟と伝えているかのようだ。外国の印税は支払いが遅いことで悪名高い。来るには来るが、先方の気まぐれで決まるものだ。それを急になぜ、すみやかに支払わせろなどと言いだしたんだろうか。金が必要だったのか？　いや、カレンがじゅうぶんすぎるほど裕福だったことはわかっている。では、なぜいまになって急に？」エラリーは問いかけた。「カレンが実際にすべてを清算しようとしていたからだ、と考えるしかないんだ。あの日、月曜の午後に、自分の部屋で、死ぬ数分前にだ！　そう、自殺しようとする人間の多くは、命を絶つ前にそうするんじゃないか？　これは決定的な証拠とはとうてい言えないし、論理的に考えても、単純で些細なことにすぎないだろう。しかし——注目すべき点ではある。さっきも言ったように、ほかの事実と合わせると大きな意味を持つんだ」

エラリーは深く息をついた。「モレルへの手紙のつぎの段落——途中で終わってしまった段落の内容は、本人が死んだいまとなっては永遠に謎のままだ。しかし、そこに書こうとしていたのは、姉エスターのこと以外考えられない。おそらくカレンは、エスターが発見された場合に備えて——カレンは最後までエスターが生きていると思っていたんだからね——姉に関するすべての秘密の処理をモレルの手に委ねようとしたんだろう。けれども、結局カレンは手紙を書き終えることなく、まるめて捨てた……まるで気が変わったかのように。まるで、もうどうでもよくなったかのように……金も、姉も、秘密も、何もかも。それもうまく嚙み合う。自殺説と嚙み合うんだ」

エラリーは煙草を揉み消した。「三つ目の事実も同じく、それだけでは力を持たないが、大きい子ふたりといっしょになると重みを増すんだ」部屋の隅で縮こまって、いまの話を狼狽しつつ聞いていたキヌメのもとへ、エラリーは歩み寄った。「キヌメ、あのはさみを覚えているかな——鳥の形をした、物を切るためのものを」

「ああ。エスターさま、日本から持ち帰ります。ずっと壊れました。箱のなか」

「それはずっと屋根裏部屋にあったんだろう？」

キヌメはうなずいた。「最後に見るは、屋根裏を掃除するときです」

「やはり掃除をしていたわけだ」警視がつぶやいた。

「掃除をしたのはいつだった？」

「日曜です」

「カレンが死んだ前日だな」エラリーは満足げに言った。「それも嚙み合う！　あの日本製のはさみはずっと屋根裏部屋にあったエスターの持ち物で、カレンの寝室に置いてあったことは一度もなかった。ところが、事件のあとになって寝室で発見された。それを屋根裏部屋から寝室に持ってこられるのはだれだろうか。エスターではない――キヌメは日曜に屋根裏ではさみを見ているが、エスターがフィラデルフィアで死んだのは土曜の夜だ。となると、考えられるのは、カレン自身が屋根裏から持ってきた可能性だ。たとえカレンが自分ではそうしなかった――キヌメに言って持ってこさせたのだとしても、実質上のちがいはない。なぜそんなことをしたのか？　どう考えても、人を殺すのに適した凶器ではない。どう考えても、はさみとして使うためでもない――壊れていたから、物を切れなかった。カレンがみずからの意志で、死の直前、ドアの閂（かんぬき）が動かなくなる前にこの奇妙な道具を持ってきたことから考えると、カレンは自殺するための道具としてあのはさみを使おうとしていたということが、心理面から推測できる」

「だが、どうしてあんな妙な凶器で？」クイーン警視が尋ねた。

「それにもちゃんと理由がある」エラリーは言った。「すぐに説明するよ。でも、その前に第四の事実――自殺であることを強力に示す事実の一番目へ話を進めよう。少し前にキヌメから電話で聞いたところによると、カレンが死ぬ直前、キヌメが部屋を出たときには、あの琉球カケスが――ぼくのことをきらって、がなり立てたあの鳥だが――ベッドの脇に吊るされた鳥かごのなかにいたというんだ」

「そうなのか？」警視がゆっくりと尋ねた。

「そうだ。この質問をキヌメにぶつけようとはずっと考えもしなかったし、キヌメのほうも、長年にわたって、よけいなことを言わないように教えこまれていたこともあって、自分から打ち明けようとしなかったわけだ。ともかく、あの鳥はカレンが死ぬ直前には寝室の鳥かごのなかにいたのに、その三十分後にエヴァが寝室にはいったときには、かごは空だった。この点はテリーの確認もとれている。さて、どうだろう――その三十分のあいだに、だれがかごから鳥を出したのだろうか」

「それができたのはカレンだけだ」マクルーア博士がつぶやいた。

「そのとおり。カレンしかいません。かわいがっていた生き物をカレン自身が束縛から解き放ったんです」

「でも、どうやって部屋から出たんだよ」テリーが尋ねた。

「単純なことさ。鳥が自分でかごをあけられない以上、カレンが——部屋にいた唯一の人間が——あけたにちがいない。つまり、カレンがあの鳥をかごから出して、窓辺へ連れていき、鉄格子のあいだから外へ逃がしたんだろう。人間はあの鉄格子を抜けられないが」エラリーは軽い口調で言った。「鳥ならできる」

そこでエラリーは眉を寄せた。「カレンはあの忌まわしい鳥を愛していた——さまざまな証言がそれを裏づけている。あの鳥はけっしてかごの外へ出してはいけないことになっていた。知られているなかで唯一かごの外へ出たのは、ミス・オマラが——」アイルランド娘の顔がいっそう不機嫌になる。「——数週間前、キヌメの具合が悪かったので代わりに餌をやっていて、うっかり庭園へ逃がしてしまったときだ。そのとき何があったのか、水曜に話してくれたことをもう一度ここで言ってくれないか」

「なんで言わなきゃいけないんですか」オマラはとがった声で話しはじめた。「あの人、もう少しであたしの頭をもぎとりそうなほどだった。ああ、ミス・リースのことですよ。くびにしそうな勢いだったな。もう行ってもいいですか？　帰らせてほしいんですけど」

だが、エラリーは話をつづけた。「みんな、わかっただろう？　いま確実に言えるのは、カレン・リースが死の数分前に、それまで用心深くかごに閉じこめてきた鳥を自分の手でかごから出し、窓の鉄格子のあいだから外へ逃がしてやったということだ。あの鳥を自由にしてやった。なぜそんなことを？　かわいがっていた生き物を人が自由にしてやるのはなぜだろうか。それは、飼い主に対するその生き物の隷属が終わるからだ。飼い主の人生が終わるのと同時に、その生き物の隷属もまた終わるからだ。つまり、カレン・リースが自殺を決意したからだ」

クイーン警視が爪を噛んだ。

「そして、第五の事実、ほかのどれよりも強力な、決定的な事実にたどり着いた。それは東洋化した西洋の精神や、キモノや、少し高くなった壇や、宝石で飾られた刀、喉の傷から成り立っている。カレン・リースのゆがんだ魂が具えていたものすべてと、カレン・リースの疲弊した肉体が果たしてきたことすべてから成り立っている。そして第五の事実だけがあったとしても、ぼくはカレン・リースが自殺したと確信できたはずです」

「説明する気があるのか？」警視が苛立たしげに尋ねた。

「実にすばらしい手がかりだ――そこには心底美しく、完璧な調和がある。カレン・リースとは何者だったのか。そう、肌の色は白だったが、その内側は黄色だった。あまりにも長く日本に住み、あまりにも深く日本の事物を愛していたので、その半分以上が日本人になっていた。ワシントン・スクエアでカレンがどんな暮らしをしていたかを思い出してもらいたい。そこは日本への郷愁に――日本式の家具や美術品や装飾に――満たされた場所であり、庭園までも日本式だった。カレンは機会があるごとに日本のキモノを着ていた。日本の習慣を愛していた――あのお茶の儀式がいい例だ。半ば日本式の家で育ち、日本人の友人や使用人たちと過ごし、父親が死んだあとは東京帝国大学で日本人の学生たちに教えていた。ある意味で、カレンは日本的精神への転向者であり――知性においても感情においても西洋人より日本人に近かったであろうことは想像に難くない。実のところ、西洋人が日本人に転向した例は数えきれないほどある――たとえば、ラフカディオ・ハーンがそうだろう？

さて、この観点からカレン・リースを見直すと、その死のくわしい状況から何がわかるだろうか。日本のキモノに身を包み、喉を切り、凶器は宝石がはめこまれた鉄の刃物だった。さあ、どうかな？　なぜ、死の三十分前にふつうの服から――キヌメが話したように――キモノに着替えたのだろうか。なぜ、きわめて凄惨な――喉を切り裂くという死に方が選ばれたのだろうか。なぜ、よりによってあんな凶器が――宝石のちりばめられた日本のはさみの片割れが選ばれたのだろうか。あれは、〝宝石で飾られた刀〟がない場合に、それをたやすく思い描ける代用品だった。では、答を言おう」エラリーは鼻眼鏡を軽く振った。「それは、これら三つの要素が――宝石で飾られた刀を使うこと、喉を切り裂くこと、キモノを着ることが――古来、日本に伝わる

〝ハラキリ〟の儀式で必要不可欠だからだよ。ハラキリとは、日本の伝統的な自死の儀式だ」

「ちがう」つぎの瞬間、クイーン警視が頑(かたく)なな口調で言った。「ちがう！　そんなことはない。わたしもくわしいわけではないが、ハラキリとは喉を切るものではないことくらいは知っている。数年前、日本人が腹を切ったという事件の話を聞いたことがある。そのときに調べたんだ。ハラキリをするときはかならず腹部を切開する」

「そうだが」

「その日本人というのは男だったかな」エラリーは尋ねた。

「調べ方が甘いね。ぼくはしっかり調べた。日本人の男は腹部を切り開くが、女の場合には喉を切るんだ」

「ほう」警視は言った。

「だが、それだけじゃない。ハラキリとは、むやみやたらにやっていいものじゃないんだ。それははっきりと決まった意志に基づいて実行しなくてはならないものであり、つねに名誉と密接にかかわっている。日本においては、ハラキリを軽々しくおこなってはならない。おのれが不名誉な事態にかかわったときにだけ許されるんだ。この自死の儀式が不名誉をそそぐ――少なくとも、それがハラキリの美学だ。では、カレン・リースの場合はどうだったろう。そそぐべき不名誉が――姉の才能を盗むという不名誉があったじゃないか。そして、カレンは小段の上で——出窓の前にある壇の端で死んでいたのではなかったか。となると、カレンがひざまずいていたさまがたやすく想像できる。だが、これもまた、ハラキリに必須とされていることなんだ。

さあ、どうだ。以上の五つの事実のなかには——最後のは別として——あまり意味のないものがひとつ、もしかしたらふたつあるかもしれない。しかし、最後の事実とそれを補強するほかの四つの事実を合わせれば、自殺説はとうてい無視できない存在となる」

一同は何も言わなかった。

ついにクイーン警視が大声で言った。「だが、それには裏づけも証明も確証もない。ただの仮説だよ。根拠のない仮説を理由にミス・マクルーアを放免することなどできない。道理をわきまえろ」

「ぼくはいまでは道理の権化だよ」エラリーは深く息をついた。

「それに、カレンが自殺に使ったとおまえが言うはさみの片割れはどこへ行ったんだ」警視はかぶりを振って立ちあがった。「話にならないぞ、エラリー。おまえの築いたみごとな仮説には穴があるが、わたしの説には証拠の裏づけがある」

「たとえば」エラリーは言った。「仮に刃の先端が欠けたはさみの片割れがカレンの死体のすぐそばで見つかって、ほかの条件がまったく同じだったとしたら、自殺説を受け入れたんじゃないか？　エヴァ・マクルーアが隣の部屋にいたというただそれだけの理由で、殺人だと考えただろうか」

「だが、知ってのとおり、凶器は死体のそばでは見つからなかった。本物の凶器のことだぞ――ミス・マクルーアの指紋がついたもう一方の刃じゃない」

「証拠がほしいわけだね」

「陪審がほしがるんだよ」警視は言いわけするように言った。「その前に、地方検事がほしがるさ。おまえが納得させなくてはならないのはヘンリー・サンプソンであって、わたしじゃない」

そのことばには決定的な響きがあった。エヴァは絶望したように力なくテリーにもたれかかった。

「言い換えれば」エラリーは小声でつづけた。「ぼくがすべきことはふたつ――凶器が現場で見つからなかった理由を説明することと、それを見つけることだ。ふたつともできたら、納得するかな」

「やってみろ」

「凶器を捜索した場所は？　もう一度教えてくれないか」

「あらゆる場所だ」

「いや、具体的に」

「家のなかの隅々までだ。見落としなどない。地下室も調べた。屋根裏へも行った。それから家の周囲の地面も、窓から投げ捨てられた可能性を考えて捜索した。しかし、どこにもなかった」警視の鋭い視線はエヴァに据えられたままだった。「おまえがなんと言おうと、ミス・マクルーアであれ、そこにいる与太者のテリーであれ、月曜にわたしから解放されたときに凶器をひそかに持ち出すことなどたやすかったはずだ」

「あるいは、家の外にいた共犯者に渡したとか？」

「そのとおり」

エラリーは突然、含み笑いをした。「あの石について、本気で考えたことがあるかな」

「あの石？」クイーン警視はゆっくりと繰り返した。

「ああ、そう、家の裏手を通る道のふちからとってきた、あのどこにでもありそうな庭園用の石だよ。事件の直後に、カレン・リースの寝室の窓ガラスを割った石さ」

「どこかの子供が投げたんだろう」

「だいぶ前におれもそう言ったさ」テリーが言った。それから、ふたりともエラリーをきびしく見据える。

「じゃあ、そんな子供がいた形跡は見つかったのかな」

「どうでもいいじゃないか、そんなこと」警視は不満げに言った。「それに、そっちが袖口に何を隠し持っているにせよ」辛辣に付け加える。「さっさと出してもらいたいものだ」

「このあいだ」エラリーは言った。「テリーとぼくはある実験をしたんだ。リッターに訊いてみてくれ。その様子を見ていて、たぶんぼくたちの頭がおかしくなったと思ったはずだ。ぼくたちは庭に立って、窓を割ったのと大きさも形も近い石をいくつか投げてみたんだ。あの割れた出窓めがけてね」

「なんのためだ」

「テリーが野球選手だったことを知っているだろう。プロの投手だったんだよ。だから投げるのはお手の物だ。実際にこの目で見たことがあるよ。すばらしいコントロールで――狙いはほぼ完璧だった」

「もういい」テリーがうなった。「いまにもスピーチをやらされそうだな。やめてくれよ」

「テリーは」エラリーは平然と話しつづけた。「ぼくの示した方向めがけて五、六回石を投げ、鉄格子の隙間を通してカレンの寝室に入れようとした。すべて失敗だったよ――石はみな鉄格子にはね返されて庭へ落ちた。実のところ、テリーは投げたがらなかったんだ――本人に言わせると、まともな神経の持ち主なら、長さ五インチ、幅三インチの石を投げて、六インチしかない鉄格子の隙間を通すなんて、無茶な話だとわかるという。しかも不安定な場所で、地面から二階の窓まで投げあげるなんて」

「現に石が投げこまれたじゃないか」警視は言った。「テリーであろうとなかろうと、可能であることは証明されている」

「だが、意図して投げこんだことまでは証明されていないんだ！　テリーの言うとおりだよ。あの鉄格子の隙間がどれだけせまいかを見れば、まともな人間ならやってみようとも思わないさ。それに、たとえだれかがやったとして、なぜそんなことをする？　なぜわざわざ庭から部屋へ石を投げこまなきゃならないんだ。注意を引くためじゃない――もしそうだとしたら別の何かから注意をそらすために投げたことになるけれど、何も起こっていないからだ。人にあてるためでもない――それは鉄格子のあいだを通すよりもさらに現実味が乏しいことだからだ。警告するためでもない――その後警告などなされなかったからだ。メッセージを伝えるためでもない――石には何も結びつけられていなかったからだ。

そう、父さん、このことを無視はできない。カレン・リースの寝室の窓を割ったあの石は、カレン・リースの寝室の窓を割ろうと意図して投げられたものじゃないんだ。石が鉄格子の隙間をすり抜けて部屋に飛びこんだのはただの偶然なんだよ。そもそも、カレン・リースの部屋の窓を狙って投げたのですらない！」

一同があまりにもとまどった顔をしているので、エラリーは微笑んだ。「あの窓を狙ったんじゃないとしたら、何を狙ったんだろうか。窓の近くの何か、あのあたりの何かであることはたしかだ。何がありうるだろうか？　ところで、カレンが死の直前に、飼っていた琉球カケスを窓から逃がしたことはわかっている。だとしたら、あの琉球カケスは外の、おそらくそう遠くない場所にいたはずだ。あの家で長く飼われていたんだから、すぐに逃げていくはずがない。もし、あの鳥が出窓のすぐ上にある切妻へ――つまり屋根の端へ――飛んでいき、そこにとまったとしたら？　想像してみてくれ。だれかがあの鳥に向かって庭から石を投げたものの、狙いがそれて下へ向かってしまい、偶然部屋のなかへ飛びこんだとは考えられないだろうか」

「だが、それが事件となんの関係が――」マクルーア博士が驚きを隠さずに言った。

「いまは仮定を試みているところです」エラリーは軽い調子で言った。「さて、数週間前にそのカケスがミス・オマラの不注意で逃げ出したことが、いまではわかっている。また、その際にカレンがミス・オマラをきびしく叱責したこともわかっている。そこで、あらためてこう仮定してみよう。あの月曜の午後遅く、もしミス・オマラが庭にいて、鳥が切妻の上か、あるいは出窓の外側の上にとまっているのを見つけたとしたら？　ミス・オマラは即座にこう考えるのではないだろうか。鳥がまた逃げ出したせいで――そう見えたのも無理はない――カレン・リースからとがめられる、と。鬼のようなカレンに見つかる前に鳥を捕まえて、サンルームにある鳥かごにもどそうとミス・オマラが考えるのは自然なことだ。ところが、その厄介な生き物は手が届かないほど高いところにいる。そこで、鳥をおどかして下へ飛んでこさせるために、ミス・オマラは道端の石を拾って鳥のほうへ投げつけた――そのように想像するのはさほどむずかしいことじゃあるまい？」

みなが視線を向けると、アイルランド娘は怯えきっていたので、エラリーのことばが図星であることはだれの目にも明らかだった。

オマラは傲然と顔をそらして言い返した。「そうですよ。だからどうしたって？何もやましいことはしてないでしょ？　なんでそんな目であたしを見るんですか」

「そして、窓ガラスを割ってしまってこわくなり、見つからないよう家の反対側に逃げたんだね」

「そうです！」

「それから周囲にだれもいないことをたしかめたあと、庭へもどり、地面をのどかにつつきまわっていた鳥を見つけると、捕まえてサンルームのかごにもどした」

「そう」すねた様子で答える。

「というわけで」エラリーは深く息をついた。「以上がふたつの事実を説明できる唯一の答だ。事件の直前、二階の寝室にあった鳥かごからあの琉球カケスが消えた事実と、事件の直後、それが一階のサンルームにあった鳥かごに現れた事実。そして、これをみごと解明できたのは、あの寝室に石が飛びこんできたという奇妙な出来事のおかげなんだ」

クイーン警視が眉をひそめて言った。「だが、あの消えたはさみの片割れはどうかかわってくるんだ」

「それによって」エラリーはそっけなく言った。「あの鳥が屋根の上にいたことの説明がつくじゃないか」

「さっぱりわからんが」

「カレン・リースが飼っていた鳥はカケスだった。そして、カケスというものは盗人として悪名高い。そして、ほかのカケスと同じく、琉球カケスもきらきら光るものに本能で強く惹きつけられる。カレンから望まぬ自由を与えられたあの鳥は新しい住みかになじめず、主人のもとへもどろうとした。窓の外の出っ張りへおり、翼をたたみ、鉄格子の隙間を通り抜け――そう、窓がわずかにあがっていただろう？――飛びおりた先の壇には、カレン・リースが血まみれで倒れていた。先端の欠けたはさみの片割れも、手の近くに血染めの状態で落ちていたはずだ。はさみの柄と指穴にちりばめられた宝石のきらめきに魅了された鳥は凶器をくわえ、くちばしの力が強かった（そして凶器が軽かった）のか、窓枠まで飛びあがり、鉄格子を歩いてすり抜けた。ここで大事なのは、はさみの片割れは五インチの長さしかなく、鉄格子の隙間は六インチあったことだ。外へ出て、その琉球カケスは何をしただろうか。カケスやカササギの本能に従って、魅力的な戦利品を隠す場所をさがしたんだ。ところで、その鳥の居場所は？　屋根の上か近くにとまっていたわけだ」

エラリーは含み笑いをした。「警察はあの家のなか、まわり、さらには下までも調べたけれど、家の上は調べなかった。だから、これまで話したすべてが結びつくわけで、もし消えたはさみの片割れが切妻の上か屋根の雨どいのなかに見つかったら、ぼくが正しく、父さんがまちがっていたことになる」

となると、これは賭けだ、とマクルーア博士はきびしい面持ちで思った。そして、なんとも危ない賭けであることも、はっきり理解していた。エラリーの推理の糸は繊細ではかなげだった。もっともらしく聞こえるが——はたして正しいのだろうか。あの家の屋根だけが真実を教えてくれる。そして、もし屋根が期待に応えてくれなかったとしたら……。博士はエヴァの手を固く握り、エヴァもぎこちなく握り返した。だれもひとことも発せず、エヴァの身の安全をどれだけかぼそい糸が支えているのか、全員が痛いほどわかっていた。

クイーン警視が眉間に皺を寄せて言った。「おまえが言った場所ではさみの片割れが見つかったら、事件の様相が変わることは認めよう。だがその場合でも、この娘がおばを刺殺したあと、あの鳥をかごから出し、はさみの片割れをくわえさせて鉄格子の隙間から逃がした可能性もあるじゃないか。どうなんだ！」

驚くべき説だったので、身を寄せ合っていた三人はそろって体を硬くした。

しかし、エラリーは首を左右に振った。「なんのためにミス・マクルーアがそんなことをするんだ」

「凶器を処分するためだよ」

「ああ、でも、もしミス・マクルーアがカレン・リースを殺害したとしたら、いちばん都合がいいのはそれが自殺と見なされることだ。なのに、凶器を捨ててしまったらどうなる？　実際に起こったことと同じだよ――事件は殺人と見なされ、エヴァが犯行の可能な唯一の人物だと判断される。だめだよ、父さん。そんなのは話にならない」

警視は打ち負かされてうなった。

「ぼくはいま、われわれの幸運を祈っている」エラリーは静かにつづけた。「ひとつ有利な点があってね。事件当日から雨が降っていないことだ。はさみの片割れを、もしあのカケスが雨どいのように覆いのある場所に落としていたら、まだ指紋が残っている可能性がある。いちばん不安なのは露の影響だ。でも刃が錆びていなければ、ミス・マクルーアが無実であることの決定的な証拠になる」

「カレンの指紋が残ってるわけだ！」テリーが叫んだ。

「ああ。しかも、カレンの指紋だけがね。父さん、もしそれが見つかったら、カレン・リースの自殺説への疑念が完全に消えると、父さんも認めてくれるね」

クイーン警視は憂鬱そうに警察本部に電話をかけた。それから憂鬱そうにタクシーを二台呼び、中心街のワシントン・スクエアにあるカレン・リースの家まで一同を連れていった。

そこに着くと、警察本部から来たふたりが待っていた——鑑識の指紋係だ。ヴェリー部長刑事が近所から長い梯子を見つけてきた。その後、エラリーが庭から梯子をのぼって傾斜した屋根に達すると、最初に目に飛びこんできたのは、先端の欠けたあの行方不明のはさみの片割れが放つ光だった。カレン・リースの寝室の出窓のほぼ真上にあたる雨どいに、半分覆われた状態で転がっている。

エラリーが体を起こして、血のついた凶器を振ってみせると、下にいたテリーが雄たけびをあげ、エラリーはあやうく庭に落ちそうになった。そろって首を伸ばしていた人々のなかからエヴァが感きわまった歓声をとどろかせ、そのまま博士に抱きついた。

指紋係のふたりは、鮮明で疑う余地のないカレン・リースの指紋を、錆止めされた金属のそこかしこから採取した。ほかの人物の指紋は検出されなかった。最後の確認のために一方の係が、カレンの喉にあった三角形の小さな鉄片をはさみの片割れの欠けた先端にあてがうと、両者はぴったり合った。

23

金曜の夜、マクルーア家のふたりはテリー・リングから、東五十丁目通りの近くにあるしゃれたレストランの夕食に招待された。テリーはいつもどおりあけすけに〝イーストサイド臭〟がしない料理だと紹介した。

三人とも静かで、ほとんどの時間は切れぎれに短いことばを発するだけで食事を進めていた。マクルーア博士は疲れた様子で、エヴァも見るからに憔悴（しょうすい）していた。

「あんたに必要なのは」とうとうテリーが言った。「ゆっくり休むことだよ。気分転換。休暇。何か気晴らしをしたほうがいい。もうあんたは自由だし、あのパーク・アベニューの野郎と晴れて結婚できるわけだ」

「エヴァから聞いていないのか」マクルーア博士は言いにくそうに尋ねた。「スコットに指輪を返したんだ」

「嘘（うそ）だろ」テリーはフォークを置いて目を見開いた。「おい、それがどういうことかわかってるのか」さらにエヴァを見据える。

エヴァは顔を赤らめた。「ただのまちがいだった。それだけよ」

「ああ、なんというか」テリーは口のなかで言った。「最高だよ――いや、ひどいまちがいだったって意味だが」フォークをつかんでフィレ肉に猛然と襲いかかったので、マクルーア博士はナプキンの陰でそっと微笑んだ。

「クイーンさんはどうしていらっしゃらなかったの」エヴァはあわてて話題を変えた。

「頭痛か何からしい」テリーは言った。ふたたび勢いよくフォークをおろし、そばにいた給仕をひるませる。「あのな、嬢ちゃん。もしあんたとおれが……」言いかけて、またフォークを手にとる。「なんでもない」

「さて」マクルーア博士が立ちあがった。「あとはふたりでやってくれ。わたしは失礼するよ」

「だめよ」エヴァが声をあげた。「行かないで、お父さん」

「ああ、いや」博士は言った。「すまんな。今夜はクイーンくんに会うつもりでね。まだきちんとお礼を言っていなかったし」

「じゃあ、わたしも行く」エヴァは言って、テーブルから椅子を引いた。「だれよりもわたしがお世話になったんだもの」

「ここにいるんだ」テリーはうなるように言い、エヴァを押さえた。「さあ、行ってください、博士。娘さんはおれが引き止めておきます」

「お父さん」エヴァは心細そうな声で言った。

だが博士は首を横に振り、微笑んで去っていった。

「聞いてくれ」テリーは真剣な様子で、テーブルの向こうから大きく身を乗り出した。「おれはたいした男じゃない――自分でもわかってる。だけど、もしあんたが――」

「気の毒なお父さん」エヴァは言った。「ひどい顔だった。緊張と心配で十年も歳をとったみたい。きょうはきのうよりもっとひどい。お父さんは――」

「最高の人だよ」テリーは心をこめて言った。「すごく気が利くしね。おれたち、うまくやっていけると思う。エヴァ、きみが……」

「お父さんのことが心配よ」エヴァは眉を寄せて骨つき肉をつついた。「研究所の仕事にますますがむしゃらに取り組もうとしてるの。あの人のことはよくわかってる。もう一度どこか遠くへ行ったほうがいいのよ」

「あんたと、あの人と、おれでな」テリーは声を大きくした。「三人いっしょに行けばいいさ」

「どういうこと?」エヴァは目をまるくして尋ねた。

「つまりだな――おれたちは――聞いてくれ」テリーは怒ったような声で言った。

「いますぐパーク・アベニューにすっ飛んでって、あんたを捨てたあの野郎を叩きのめしてやるさ！」

「テリー！」

「まあ、あんたがやめろって言うなら、しないさ」テリーは不満そうにつぶやいた。褐色の顔が苦しげにゆがむ。深呼吸をひとつして、また身を乗り出した。「エヴァ、もしあんたとおれが――」

「パルドン」張りのある声がささやいた。ふたりは顔をあげる。そこには給仕長が立っていた。「パルドン、パルドン、ムシュー、メ・ヴ・フェット・トゥロ・デュ・ブリュイ！」

「はあ？」テリーはぼんやりした顔で返した。

「ムシュー、どうかお願いいたします」

「失せろよ、ラファイエット（アメリカ独立戦争やフランス革命で活躍したフランスの貴族）」テリーは言って、エヴァの手をつかんだ。「聞いてくれ、エヴァ、おれが言いたいのは――」

「あの人」エヴァは体を引きながら小声で言った。「声が大きすぎるって」

「ムシュー、お声を小さくしていただけなければ」給仕長はますます声を強くした。

「ご退出いただきます」

テリーは目をあげて給仕長をにらんだ。それから感情を排した声でエヴァに言う。

「ここにいてくれ」椅子から立ちあがり、そのフランス人の給仕長の前に脚をひろげて立った。「おれの理解が正しければ、あんたは」穏やかに話しかける。「このごみ溜(た)めでおれが〝騒音(ブリュイ)〟を出しすぎるとかなんとか言ったか？」

給仕長は一歩あとずさった。「フィリップ！　アントワーヌ！」すると、大柄で色黒の給仕がふたり現れた。「こちらのマドモアゼルとムシューを外までお見送りして――」

「動くな、アントワーヌ」テリーは言った。

沈黙が落ちた。店内の全員が驚いて見つめている。エヴァは体の火照りと寒気(さむけ)を交互に感じた。テーブルの下にもぐりこみたいほどだった。

「お願い、テリー」エヴァはささやいた。「場所をわきまえてよ――お願いだから――」

「さあ、アントワーヌ」給仕長が苛立(いらだ)たしげに言った。

アントワーヌがたくましいこぶしをテリーへ向けて動かした。テリーはわずかに身をかがめ、エヴァは目をつぶった。どうなるかが予想できた。大喧嘩(おおげんか)。高級レストランで。テリーはここがどこだと――きっと新聞沙汰(ざた)に……。もう限界よ！

「動くなと言ったろ」テリーが言うのが聞こえた。そのおかしな声に、エヴァはすばやく目を開いた。

テリーは哀願するかのようにアントワーヌのこぶしにしがみついていた。汗が垂れている。「聞け、アントワーヌ」唇をなめて言う。「おまえには経験があるか……恋の」

アントワーヌは口を大きくあけた。給仕長に目を向ける。給仕長は顔を蒼白（そうはく）にし、震える声で言った。「たぶんムシューはお加減が悪いのだろう。おそらくお医者さまを――」

「恋だよ！　恋だ！」テリーは懸命に言った。「恋が何かは知ってるだろ？　アムールだよ！　いちゃいちゃ（キッチー・クー）だよ！　L・O・V・E！」

「こいつ、頭おかしい」アントワーヌはつぶやいて、恐る恐るあとずさりをした。

「ああ、おれは頭がおかしいさ！」テリーは叫んで長い腕を振った。「大好きな女にどうやって結婚を申しこもうか、頭がおかしくなるくらい必死に考えてたのに、この野郎は声がでかいとかぬかすんだぞ！」

ジャンヌ・ダルクが火あぶりにされたときどんな気分だったか、エヴァは理解できた気がした。頬が熱くて焦げそうだ。人生でこれほど恥ずかしい目に遭ったことはなかった。レストランは爆笑の渦に包まれていた。だれもが笑っている。給仕長すら笑みを浮かべて、すっかり緊張が解けている。

「このぽんこつ！」エヴァは息を切らして椅子から勢いよく立ちあがった。「もうたくさんよ！」

エヴァが走り出すと、四方八方から笑い声が追いかけてきた。悪夢ね。あの男っていったい――。あんな――。あんな――。

しかし店を出て、ひさしの下に敷かれたゴムマットまで来たとき、エヴァは立ち止まった。どういうわけか、そこにテリーが立っていた。

「聞いてくれ、嬢ちゃん」テリーはかすれた声で言った。「おれと結婚して、この絶望からおれを救い出してくれ！」

「ああ、テリー」エヴァはすすり泣き、両腕をテリーの首にまわした。「とってもうれしい。あなたって、とんでもないばか。わたしもすごく愛してる」

ふたりの後ろで拍手喝采（かっさい）が沸き起こった。振り向くと、レストランの戸口に人が群がり、あの給仕長がふたりに向かって慇懃（いんぎん）に頭をさげていた。

「フランス万歳（ヴィヴ・ラ・フランス）」テリーはそっと言い、それからエヴァにキスをした。

マクルーア博士が呼び鈴を鳴らすとジューナがドアをあけ、まず驚きの表情、つぎに怒りの表情を浮かべたあと、最後は悟りきった表情になった。事件が解決したあとに帽子を手にして尋ねてくる人々には、ジューナも慣れていた。

「こんばんは」エラリーはゆったりと挨拶（あいさつ）をし、暖炉の前の肘掛（ひじか）け椅子から立ちあがった。「おはいりください、博士」

「長居はしないよ」マクルーア博士は言った。「まだお礼をしっかり言っていなかったと気づいたんだ。それに、もちろん――」

「ああ、そうでしたか」エラリーはとまどったふうだった。「おかけください、博士。父は警察本部で残った雑務を片づけていて、記者たちを満足させているところですよ。家にはぼくたちだけです」

「テリーから聞いたんだが、気分があまりよくないそうだね」博士は煙草を受けとりながら言った。「反動だろうな。実にすばらしい推理だった。具合が悪そうに見えるな。実のところ、気分はどうだね」

「低調ですね。おかしな話ですが、あなたも少し痩せたんじゃありませんか」

「ああ、わたしか」博士は煙草を吸いながら肩をすくめた。「そうだな、わたしも人の子だ。どれだけ感情を堅固にしていても、なおそれを突き破るものもある。ひとつは愛する者が危険にさらされたこと。もうひとつは強い衝撃――エスターのことだよ。せっかくいままで生きていたとわかったというのに、結局会えたときには死んでいた。それに――」静かに付け加えた。「カレンのこともな」

エラリーはうなずき、火のついていない暖炉を見つめた。博士はため息をついて立ちあがった。「まあ、これ以上わたしが何か言う必要も――」

「博士、おかけください」

マクルーア博士はエラリーを見た。

「お話しすべきことがあります」

博士の大きな体から伸びた腕は宙に浮いたまま止まり、その指先で煙草がくすぶっている。「何か問題があるのか、クイーンくん」

「はい」

マクルーア博士はふたたび腰をおろした。痩せた大きな顔に不安の色がもどる。眉を寄せた。

エラリーは椅子から立ちあがり、暖炉へ歩いていった。

「午後からいままでずっと考えていたんです。椅子にほとんどすわりっぱなしで……。ええ、たしかに問題があります」

「重要なことかね」

「きわめて重要です」

「まさか」博士はゆっくりと言った。「カレンが実は自殺していないとでもいうことなら……」

「ああ、いや、自殺です。まちがいありません」エラリーは言って、暖炉の上に交差して掛けられた二本のサーベルをきびしい顔で見やった。「その点は真実です」

「では、何が問題なんだ」博士は椅子から勢いよく立ちあがった。「ひょっとしてエヴァが——あの子がまだ——」

エラリーは向きなおった。「今回の事件には、まだふれられていない面があるんですよ、博士。解決したとはとうてい言えません。警察のかかわる部分――そして父のかかわる部分は解決しましたが、それではじゅうぶんじゃない。解決すべき恐ろしい問題――これまでぼくが経験したなかで最もむずかしい問題が残っているんです。正直に言って、どうすればいいのか、ぼくもわかりません」

博士は当惑した様子でまた椅子に体を沈めた。「だが、エヴァが無実で――カレンが自殺だとすると――わたしには見当も――」

「来てくださって感謝しています、博士。どうやら人間同士のつながりには、ただの物質的なものではない定めのようなものがあるようです」エラリーは鼻眼鏡をはずして、ぼんやりと拭きはじめた。「博士が来てくださったおかげで、むずかしさがいくぶん和らぎますよ。少しお時間はありますか、博士」

「もちろんだよ。お望みどおり、いくらでもここにいるよ」博士は不安げにエラリーを見つめた。

エラリーは台所へ行った。「ジューナ」と呼ぶと、びっくり箱のようにジューナが飛び出してきた。「映画を観にいきたくはないか」

「どうでしょう」腑に落ちない様子で答える。「このあたりでやってるのは全部観ちゃったんですよ」

「きっといいのが見つかるさ」エラリーは少年の手に紙幣を一枚押しつけた。ジューナが見あげる。ふたりの目が合った。

それからジューナは「そうですね。たぶんあるでしょう」と言って、クロゼットへ飛んでいき、帽子をつかんでアパートメントを出ていった。

「さて」ドアが閉まるや、エラリーは口を開いた。「こんなむずかしい立場に陥ることはめったにありません。ぼくが知っていて父が知らないことを、父に伝えるべきか、伝えざるべきか。また、きわめて繊細な問題が含まれているので、通常の手立てを使えません。だから博士にご協力をお願いするしかないんです」

「だが、どうやって協力すればいいんだね、クイーンくん。やはり、エヴァに関係のあることなのか？」

エラリーは腰をおろし、ゆっくりと煙草に火をつけた。「はじめからお話ししましょう。つまるところ、求められているのは通常の結論ではなく、ぼくが決められることですらありません。決めるのは博士、あなたなんです。ぼくはあなたのご判断に従います――この事件を現状のまま、公には解決したことにしておくか、それとも、あす明るみに出して、ニューヨークじゅうに衝撃を与えるか」

マクルーア博士は顔が青ざめていた。しかし、落ち着いた声で言った。「これまでわたしは、人間の肉体が経験しうるほぼすべての衝撃に耐えてきた。だから今回も耐えられると思う。つづけてくれ、クイーンくん」

エラリーはガウンのポケットから、折りたたまれた紙を一枚取り出した。それを開くのを博士は無言で見守っていた。

「これは」エラリーは話しはじめた。「父が持っていた、博士の義姉であるエスターがフィラデルフィアで書き残した遺書の写しです」

「それで？」博士はぼんやりと尋ねた。

「原本はもちろん父のところにあります。まずお伝えしておきますが——遺書を書いた人物について不審な点はありません。筆跡鑑定の結果、疑いの余地なくエスターの直筆だと判明しています。

さて、もちろん」エラリーはどこかうつろな声でつづけた。「解釈については、カレンの死が自殺であったことを考慮に入れたうえで、あらためて調整しなくてはなりません。エスターが自分自身について言及している個所はカレンの殺害を意味している、とわれわれはもともと考えていました——つまり、エスターがカレン・リース殺害を自白したのだと。ただ、カレンが自殺したのであれば、言うまでもなく、エスターがカレンを殺害したはずがありません。さらに言えば、カレンの死が自殺でなかったとしても、エスターはカレンを殺害できませんでした。というのも、エスターが死んだ時点でカレンはまだ生きていたからです。また、カレンの死の責任をエスターがかぶろうとしたというのもありえません。エスターが遺書を書いたとき、カレンはまだ生きていたんですから」

「むろん、エスターが言及したのはわたしの弟の死についてであるはずだ、カレンではなく」博士はうなずいた。「どうやらエスターは、みずから命を絶つまで、フロイドを殺したのは自分だと思いこんでいたようだ」

「はい。それはまちがいありません。昔からの強迫観念です。そのことがいま重要で、それはそのことが事件全体のなかでも特に謎めいた問題——すなわち、カレンがエスターを縛っていた枷とはいったいなんだったのか、という問題へのひとつの答を暗示しているからです。その枷があったから、エスターは自分の妹の名声に満ちた人生にみずからを捧げたんです……自分は死んだことにされてもいい、とまで言って」

博士は眉を寄せた。「どういうことなのか、わたしには——」

「これはきわめて狡猾で病的で悪辣な心理の駆け引きによるものですよ。博士ご自身が驚いたとおっしゃっていたでしょう。十七年前、エスターがあまりにも深くその強迫観念に取り憑かれていたこと——つまり、あらゆる客観的な事実を無視して、あなたの弟を殺したのは自分だと言い張っていたことについてね。ただ、ここでぼくが、頭脳はすぐれているが道徳心の欠落したひとりの女の存在を示したら、エスターの強迫観念の正体が理解できるのではないでしょうか。その女は、エスターに施されていたあらゆる治療を無に帰させた――エスターの耳もとで、まちがいなくおまえが夫を故意に殺したのだとささやきつづけ、哀れで疲れきって苦悩に満ちた魂を激しく揺さぶったのではないか。そしてその結果、ついにエスターが、自分が夫を殺したと本気で思いこむに至ったのだとしたら？」

マクルーア博士は口を大きくあけてエラリーを見つめていた。

「だとしたら、すべての説明がつきます」エラリーは暗い顔で言った。「エスターが懸命にわが子を遠ざけようとしたのも、それなら納得できる――温和な性格だったエスターにとっては、いつの日か自分の娘が殺人者の子だと自覚するというのは耐えがたいことだったでしょう。だから、以前うかがったとおり、エスターはあなたに対して、エヴァを養子にしてアメリカへ連れていき、実の親がだれなのか知らせずに育ててくれと強く求めたわけです」

「そのとおりだ」博士は小声で言った。「そして、カレンもそれに賛成した」

「もちろん、そうでしょう。おそらく、カレンがその考えを植えつけたんですから。カレンはゆがみきった人間でした。その点に疑問の余地はありません。一連の計画を思いつき、それを実行できたのは、倫理観がぼやけて良心の欠けた腹黒い女だったからにちがいない。カレンはエスターの才能、自分が持ち合わせていない才能を見抜いていました。一方で、並々ならぬ野心の持ち主でもあった。そこでカレンはエスターに働きかけ、フロイドを殺したのは自分だという妄想を育てていきます。精神の安定を失ったエスターはやすやすと、カレンのいだく野望の餌食となり、足もとにひれ伏すことになった……。なぜカレンはそんなことをしたんでしょうか。理由は野心だけではなく、そこには果たせなかった思いがかかわっていたはずです。おそらく、カレン・リースはあなたの弟のフロイドを愛していたのだと思います。自分がものにできなかった男を得たことでエスターが苦しむのをカレンは望んでいたのでしょう」

マクルーア博士は呆然とかぶりを振った。

エラリーは遺書にちらりと目を落とした。「〝あなたの母は怪物です〟と、エスターは遺書のなかでエヴァに向けて書いています。〝さいわい、その怪物にも、恥ずべき秘密をあなたから隠し抜く人間らしさがありました〟と。

このことから考えるに、エスターが何もかもを耐え忍んだのはエヴァのためだったにちがいありません。だから、エヴァはカレンにとって最大の武器であり――万が一、自分の母親が父親を殺したとエヴァが知ったら、その人生、その将来がすべて粉々になる、とカレンはエスターに吹きこみました。そしてエスターも同意しました。自分でもそう思ったんです。エヴァにはけっして知られてはならない、と。

カレンがおのれの野望を果たすために、エスターをアメリカへ同行して、その天賦の才が生み出す成果を祖国で搾りとろうと目論(もくろ)み、その実現のために、エスターの同意と協力を得たうえで、本人が日本で〝自殺〟の形で姿を消したという冷酷で型破りな筋書きを考えついたと想像するのは、さほどむずかしくないでしょう。エスターをあえてエヴァのすぐそばに住まわせ、自分の娘が近くにいるのに名乗り出られないという責め苦を与えてカレンがほくそ笑んだと推測するのも、さほどむずかしくないでしょう。それもまた復讐(ふくしゅう)の一部だったんです……。そしてカレンはつねに、エスターの口を封じる武器をひとつ持っていました。母親の正体とかつての所業をエヴァに知らせると脅迫することです」

マクルーア博士は毛深い両の手をきつく握りしめた。「悪魔だ」感情のこもらない乾いた声でつぶやく。

「少なくとも、その同類だとは言えます」エラリーはうなずいた。「しかし、最も興味深い点にはまだふれていません。よろしいですか」そこでもう一度、エスターの遺書の写しを読みあげた。「〝というのも、あなたは妹の命を救えたかもしれない世界でただひとりの人間なのですから〟」声を大きくする。「〝妹の命を救えたかもしれない〟！　カレンが死に瀕(ひん)していたことを、なぜエスターは知っていたのでしょうか。エスターが死んだのはカレンが死ぬ四十八時間前だったのにこれからカレンが死ぬとなぜわかったのでしょうか」

エラリーは椅子から立ちあがり、落ち着きなく歩きはじめた。

「もともとカレンが自殺するつもりだと知っていたのでなければ、そんなことがわかるはずがありません。しかし、カレンが自殺を図る前に、なぜエスターはそれを知りえたのか。カレン本人から聞いたとしか考えられません。〝そのことを予想はしていましたが、なす術がありませんでした〟とエスターは書いています。そこでエスターは捨て鉢の行動に出ました。エスターはカレンが死ぬことを望んでいなかったし、自分があの家で暮らしているのを発見されたくなかった——死んでいたとしても、見つかりたくなかったんです。というのも、生死にかかわらず、カレンの死後にエヴァが〝怪物〟である母親がそこにいたことを知ってしまうからです。だから、取り乱したエスターは家から抜け出し、偽名を使って別の町で自殺しました。それが、遺書にある〝だからわたしは、怪物なりに絶望しつつ、自分のすべきことをいたしました〟ということばの意味です」

「実に明快だ」博士は疲れた様子で言った。

「そうでしょうか、博士。なぜカレンは自殺したんですか」小さなテーブル越しにエラリーは身を乗り出した。「なぜですか。カレンには生きる目的がいくらでもありました——名声、富、間近に迫った結婚。自殺した理由はなんでしょうか」

博士は驚いたようだった。「罪悪感や良心の呵責のせいにちがいないときみ自身が言った気がしたが」

「あなたはそう思いますか？　カレン・リースのような人間は、ほんとうに罪悪感というものを経験したことがあるでしょうか。もしあるなら、なぜ自殺する前に世間に向けて打ち明けなかったのか。罪悪感とはある種の目覚めであり、良心の再生でもある——そして、償おう、贖おう、埋め合わせよう、といった努力をともないます。カレン・リースはこの世を去るにあたって、長年世間を欺いてきたことを公表したでしょうか。本来エスターが受けとるべきものを本人が取りもどせるように、遺書を書き換えたでしょうか。あのような特殊な状況で良心の呵責を覚えた人間がするであろう行動のうちどれかひとつでも、実際におこなったでしょうか。いいえ。カレンは生きていたときのままで——秘密を隠したままで——死去しました。ちがいますよ、博士、罪悪感じゃありません。

さらに言えば」エラリーは声を張りあげた。「エスターの遺書はどんな調子だったでしょうか。あれが、妹が自分に対して犯したほんとうの罪について、本人から真実を打ち明けられたばかりの人間の書く遺書でしょうか。エスターが書いた〝運命の稲妻〟や〝わたしたちの残酷な運命〟とはどういう意味なのか。カレンについて書いているエスターの文章には、同情の響きすらあるのではないか。そして、たとえエスターが天使だったとしても、十七年前の事件について嘘を吹きこみつづけていたと打ち明けられ、嘘と脅しを武器にして意図的に犯罪まがいのやり方で自分を利用してきたと知らされた直後に、同情のこもった文章をカレンについて書けるものでしょうか。いいえ、博士、カレンはエスターに対する罪悪感から自殺したんじゃありません。自分が何をしてきたのか、その真実をエスターに打ち明けることなく、カレンは死にました。カレンの自殺の原因はまったく別のものです――エスターとはなんの関係もなく、エスターに話しても差し支えのない、聞いたエスターが同情して、自分たちの魂に神の恵みがあるよう祈りたくなるような理由なんです！」

「混乱してきたよ」マクルーア博士は額を手でぬぐった。「わけがわからない」

「では、こうすればわかっていただけるかもしれません」エラリーはもう一度遺書を手にとった。「〝あのとき、あなたが離れずにいてくれたら〟――博士、あなたのことです。〝あのとき、あなたが妹を連れていってくれたら！　というのも、あなたは妹の命を救えたかもしれない世界でただひとりの人間なのですから〟これでおわかりになりませんか？」

「エスターが言いたかったのは」マクルーア博士はため息を漏らした。「わたしがヨーロッパ旅行に出かけなければ、あるいはカレンを連れていっていれば、カレンは自殺をせずにすんだのではないかということだ」

「しかし、なぜ」エラリーは静かに尋ねた。「なぜ先生のことを〝妹の命を救えたかもしれない世界でただひとりの人間〟と書いたんでしょうか」

「そうだな」博士は眉を寄せた。「婚約者だからじゃないだろうか。カレンがほんとうに愛情を寄せていた相手はわたしだけだという――」

「〝最後の砦も、最後の希望も、いっしょに去ってしまいました〟とはどういうことでしょうか」

博士は薄青い瞳でエラリーを痛々しいほど凝視した。

「ぼくが説明しましょう、博士」エラリーはゆっくりと言った。「この部屋は墓室ですから、ここでなら話せます。この部屋でなら、声をあげて話しても外へは漏れません――ぼくのおかしな空想を、このささやかな思いつきを、この怪物めいた執念深い妄想を、午後からずっとぼくを苦しめてきたこの確信を口にしてもね」

「どういうことだ」マクルーア博士は問いながら、椅子の肘掛けを握りしめた。

「ぼくが言いたいのは、博士、あなたがカレン・リースを殺害したということです」

24

つぎの瞬間、マクルーア博士は椅子から立ちあがって窓辺へ歩いていくと、エラリーも見慣れているゆったりとした力強いしぐさで、毛深い両手を背の後ろで握り合わせた。大男が振り返ると、驚いたことに、顔に落ち着いた楽しげな表情が浮かんでいた。

「もちろん、クイーンくん」博士は含み笑いをした。「冗談なんだろう」

「いいえ、ちがいます」エラリーは少し声を硬くした。

「しかし、きみ――矛盾しているよ。はじめにきみは、カレンは自殺したと言った――それどころか、そのことを証明もした！――それがこんどは藪から棒に、わたしが殺したと言いだすなんて。こちらが面食らうのも無理はないだろう」

エラリーは痩せた顎をしばらく掻いた。「ぼくをからかって楽しんでいるのか、それとも途方もなく忍耐強い人なのか、判断しかねますね。博士、たったいまぼくは、人類史上最悪の犯罪をおこなった人物としてあなたを糾弾しました。弁解しようとは思わないんですか」

「ぜひとも知りたいと思っているよ」即座に博士は答えた。「ニューヨークの自宅にいた人間を、港から一日半かかる海の真ん中でデッキチェアに寝そべっていた男が殺せたと、きみがどうやって論理的に証明するつもりなのかを」

エラリーは顔を紅潮させた。「ぼくの知性に対する侮辱ですね。第一に、ぼくは厳密な論理によって証明できるとは言っていません。第二に、ぼくは先生が自分自身の手でカレンを殺害したとは言っていません」

「ますます興味が湧くな。どんな手を使ったと言うんだね——幽体離脱だとでも？　おい、おい、クイーンくん、ちょっとした冗談だと白状して、もうやめにしないか。メディカル・クラブへ行って、一杯おごるよ」

「いっしょに飲むことについてまったく異論はありませんが、まずは疑念を払拭しなくてはなりません」

「じゃあ、本気なんだな」博士はそう言ってしげしげとエラリーを見つめ、その突き刺すような視線で露骨に穿鑿されたエラリーはわずかに居心地の悪さを覚えた。「なら、つづけてくれ」やがて博士は言った。「聞こうじゃないか、クイーンくん」

「煙草は？」

「いや、けっこうだ」

エラリーは新しい煙草に火をつけた。「繰り返しになりますが、エスターの遺書から引用して、こう問わなくてはなりません――なぜあなたがカレンの〝命を救えたかもしれない世界でただひとりの人間〟なのでしょうか。なぜカレンにとっての〝最後の希望〟なのでしょうか」

「こちらも繰り返しになるが――哀れなエスターの心を一点の疑問もなく読みとれるなどと言い張る気はないとはいえ――わたしにとっては単純な問題だよ。もしわたしが実際にそばにいてやったら、カレンの愛着の強さを考えると、みずから命を絶つことはなかっただろうということだ」

「でも、エスターはそう確信していたわけではありません」エラリーはつぶやくように言った。「遺書には、あなたがカレンの命を救えたとは書かれていませんでした。救えたかもしれない、と書いてあるんです」

「些細(ささい)なちがいにこだわりすぎだよ」マクルーア博士は言った。「たしかに救えたかもしれないが、わたしがニューヨークにいたとしても、カレンは自殺していたかもしれない」

「その一方で、ぼくはこう思いました」エラリーは静かに言った。「もしエスターの心のなかに、あなたがカレンの自殺を食い止めると確信できない部分があるとしたら、その理由は、カレンの婚約者としてのあなたとは無関係なのではないか、と」

「今夜は頭がよく働かなくてね」博士は微笑んだ。「きみが何を言おうとしているのか、まったくつかめないんだ」

「博士」エラリーは唐突に切り出した。「あなたがこの世界のだれよりもすぐれているのはどんな点ですか」

「人より桁ちがいに秀でた点があるなどと考えたこともないな。だが、そう言われれば当然、悪い気はしない」

「謙遜が過ぎますよ。博士が高名である根拠となるものは――ついこのあいだ世界的な名声を博した理由となるものは――長い時間と、評価の高い技術と、かなりの財産を注ぎこんできたものは――癌の研究と治療です」

「ああ、それか！」博士は手を振った。

「あなたが癌治療の第一人者であることはだれもが知っています。エスターですら知っていたにちがいない――肉体は閉じこめられていたとはいえ、著作を読めば、本人が書物や新聞を通じて世間の時事に精通していたことがわかります。ならば、あなたが癌治療の世界的権威だと知ったうえで、〝妹の命を救えたかもしれない世界でただひとりの人間〟とエスターが書いてもおかしくないでしょう」

博士は椅子にもどり、その上で手脚を大きくひろげた。胸の前で腕を組み、目を軽く閉じている。

「奇想天外な想像力だな」

「それほどでもありませんよ」エラリーは物憂げに言った。「というのも、生きる目的に事欠かなかった女が突如として自殺を選んだ理由をまだ明らかにしていないからです。その動機はわかりません。ただし――仮にその人が、死の手が迫っていると感じていたなら、話は別です。不治の病に冒されていると確信していたとしたら。自分の余命がわずかだと確信していたとしたら。

もしそうなら、幸せな私生活がすぐそこに待ち受けていることや、文学界で至高の名声を得たばかりであることや、居心地のよい境遇に置かれていることや、ほんの一か月先に高額の財産の相続が控えていること――そういったすべてのことを目の前にして自殺したことが理解できるようになります。そう、その場合だけです」

マクルーア博士は奇妙なしぐさで肩をすくめた。「つまり、カレンは癌だったと言いたいのかね」

「〝妹の命を救えたかもしれない世界でただひとりの人間〟と書いたとき、エスターの頭にあったのはそういうことだったとぼくは信じています」

「だが、わたしもきみも知ってのとおり、そちらのプラウティ医師が書いた検死報告書には、癌についての記述はなかったじゃないか――ひとかけらもな。もしカレンが進行癌に冒されていたなら、検死でそれが見つかっていたはずだとは思わないのか」

「まさにその点です！」エラリーは小さなテーブルを叩いた。「カレン・リースは、実際には癌でもなんでもなかったのに、癌に冒されていると思いこんで自殺したんです。そして、姉のエスターも同じように思いこんでいた！」

博士の表情には、いまや静けさといかめしさが入り混じっている。博士は椅子の上で少し身を起こした。「なるほど」静かに言う。「そういうことか。それがきみの考えていたことか」

「そうです。体には癌の徴候が見られなかったのに、カレンは自分が癌だと思って自殺しました。つまり、ありもしない内臓疾患への疑いをいだくことすらなく、癌だと確信していたことになります」エラリーは身を乗り出した。「マクルーア博士、カレンにそんなふうに確信させることができるのはだれだと思いますか」

博士は何も言わなかった。

「博士のご発言を引用しましょう。〝わたし以外の医者にかかることはなかった――理想の患者だったよ〟、〝こちらの指示や忠告にしっかり従っていたよ〟。そう、あなたはカレンの主治医として、ただの神経衰弱と貧血の症状を――体重の減少と食欲の減退、ひょっとしたら栄養不良、おそらく消化不良や食後の不快感といった症状を――癌だと診断したんです。婚約者だという理由で、カレンはそのことばを鵜呑みにし、癌治療の最高権威だという理由で、ほかの医者にかかろうとは夢にも思いませんでした。そのことはあなたもわかっていたはずです！」

博士は無言のままだった。

「そう、あなたが抜かりなく事を運んだであろうことは疑いません。カレンのものだと偽って、レントゲン写真も見せたかもしれませんね。もっともらしく、手の施しようのない種類の癌だと――たとえば胃癌で、肝臓や腹腔にも転移して外科手術では取り除けないほど進行しているとでも言ったんでしょう。手際のよさも説得力も抜群だったので、あなたが直接何かを言ったりほのめかしたりしなかったとしても、カレンはすぐさまあなたの心理作戦の犠牲者となり、その精神状態からすれば、戦いを放棄して自殺を考えるのは当然の成り行きでした」

「きみはいま」博士は言った。「わたしに質問しているのかね」

「いえ、すでに知り合いの医者に電話をして、さりげなく尋ねてみましたが――不誠実な医者が神経衰弱と貧血の症状がある患者に癌だと思いこませるのはたやすいことだとわかりましたよ」

「だが、そうだとしても」博士は楽しそうに言った。「医者というものは、世界最高の注意力をもってしても、誤診をする可能性があるということをきみは見落としている。あらゆる検査結果や所見が――そう、レントゲン写真も含めて――癌であると示していたにもかかわらず、実際はまったくちがったという例ならいくつも知っている」

「ほかならぬあなたの知識と経験があって、誤診をしたというのは信じがたいですよ。ただ、仮にこれが罪のない誤診だったとしても、なぜカレンに告知したんですか。結婚する直前だというのに。知らせずにおく気づかいがあってもよいと思いますが」

「だが、誤診だったとしても、医者は心の底から癌だと信じていたとしたら、患者に知らせずにはいられない。どれだけ進行していようと、治療すべきだと思ったのかもしれない」

「でも、博士、あなたは治療しなかったでしょう？　あなたは自分の〝患者〟を見捨てた。ヨーロッパへ旅立った。それは親切心からそうしたのではありません——まったく逆です。不治の癌に冒されているとあえてカレンに伝え、治療などしないほうがましだとあえて言った。カレンを苦しめるために、わずかな希望すら残さないために——それを実際の出来事に即して言い換えれば、カレンを自殺へ追いこむために！」

博士は深く息をついた。

「さて、おわかりいただけたでしょうか」エラリーは静かに尋ねた。「ある男がはるか彼方にいる女を殺した手口が」

博士は手で顔を覆った。

「そして、ぼくが先ほど、カレン・リースが自殺したのは事実だが、実際に殺したのはあなただと言った意味もおわかりいただけたでしょう。これはきわめて珍しい型の殺人です。心理的な殺人、単にほのめかすことによる殺人。しかし、まぎれもない殺人であり……あなたが大西洋の真ん中のデッキチェアの上ではなく、あの部屋にいて、はさみの片割れを自分の手でカレン・リースの喉に突き立てたのとなんら変わりはありません」

マクルーア博士は考えこんでいるように見えた。「それで、この奇想天外な推理では、動機はいったい何かね」エラリーに問いかける。「わたしの目的至上主義のせいだとでも？」

「そうではありません」エラリーは静かに言った。「動機は人間味のある、理解可能なものであり、尊敬に値するとさえ言えます。あなたは何かのきっかけで――庭園でのカレン・リースの受賞記念パーティーから旅行に発つまでのあいだに――かつて日本にいたころに自分が愛していたエスター・リース・マクルーアが、長年にわたって婚約者の部屋の上にある屋根裏部屋で過ごしていたことを知りました。エスターは監禁され、打ちのめされ、欺かれ、搾取され、利用され、天才の所産である数々の作品を奪われていた。もしかしたらあなたは本人に直接会って話し、そのうえでエヴァのために沈黙を守ったのかもしれません。ともあれ、あなたはすべてを知り、カレンへの愛情は一転して苦悩と復讐願望へと変わりました――カレン・リースの真の姿を、生きる価値もない怪物としての姿をはじめて知ったのです」

「その点については」マクルーア博士は言った。「異論はないよ」

「婚約者が殺害されたと船上で知らせを受けたとき」エラリーは憂いに満ちた声でつづけた。「あなたは演技する必要すらなかった。あなたは旅に出たときにカレンが自殺するつもりだと確信していたので、殺されたらしいと聞かされて、恐ろしい衝撃を受けました。そんなことは予想もしていなかったからです。あなたの反応はごく自然なものでした。当然ながらエヴァのことを心配し――自分と同様に秘密を知ったエヴァがカレンを殺したのではないかとすら考えました。その後、あなたはカレンがだれかに殺されたものとばかり思っていましたが、やがて自殺だとぼくが証明し――そこでようやくみずからの手に殺人の痕跡（こんせき）を見てとって、結局のところ、自分がカレンを殺したのだと悟ったわけです」

マクルーア博士は言った。「煙草を一本もらえるかね」

エラリーは無言で差し出し、それからしばらくのあいだ、ふたりは向き合って坐（ざ）したまま、会話が要らないほど仲のよい親友同士のように、いっしょに煙草を吹かしていた。

ようやく博士が口を開いた。「きみのお父さんが今夜この場にいたらなんと言っただろうと、ずっと考えていたよ」笑みを浮かべて肩をすくめる。「あの人はこんな話を信じただろうか。そうは思えんね。だって、なんの証拠がある？　何もないじゃないか」

「証拠とはなんでしょうか」エラリーは尋ねた。「証拠というのは、すでに真実だとわかっていることに衣装を着せるだけのものです。信じる意志がじゅうぶんにあれば、人はどんなことでも証明できます」

「そうは言っても」博士は言った。「残念ながら、われらが法廷と司法の倫理は、もっと具体的なものに基づいて営まれている」

「ええ」エラリーは認めた。「そのとおりです」

「それなら、今晩われわれは空想を思う存分楽しんだことにしようじゃないか」博士は言った。「こんな戯れはやめて、クラブへ行こう。さっき、おごると約束したろう」

なおも微笑んだまま、立ちあがった。

エラリーはため息をついた。「どうやら、こちらのカードをすべてお見せしなくてはならないようですね」

「どういうことかね」マクルーア博士はゆっくりと尋ねた。

「ちょっと失礼します」エラリーは立ちあがり、自分の寝室へ向かった。マクルーア博士は煙草を灰皿に押しつけて、かすかに眉をひそめた。やがてエラリーはもどり、博士が振り返ったとき、エラリーの手には封筒がひとつあった。

「警察は」エラリーはすぐに言った。「この手紙のことをまったく知りません」封筒を博士に手渡す。大柄な男は力強く毛深い指でそれを裏返した。上等な封筒で、きめの細かい紙でできていて、象牙色の地に薔薇色の菊の模様がかすかについている。表側には、端正なカレン・リースの筆跡で書かれていた――〝ジョンへ〟と。裏側には、カレンが使っていた金色の封蠟に、日本語の表意文字をかたどった小さく風変わりな印が捺してあり、それは博士の見慣れたものだった。封はすでに切られている。切り開かれた上端の隙間から、四辺に手漉きの耳がついた紙が折りたたまれてはいっているのが見える。まるで長いあいだ野ざらしにされていたかのように、封筒は汚れて露の染みがついていた。

「ぼくが見つけました」エラリーは博士をじっと見つめた。「きょうの午後、カレン・リース宅の屋根を走る雨どいのなかでね。はさみの片割れの近くにありましたよ。封がされていて、ぼくがあけました。まだこのことはだれにも話していません――あなた以外には」

「あのカケスか」博士はやや放心のていで言った。

「まちがいありません。きっと窓の鉄格子を抜けて二往復したんでしょう――一度目ははさみの片割れといっしょに、二度目はこの封筒といっしょに。金色の封蠟に惹かれたんでしょう」

博士はうなずいて、もう一度封筒をひっくり返した。「カレンはどこでこの封筒を手に入れたんだろう」つぶやき声で言う。「キヌメに便箋を取りにいかせたときは、全部使いきっていたと思っていたが――」

「ああ、たぶん便箋と封筒がひと組だけ余っていたんでしょう」エラリーは平然と答えた。「ただし、手紙は二通書くつもりだったんです。一通はあなた宛、もう一通はモレル宛に……」

「そうだな」博士は言った。封筒を小さなテーブルに置き、エラリーに背を向ける。

「残念ながら、われわれは物事をいつも自分の思いどおりの順序で並べられるわけじゃありません。もしあの鳥が邪魔をしていなければ、何もかもがちがっていたはずです。取り出してみればわかりますが、中にあるのはカレン・リースの最期のことばです。そこには、みずから命を絶つこと、そしてその理由が書かれていました。手の施しようがないとあなたが診断した癌から逃れるには自殺するしかないと」

マクルーア博士はつぶやくように言った。「じゃあ、それでわかったのか！　どうりで思考の過程がいささか強引だと思ったよ」

だが、エラリーは言った。「それなら、ぼくがご協力をお願いした理由がおわかりでしょう。ぼくはけっして満足しないという忌まわしい性格の持ち主でしてね。ほんとうに、ほんとうに残念に思っているんです。あなたのおこなった犯罪は、発覚しないという結末のほうがむしろふさわしかったかもしれません。自分ではどうすればいいのかわからないから、あなたに協力していただきたいんです。ご判断をおまかせすべきだとぼくは考えています」

「わかった」マクルーア博士は思案顔で言った。

「あなたに与えられた道は三つです。第一はこの部屋を出ていって沈黙を貫くこと。その場合、倫理上の問題は完全にぼくにまかされる。第二はこの部屋を出ていって警察に自首すること。その場合、哀れなエヴァにとどめの一撃を見舞うことになります。そして第三はこの部屋を出て――」

「わたしは」博士は静かに言って背を向けた。「自分がなすべきことはわかっているつもりだ」

「ああ」エラリーは言い、煙草入れを手で探った。

博士は帽子を手にとった。「では、失礼する」

「さようなら」エラリーは言った。

マクルーア博士は右手を力強く差し出した。エラリーはゆっくりと、友との最後の握手を交わすように、その手を握った。

博士が出ていったあと、エラリーはガウン姿で暖炉の前に腰をおろすと、手を伸ばして封筒をとり、しばし暗い顔で見つめたあと、マッチを擦って封筒の端に火をつけ、それを空の火床に置いた。

腕を組んで椅子に深くすわりなおし、封筒が燃えるのを見守った。博士が最後に言っていたことを思い出した。〝じゃあ、それでわかったのか！　どうりで思考の過程がいささか強引だと思ったよ〟

それから、あの日の午後、だれにも告げずにカレンの家を探索し、便箋と封筒を見つけたときのことを思い返した。カレン・リースの死んだ部屋の静寂のなかで、すわりこんでカレンの筆跡を真似し、不可欠のことばを書きこんだ。耳のついた白紙の便箋を折りたたんで、先に準備した封筒に入れたのち、いったん閉じてから切って開き、それから閉じ蓋の部分に金色の封蠟を垂らして、カレン・リースの印を捺した。そして、全体に汚れをつけ、露の跡を仕立てあげたのだった。

〝思考の過程〟か！　ああ、こちらも必死で考えたよ。

金色の蠟が熱で融けて流れるのを見つめながら思った。心理を操る殺人をどうしたら立証できるのか。手ではなく頭を使って殺人を犯せることをどうしたら立証できるのか。正当な復讐を果たしたいという当然の願望を、どうしたら罰することができるのか。風をつかまえ、雲をとらえ、正義におのれの死刑を宣告させるには、どうしたらいいのか。

エラリーはむっつりと火床をながめていた。見ているうちに、最後の紙のひとひらが火になめつくされ、残ったのはわずかな灰と、死の塊のように垂れ落ちた黄金色のしずくだけだった。

そしてエラリーは考えた。手をくだせない相手に抗（あらが）わせてくれるものは偽装しかなく、自分を導いてくれるものは良心しかない。ペンとインクと紙と封蠟だけを用いて一方を実現し、他方を呼び覚ますことは、人間にとってなんとたやすく、そしてなんと恐ろしいことだろうか。

火の消えた暖炉の前でエラリーはかすかに身を震わせた。あたかも神の役を演じているかのようで、あまり居心地がよいとは言えなかった。

（了）

解説　東は東、西は西

飯城勇三

——「わたしは、かつて日本に縁の深いある作品の中で《キチク》という言葉を使いました。それは《愛》の言葉でした。しかし、他ならぬ、この国に来て知ったのです。日本では《キチク》という言葉に《Cold-Blooded Beast＝鬼畜》という意味があると」（北村薫『ニッポン硬貨の謎』のエラリーの台詞より）

その刊行——再び最高の舞台へ

エラリー・クイーン（マンフレッド・B・リーとフレデリック・ダネイ）による前作『中途の家』は、単行本で出る前に、雑誌《コスモポリタン》に先行掲載されました。これは好評だったらしく、本作『境界の扉』もまた、単行本が一九三七年に出る前に、《コスモポリタン》誌一九三六年十二月号に短縮版が掲載。当時のアメリカで最高級の雑誌から再びお呼びがかかったことは、クイーンの人気の高さを証明していますね。長さは全体では単行本の60％ほどになっていますが、細かく見ると、第一部と第五部が65％、第二部～第四部が55％程度。ミステリ部分の大きな変更はありません。続いて内容を見ると、題名の国名だけでなく、『中途の家』まではあった挑戦状も外されました。次作『悪魔の報復』以降もすべて挑戦状がないので、クイーンが挑戦形式を捨てたと考えられます。ただし、本作にはまだ、「ある推理の問題」という副題が添えてあることを考えると、プロットが――『シャム双子の秘密』と同じく――挑戦状が入れにくいタイプだったからという可能性も無視できません。なお、登場人物表も原書にはなかったため、本書には編集部が角川旧訳版を参考に作成したものを添えています。

その魅力――地上最強の親子喧嘩

本作は国名シリーズにはないユニークな魅力をいくつも持っています。真っ先に目に付くのは、エヴァが主人公だということ。他の作では、エラリーがいる場面は彼の視点で描かれていますが、本作でエヴァがいる場面は、たとえエラリーがいても、彼女の視点で描かれています。おそらく、掲載誌のメイン読者が女性だったという理由

Ellery took the Loo-choo jay from Kinumé. The old woman lowered her eyes, still red from weeping. "This is evil thing, gentleman," she muttered.

Door
Between

NOVEL Complete IN THIS ISSUE

21

『The Door Between（境界の扉）』の扉ページ

A COSMOPOLITAN BOOK-LENGTH

20

《Cosmopolitan》誌 1936年12月号（P.20-21）

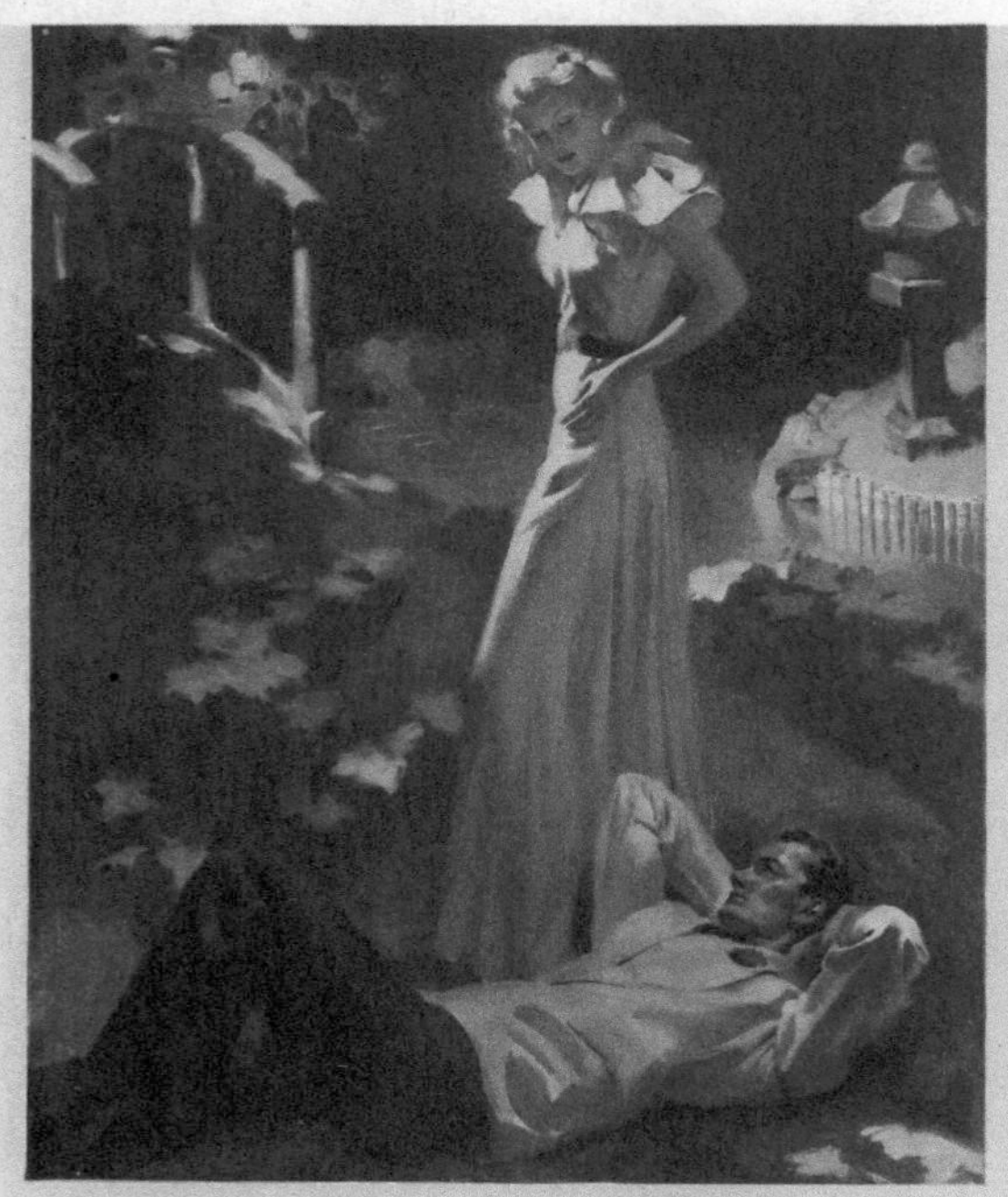

interested in the beginning of life. I am interested in its ending."

And no one had to explain what he meant, for Doctor MacClure was the archenemy of death.

For a space they were still; as one who wrestled constantly with death, Doctor MacClure gave forth a powerful effluvium that silenced people. They thought of him uncomfortably in terms of carbolic acid and white robes, like the high priest of some esoteric cult. Legends had sprung up about him.

He was an unkempt, absent man. No one could remember the time when he had not worn a certain ancient brown suit, unpressed and edged with fuzz, which clung to his shoulders plaintively. He was a strong man, and a tired man, and while he did not look his age, he nevertheless contrived to seem a hundred.

It was a curious paradox that this man, who made people feel like awed children, should himself be a child in everything but his work. He was angry, helpless and socially timid; and quite unconscious of the effect he had on people.

Now he looked appealingly at Karen, wondering why everyone had stopped talking.

"Where's Eva, John?" she asked quickly. She had a sixth sense for his moments of confusion.

"Eva? I think I saw her——"

"Here I am," said a tall girl from the pavilion step. But she did not come in.

Eva, looking down at Doctor Scott, felt like a lady knight standing triumphant over the body of a dragon. She suppressed an impulse to put her foot on his chest.

23

《Cosmopolitan》誌（P.23）

カレン・リース邸の日本風庭園で、エヴァとスコット医師が出会う

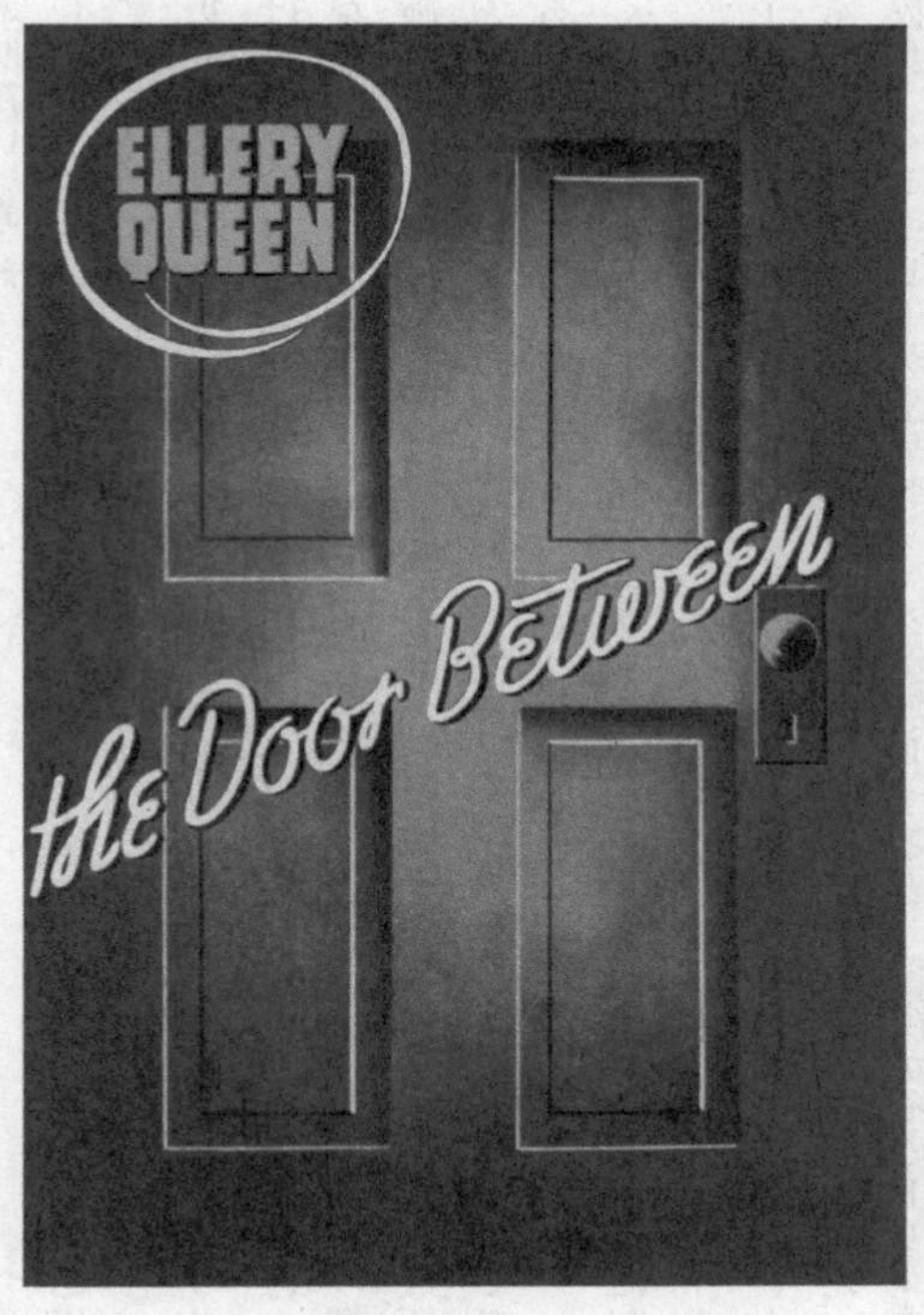

『The Door Between（境界の扉）』初刊本のカバー

が大きいと思いますが、若い女性の目から見たクイーン父子やヴェリーの姿は、なかなか興味深いですね。

そして、エヴァはヒロインにふさわしく、出生の秘密を持ち、二人の男――優等生タイプと不良タイプ――の間で揺れ動き、犯人だと疑われます。ただし、エヴァは国名シリーズに登場する〝金持ちお嬢様〟と違って、したたかな面も持っているのです。例えば、第2章のスコット医師との出会いの場面では、エヴァは最初はスコットに主導権を握られていたのに、最後には取り返しています。そして、「男の胸を踏みつけたい衝動を抑えつけ」、婚約に持ち込むと、「世界じゅうの女全員から嫉妬(しっと)されたかった」と考えます（第3章）。本書ではエヴァの口調を旧訳よりラフにしているので、このあたりが伝わりやすくなったのではないでしょうか。

かくしてスコットを手に入れたエヴァは、テリーとエラリーも手中に収めます。そして、エラリーがエヴァの側に立ったため、本作では、エラリーvsクイーン警視という父子対決が実現したのです。これが二つ目の魅力。そして、この闘いを観戦したみなさんは、敵に回った時の警視の恐ろしさを実感したに違いありません。特に、エヴァを救うべくエラリーが密室トリックを解明すると、警視がそのトリックを変形させてエヴァ犯人説に当てはめる場面は、二人が父子であることを思い知らされます。本作以外では、『三角形の第四辺』（一九六五年）でも父子対決が実現していますが、残念ながら、面白さは本作には及びません。

三つ目の魅力は、密室ミステリとしての面白さ。実は、クイーン作品で密室状況を前面に打ち出したのは、本作が初めてなのです。そのため、不可能状況の徹底的な検証が行われているので、密室もののファンはたまらないでしょうね。

最初の検討は第15章。単行本化時に大幅に加筆されているのですが、これは、J・D・カーが『三つの棺』（一九三五年）で行った〈密室講義〉を参考にして追記したのかもしれません。なお、この場面では、〝閂を反対側から掛けるトリック〟について、エラリーが「過去にそういう例があったんだから」と言うのが笑えます。最も読まれている井上勇の訳では「そういうこともよくあることだ」となっているので、新訳で初めて笑えた読者も多いのでは？

次の検討は第17章で、ハブを使った密室トリックを検討。名作短篇をネタにしたギャグかと思ったら、けっこう真面目だったようです。というのも、一九三九年にクイーンが書いたラジオドラマの脚本に、このトリックが出て来るからです――まあ、ハブではなくガラガラ蛇ですが。

さらに第18章では、テリーを犯人とするトリックを検討。「テリーはエヴァに罪を着せようとして密室にしたが、彼女にひと目惚れして密室を解錠した」というアイデアは、変形されて後続の長篇で使われています。

また、この密室トリックは、犯人を読者の目から遠ざける役割を果たしています。その見事な使い方は、拙著『密室ミステリガイド』（星海社）で考察したので、読んでもらえると嬉しいです。

そして、最大の魅力は、最終章。読み終えたみなさんは、作者クイーンも探偵クイーンも、新たなステージに立ったことを感じ取ったと思います。本作は決して、女性読者に迎合した作品ではないのです。

では、いつものファン向けの小ネタを。

〔その1〕ミステリ作家・阿部陽一氏の説によると、リース姉妹のモデルは、東京生まれのオリビア・デ・ハヴィランドとジョーン・フォンテイン姉妹（どちらも一九三五年映画デビュー）ではないかとのこと。

〔その2〕本作で存在感ありまくりのキヌメ（Kinume）ですが、彼女の名前について、エラリー・クイーン・ファンクラブ会員の斉藤静草氏が「実際はキヌエ（たぶん「絹枝」）だが、幼いカレンは上手く発音できなかった」という説を述べています。

その来日——産地偽装？

本作の初訳は一九五四年の『琉球かしどりの秘密』。岩谷書店の《別冊宝石》誌の

E・クイーン篇に、平井イサクの訳で掲載されました。三割程度の抄訳で、エラリーの推理もかなりシンプルになっています。特に、最後の一文から「神」をカットして、「彼は、燃えていく封筒を凝視ながら感慨にふけった」だけで終えているのは、もったいないですね。

　この初訳で注目すべきは、江戸川乱歩の解説。『中途の家』の解説で述べたように、この中で乱歩が『『琉球かしどり』は雑誌『コスモポリタン』に掲載された時は原名『日本の扇』という題名だったそうだ」と語ったために、本作が国名シリーズに含まれてしまったからです。

　この誤解を拡散したのが、東京創元社から出た〈エラリー・クイーン作品集〉。当初は国名シリーズ九作だけを出す予定だったのが、好評のため本作と短篇集二冊を加えて全十二巻にしました。そして、本作を一九五八年に刊行する際に、題名を『ニッポン樫鳥の謎』にして、国名シリーズの一作として出したのです。

『アメリカ銃の秘密』の解説で触れましたが、私は一九八八年に、この企画を立てた厚木淳氏に話をうかがったことがあります。その時、『ニッポン樫鳥の謎』の件も尋ねたのですが、どうやら、乱歩の言葉を鵜呑みにして、本当に雑誌版は『日本の扇』だと思っていたようです。

　理由はともかく、この本のおかげで、これ以降の訳書も、『日本庭園殺人事件』（角

左：《別冊宝石》誌 E・クイーン篇 表紙
右：《別冊宝石》誌掲載の『琉球かしどりの秘密』

左：エラリー・クイーン作品集『ニッポン樫鳥の謎』ケース
右：『ニッポン樫鳥の謎』本体表紙

川文庫旧訳〉、『日本庭園の秘密』（ハヤカワ・ミステリ文庫）、『日本キモノのなぞ』〈中一文庫〈中一時代附録〉〉といった題名になってしまいました。原書刊行から八十年以上たった本書で、ようやく原題に沿った訳題になったわけです――が、しぶとく副題に残っていますね。まあ、これは、『ニッポン樫鳥の謎』を読んでいる人が、本書を別の作品だと勘違いするのを防ぐためだと考えるべきでしょう。

ところで、その原題〝The Door Between〟は、採録した《コスモポリタン》誌の挿絵を見ればわかるように、The がイタリックです。その理由について、ミステリ研究家の酔眼俊一郎氏が興味深い説を持っているので、紹介しましょう。

日本を舞台にした一九一七年の同題のサイレント映画も、やはりThe がイタリック。これは「異国の〝Door Between〟と言えるもの」を表現する為である。The をイタリックにすることで日本でのカタカナ表記のように異国の事物を差し示す事ができ、Door Between をイタリックでなく正体文字とする事で、これが名称を示すのではなく「Door Between と言えるような物」というニュアンスが出る。この題名は、具体的な物としては、日本の「遮蔽する為の建具」の総称としての「障子」であり、日米の文化風俗や倫理の敷居にある遮蔽するものを隠喩する表現、と捉えるのが妥当であろうと考える。

その異国――日出(ひい)ずる国の女王(クイーン)

本作では日本への言及が多く、日本語もたびたび出てきます。ただし、一九三〇年代前半のアメリカ人の知識によるものなので――当時としては本作はましな方だったようですが――ツッコミどころが満載。現代の翻訳者が頭を抱えるところです。エラリーやテリーの考えや台詞(せりふ)ならば、間違いや偏見があっても、「この時代の平均的なアメリカ人はこう考えていたのか」で済みます。例えば、エラリーが「日本人ってのは、おそらく世界で最も劣等感の強い民族だからね」と言っても、発表年代を知っている読者は文句はつけないでしょう。

悩ましいのが、日本に詳しいカレンやキヌメの台詞の間違い。今回の新訳では修正する方針で、例えば第3章のキヌメの台詞「Go men nasai, okaasan」を、「ゴメンナサイ、オジョウサマ」と訳しています。なお、前述の井上訳は、「日本語が変であるが、すべてそのままにしておく」という注を付けて、「ゴメンナサイ、オカーサン」。もっとも、井上訳でも、原文ではキヌメは「エヴァ」と呼び捨てにしているのを「エヴァさま」に直したりしていますが……。少し話はそれますが、井上訳で第18章に出てくる「千匹の猫(ねこ)の拷問」が、どんな拷問なのか気になった人が多いのでは？　実は、本書では「千斬りの刑」となっていることからわかるように、これは、「cut」を「cat」と間違えたのです。誤訳なのか原書の誤植なのかは不明ですが。

本作におけるクイーンと日本のかかわりはこの程度で、これ以降も、評論書『クイーンの定員』（一九五一年）で江戸川乱歩を紹介したり、自らが編集する《エラリー・クイーンズ・ミステリ・マガジン（EQMM）》の一九六七年十月号に谷崎潤一郎の「私」を掲載したり、といった程度でした。これが大きく変わったのが一九七七年。《EQMM》日本版の権利が早川書房から光文社に移り、《EQ》という誌名で新創刊するのに合わせて、さまざまな企画が動き出したのです。

まずは、クイーン（ダネイ）の来日（一九七七年と一九七九年）。クイーン編アンソロジー『日本傑作推理12選』を日米で刊行。これは英語圏初の日本ミステリ・アンソロジーでした。このアンソロジーを原作にしたTVドラマ『傑作推理劇場』は一九八〇年放映開始。『ヒッチコック劇場』のように、ダネイが毎回冒頭に登場して、その回の作品の紹介をしました。一九七八年には『Yの悲劇』がTVドラマ化、一九七九年には『災厄の町』が『配達されない三通の手紙』という題で映画化されました。

ここで紹介したいのが、『シャム双子の秘密』の解説でも触れた、北村薫の『ニッポン硬貨の謎』（二〇〇五年）。ダネイの最初の来日を探偵エラリーの来日に置き換えたパスティーシュですが、この中に本作への言及があります。本解説の最初に引用した文で、第二部第11章に登場。本作に《キチク》という単語が出て来るのは第23章のテリーの言葉で「Kitchy-koo」。新訳では「いちゃいちゃ」となっていますが、もともとは赤ん坊を「こちょこちょ」くすぐることで、それがカップルのいちゃつきに転じたそうです。そして、エラリーが「鬼畜」という日本語を知っている理由については、この作の翻訳者（実は作者ですが）の北村薫が、〝二回目の来日時に『配達されない三通の手紙』を観たエラリーが、監督の野村芳太郎の前作が『鬼畜』であることを聞いたのではないか〟という〈中野のお父さん〉ばりの推理を、訳注で披露しています。

その映画――『名探偵エラリー・クイーン』

※注意!! ここから先は本篇読了後に読んでください。

一九三五年に始まったリパブリック社によるクイーンの映画版は、『スペイン岬の秘密』も『マンダリンの秘密（チャイナ蜜柑の秘密）』もヒットしなかったようです。ところが、一九四〇年にコロンビア社がリブートしたシリーズは七作も製作。どうやら、一九三九年に開始したラジオ版『エラリー・クイーンの冒険』の好評を受けての企画だったようです。その証拠に、この時期にはラジオ版にしか登場していないエラリーの秘書ニッキー・ポーターがレギュラーで登場していますから。また、ラジオ版のヴェリーは小説版の有能さが一ミリしか残っていませんが、映画版も同じです。配役は、七作すべてで警視がチャーリー・グレープウィン、ヴェリーはジェイムズ・バーク、ニッキーはマーガレット・リンゼイ。エラリーは前半四作がラルフ・ベラミー、後半三作はウィリアム・ガーガン。そこそこ力量のある俳優揃いで、ベラミーなどは見たことがある人がけっこういるのでは？

また、この時は特定の作品を映画化する契約ではなく、クイーン作品からパーツだけを抜き出して利用できる契約になっていたそうです。本文庫の『オランダ靴の秘密』と『ギリシャ棺の秘密』の解説での映画版の紹介を読んでもらえれば、感じがつかめると思います。

その映画版第一作『ELLERY QUEEN, MASTER DETECTIVE（名探偵エラリー・クイーン）』は、本書のトリックを流用したオリジナル・ストーリー。ノヴェライゼーションが「消えた死体」という題で『エラリー・クイーンの事件簿1』（創元推理文庫）に収録されているので紹介は略しますが、私はかなり楽しめました。原作の巧妙なトリックをラジオ版のコミカルな雰囲気にうまく組み込んでいて、海外の映画評でもこれが七作中のベストです。唯一の欠点は、ベラミーが演じるエラリーは、原作ではエラリーではなくテリーだという点でしょうか。

映画『名探偵エラリー・クイーン』キャスト

クイーン警視
（チャーリー・グレープウィン）

エラリー・クイーン
（ラルフ・ベラミー）

ヴェリー部長
（ジェイムズ・バーク）

エラリーの秘書ニッキー・ポーター
（マーガレット・リンゼイ）

エリック・テイラーの脚本も見事で、鳥を使った密室トリックを忠実に映像化。加えて、原作にもあるエラリーがエヴァをクイーン家にかくまう場面をふくらませ、「ニッキーを新しい家政婦だと偽ってクイーン家にかくまう」爆笑シーンを加えてもいます。なお、クイーン研究家のF・M・ネヴィンズが、〝死体が癌ではないことを隠すために危険を冒して死体を持ち去る〟プロットを批判していますが、これはおかしいですね。犯人の計画通りに自殺と見なされたら検死は行われず、死体を隠す必要も生じなかったはずなので、批判には当たらないでしょう。もっとも、テイラーは以降の六作の脚本も書いていますが、どれも凡作以下の出来でした。このため、この第一作のみクイーンが協力したのではないかと言う映画評論家もいたりします。

その新訳――翻訳が支える意外性

私見ですが、越前敏弥氏によるクイーン新訳には、二つの大きな意義があります。一つ目は、作中人物のイメージを旧訳から一新したこと。本作のエヴァのように少しの変更に留まっている人物もいますが、大きく変わった人物も少なくありません。なんと、妹から姉に変わった人物もいるのですよ。そして、これらのイメージは、原作への深い理解に基づいています。例えば、越前訳エラリーの父親に対する態度が生意気だと感じる読者はけっこういますが、エラリーが父親を無視してヴェリーに直接命令する姿を見ると、越前訳のイメージが正しいように思えてきませんか?

二つ目の意義は、作者の文章上の仕掛けをきちんと日本語に置き換えていること。例えば、本作におけるエスターの遺書は、彼女の死亡時刻が判明する前と後では、意味ががらりと変わるように文章が工夫されています。もちろん、この工夫は作者が行ったものであって、エスター自身は普通に書いただけです。ということは、探偵エラリーは「この遺書にはダブルミーニングの仕掛けが盛り込まれています」と説明することはできません。訳者が作者の工夫を読み取って、ダブルミーニングの仕掛けを日本語に置き換えなければならないのです。そして、越前訳は、これまでの訳者が見逃していた作者の工夫をいくつも読み取り、新訳に組み込んできました。

ところが、クイーン作品には、作中人物のイメージに仕掛けを組み込むという趣向も存在するのです。おそらくその第一号は、本作の犯人マクルーア博士でしょう。

博士は、クイーン作品の中でも、いや、ミステリ作品の中でもトップクラスの〝意外な犯人〟と言えます。なぜならば、自分が犯人だという自覚がないからです。博士はカレンを自殺に追い込みますが、殺されたらしいと聞かされたので、「カレンは自殺する前に誰かに殺されたのだ」と考えてしまいます。そして、その「誰か」はエヴァである可能性が高いということも。密室状況を無視したとしても、博士はカレンがエスターに――エヴァの母親に――やった残酷な行為を知っているので、もし秘密を知ったとしたら、エヴァには強い動機があることもわかっているからです。かくして博士は、エヴァへの疑いを抱きつつ、エラリーと共に、カレン殺しの犯人を探しだそうとします――実は自分が犯人だとは気づかずに。

まったくもって意外な犯人ではありませんか。新本格以降の国内作品にはいくつか作例がありますが、それ以前は、かなり珍しかったはずです（『刑事コロンボ』の一篇くらいかな？）。ですが、同時に、博士は翻訳が難しい人物ということにもなります。博士を「無実のふりをしている殺人者」というイメージで訳すのは間違いですが、「人殺しなどできない無実の善人」というイメージで訳すのも間違いですから。もちろん、本書の新訳では、クイーンのこの趣向をきちんと理解した上で訳しています。

原作のイメージや仕掛けを理解した上で翻訳することは、現在のＡＩにはできません。もしみなさんもこの考えに同意してくれるのならば、次のクイーン新訳へのエールをお願いします。

チャイナ蜜柑の秘密

シャム双子の秘密

アメリカ銃の秘密

境界の扉
日本カシドリの秘密

中途の家

スペイン岬の秘密

Zの悲劇

Yの悲劇

Xの悲劇

レーン最後の事件

本書は訳し下ろしです。

また、本書中には、日本や琉球について誤った認識に基づく表現があるほか、特定の人種や職業、病気、身体障害について、今日の人権擁護の見地や医療知識に照らして不当・不適切な表現があります。翻訳に際しては十分注意を払いましたが、本作が執筆された時代と、作品の文学性、著作者人格権の尊重という観点から、必要と思われる箇所については原文のニュアンスを残す訳としました。差別や侮蔑の容認・助長を意図したものではないことをご理解ください。

（編集部）

境界の扉
日本カシドリの秘密

エラリー・クイーン　越前敏弥＝訳

令和６年　６月25日　初版発行
令和６年 11月25日　３版発行

発行者●山下直久

発行●株式会社KADOKAWA
〒102-8177　東京都千代田区富士見2-13-3
電話　0570-002-301（ナビダイヤル）

角川文庫 24213

印刷所●株式会社KADOKAWA
製本所●株式会社KADOKAWA

表紙画●和田三造

●お問い合わせ
https://www.kadokawa.co.jp/（「お問い合わせ」へお進みください）
※内容によっては、お答えできない場合があります。
※サポートは日本国内のみとさせていただきます。
※Japanese text only

ISBN 978-4-04-113926-4　C0197

◆◇◇